시프트 2

사 일 로 연 대 기
PART 2

휴 하위 지음 | 이수현 옮김

시공사

일러두기

· 본문의 각주는 모두 옮긴이 주이다.

· 《울》은 2012년 사이먼&슈스터사의 페이퍼백을 바탕으로
  2013년에 번역 출간한 후, 이번 개정판을 내면서 손질했다.
  《시프트》와 《더스트》는 2020년 새로 출간된 매리너판을 번역
  대본으로 삼았다.

· 소설에 인용된 성경 구절은 《개역개정 성경》을 따랐다.

스스로가 완전히 혼자임을 알게 된 사람들에게

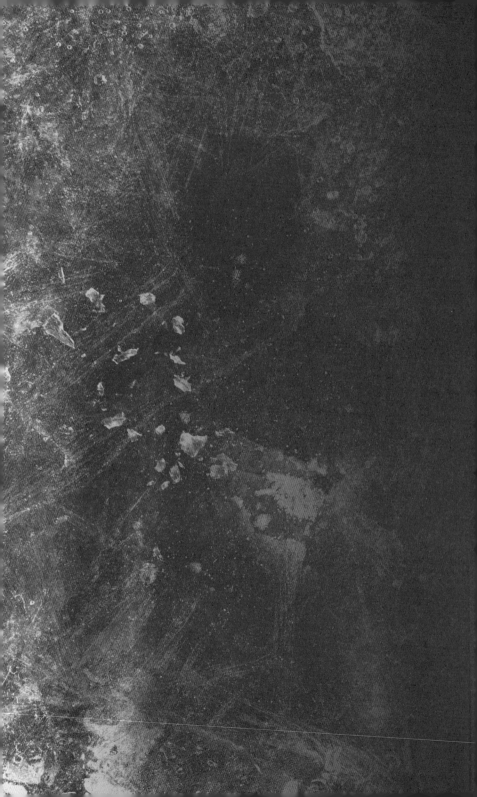

SHIFT

차례

세 번째 교대근무:

〈협정〉

58

1번 사일로, 2345년

"선생님?"

발아래에서 뼈들이 부딪치는 소리가 났다. 도널드는 어둠 속을 비틀비틀 걸었고, 날개 달린 개들이 목소리를 듣고 흩어졌다.

"들리십니까?"

안개가 걷히고, 수면 장치 뚜껑이 열리듯 눈꺼풀 하나가 벌어졌다. 콩알. 도널드는 꼬투리 안의 콩알처럼 몸을 웅크리고 있었다.

"선생님? 정신이 드십니까?"

피부가 너무 차가웠다. 도널드는 맨다리에서 김을 피워 올리며 일어나 앉았다. 잠든 기억이 없었다. 그는 의사를 기억했고, 의사의 사무실에 갔던 것도 기억했다. 그들은 대화를 나누고 있었다. 의사는 그를 깨워 일으켰다.

"이걸 마셔요."

도널드는 이것도 기억하고 있었다. 깨어나고 또 깨어난 기억은 있었는데, 잠든 기억은 없었다. 오직 깨어난 기억뿐이었다. 그는 한 모금을 마시기 위해 목구멍이 움직일 수 있도록 집중해야 했고, 삼키기 위해서는 분투해야 했다. 알약. 원래 알약을 주기로 되어 있었을 텐데, 주지 않았다.

"저희는 선생님을 깨우라는 지시를 받았습니다."

지시라. 규정. 프로토콜. 도널드는 또 곤란에 처했다. 트로이. 그 트로이라는 친구 때문일까. 그게 누구였더라? 도널드는 최대한 마셨다.

"아주 잘하셨습니다. 이제 선생님을 들어 올려서 꺼내드릴 겁니다."

그는 곤란에 처했다. 그들은 곤란한 일이 있을 때만 그를 깨웠다. 카테터가 제거되고, 바늘이 팔에서 빠졌다.

"내가 뭘⋯⋯."

그는 주먹을 입에 대고 기침을 했다. 목소리가 얇고 부스러지는 휴지 조각 같았다. 투명한.

"뭐죠?" 그는 고함치듯 소리를 짜내어 간신히 속삭였다.

두 남자가 그를 들어 올려 휠체어에 내려놓았다. 세 번째 남자가 휠체어를 붙잡았다. 종이 가운 대신 부드러운 담요가 덮였다. 이번에는 바스락거리는 소리도, 피부에 간질거리는 감촉도 없었다.

"하나를 잃었습니다." 누군가가 말했다.

사일로. 사일로 하나가 사라졌다. 이번에도 도널드 탓이다. "18번." 그는 마지막 근무를 기억하고 속삭였다.

두 남자는 입을 딱 벌리고 서로를 쳐다보았다.

"맞습니다." 한 명이 경외감이 담긴 목소리로 말했다. "18번 사일로에서였습니다. 언덕을 넘어가서 그 여자를 놓쳤습니다. 접촉이 끊겼어요."

도널드는 그 남자에게 초점을 맞추려고 했다. 언덕 너머에서 누군가를 잃은 기억이 났다. 헬렌. 그의 아내. 그들이 아직도 그녀를 찾고 있었나. 그렇다면 아직 희망이 있었다.

"말해봐요." 그는 속삭였다.

"방법은 모르겠습니다만, 한 명이 시야 바깥까지 가는 데 성공했습니다……."

"청소부입니다……."

청소부. 도널드는 의자에 축 늘어졌다. 뼈가 돌처럼 차갑고 무거웠다. 헬렌 이야기가 아니었다.

"……언덕을 넘어서……." 누군가가 말했다.

"……18번에서 연락이 왔는데……."

도널드는 수면 때문에 아직 반쯤 마비되어 덜덜 떨리는 팔을 살짝 올렸다. "잠깐." 그는 쉰 목소리로 말했다. "한 번에 하나씩요. 왜 날 깨운 겁니까?" 말할 때 목이 아팠다.

한 명이 헛기침을 했다. 도널드가 떨지 않도록 턱 밑까지 담요가 바싹 당겨졌다. 그는 자신이 떨고 있는 줄도 미처 몰랐다. 그들은 그에게 너무나 정중하고, 너무나 온화했다. 이건 뭘까? 그는 정신을 차리려고 애썼다.

"선생님께서 깨우라고 하셨습니다……."

"프로토콜대로요……."

도널드의 눈길이 아직 한기가 새어 나오면서 김이 자욱하게 서린 수면 장치에 떨어졌다. 아래쪽에 화면이 달려 있었는데, 안에 그가 없으니 다른 정보는 없고 올라가는 온도만 보였다. 올라가는 온도, 그리고 이름 하나만. 그의 이름이 아니었다.

그리고 도널드는 이곳에서 이름이 얼마나 의미 없는지를 기억해냈다. 그러나 사람을 판단할 근거가 그것밖에 없다면 달랐다. 아무도 서로를 기억하지 못한다면, 사람들의 길이 교차하지 않는다면, 그때는 이름이 전부였다.

"선생님?"

"내가 누구죠?" 그는 이해하지 못하고 작은 화면을 읽으면서 물었다. 이건 그가 아니었다. "왜 날 깨운 겁니까?"

"그러라고 하시지 않았습니까, 서먼 선생님."

그들은 담요를 그의 어깨 주위에 여며주고, 휠체어를 돌렸다. 그들은 그에게 권한이 있다는 듯, 존경심을 품고 대했다. 이 휠체어는 바퀴도 삐걱대지 않았다.

"괜찮습니다. 곧 머리가 맑아지실 겁니다."

그는 이 사람들을 몰랐다. 이 사람들도 그를 몰랐다.

"의사가 직무에 적합하게 만들어드릴 겁니다."

아무도 서로를 알지 못했다.

"이쪽입니다."

그러면 누구든 누구나가 될 수 있었다.

"여길 지나서요."

누가 책임자인지가 중요하지 않아질 때까지. 적절한 일을 할지
도 모르는 사람이든, 올바른 일을 할지도 모르는 또 다른 사람이든.

"좋습니다."

어느 이름이나 마찬가지였다.

59

17번 사일로, 2312년
발생 한 시간

조용해지기 전에는 '소란'이 있었다. 그게 '세상'의 '법칙'이었다. 쾅쾅대는 소리와 고함에는 울려 퍼질 공간이 필요하고, 몸뚱이에 는 떨어질 공간이 필요한 법.

지미 파커는 마지막 큰 '소란'이 시작됐을 때 교실 안에 있었다. 청소 전날이었다. 내일 그들은 학교를 쉰다. 한 남자의 죽음을 대가로, 지미와 친구들은 몇 시간을 더 잘 수 있다는 선물을 받을 것이다. 지미의 아버지는 아래 IT부에서 초과근무를 할 것이다. 그리고 내일 오후면 어머니가 지미에게 이모와 사촌들과 함께 올라가서 깨끗한 언덕 풍경 위에 떠다니는 밝은 구름을 하늘이 캄캄해질 때까지 보자고 할 것이다.

청소일은 침대에 있는 날이자 가족을 보는 날이었다. 불안을 잠재우고 '소란'을 침묵시키기 위한 날이었다. 피어슨 선생님이 칠판에 〈협정〉에 있는 규정들을 쓰면서 말해주기로는 그랬다. 분필이 달칵이고 끼긱거리면서 한 사람이 죽음에 처할 수 있는 온갖 이유들에 먼지투성이 자국을 남겼다. 추방 전날에 하는 시민 수업이었다. 더 음울한 경고가 떨어지기 전날 밤에 주는 경고. 지미와 친구들은 자리에서 꼼지락거리며 그 규정들을 배웠다. 곧 더는 적용되지 않을 '세상'의 규정들.

지미는 열여섯 살이었다. 많은 친구들이 곧 교실을 떠나 그림자가 될 테지만, 지미가 아버지의 발걸음을 따르려면 1년을 더 공부해야 했다. 피어슨 선생님은 칠판에 표시를 해놓고 〈협정〉에 따라 평생 동반자를 선택하고 관계를 등록하는 진지한 문제로 넘어갔다. 세라 젱킨스가 앉은 자리에서 몸을 돌려 지미를 보고 미소 지었다. 시민 수업과 생물학 수업은 섞여 있었고, 호르몬과 호르몬 과잉을 통제하는 법을 같이 이야기했다. 세라 젱킨스는 귀여웠다. 지미도 그해 초에는 그렇게 생각하지 않았지만, 이제는 알았다. 세라 젱킨스는 귀여웠고 이제 몇 시간만 있으면 죽을 터였다.

피어슨 선생님이 누가 〈협정〉을 큰 소리로 읽어보겠냐고 묻는데, 그 순간 지미의 어머니가 아들을 데리러 왔다. 미리 알리지도 않고 뛰어 들어왔다. 난감한 일이었다. 지미가 아는 세상의 끝은 뜨거워진 뺨과 더운 옷깃과 모두의 시선으로 시작되었다. 지미의 어머니는 피어슨 선생님에게 아무 말도 하지 않고, 실례한다고 하지도 않았다. 그저 문을 밀고 들어와서 화가 났을 때의 걸음걸이로 책상 사이를 서둘러 걸어왔다. 그리고 지미를 책상에서 끌어내어 팔을 꽉 쥐고 나갔다. 지미는 이번에는 내가 무슨 짓을 한 걸까 생각할 수밖에 없었다.

피어슨 선생님은 아무 말도 하지 않았다. 지미는 제일 친한 친구인 폴을 돌아보고, 폴이 손으로 입을 가리고 웃고 있는 것을 보고는 왜 저 녀석은 같이 곤란해지지 않은 걸까 생각했다. 지미와 폴이 둘 중 하나만 불려 가거나 곤란해지는 일은 드물었다. 한 마디라도 뱉은 사람은 세라 젱킨스뿐이었다. "네 가방!" 세라의 외침은 교실 문이 쾅 닫히기 직전에 울려 퍼졌고, 곧 그 목소리도 정적이 집어삼켰다.

복도에 자식을 끌고 가는 다른 어머니는 없었다. 왔다 해도 훨씬 나중에 왔을 것이다. 지미의 아버지는 컴퓨터에 둘러싸여 일했고 아는 게 많았다. 다른 누구보다 먼저 알았다. 이번에는 겨우 몇 분 먼저였다. 계단에서는 이미 다른 사람들이 앞다퉈 움직이고 있었다. 무섭도록 시끄러웠다. 학교 층 바깥에 있는 층계참에는 멀리서 수많은 사람들이 움직이며 일으키는 진동음이 울려 퍼졌다. 난간 받침대 하나에서 볼트가 덜거덕거리며 풀리려고 했다. 마치 사일로 자체가 흔들리다가 조각이 날 것만 같았다. 지미의 어머니는 열두 살짜리를 대하듯 아들의 소매를 잡고 나선 계단으로 끌어당겼다.

지미는 어리둥절해서 잠시 어머니에게 저항했다. 지난 1년 사이 그는 어머니보다 커졌고, 아버지와 맞먹는 몸집이 되었으며 자신에게 이 정도 힘이 있다는 사실, 거의 어른이 되었다는 사실을 돌이키게 되니 이상했다. 그는 가방과 친구들을 뒤에 두고 왔다.

어디로 가는 걸까? 아래에서 울리는 쾅쾅 소리가 점점 커지는 것 같았다.

지미가 저항하자 어머니가 돌아보았다. 그 눈은 분노에 차 있지 않다. 아들을 노려보지도, 이마를 찌푸리지도 않았다. 어머니의 두 눈은 크게 뜨인 채 젖어 있었고, 할머니와 할아버지가 돌아가셨을 때처럼 반짝이고 있었다. 아래에서 들리는 소음도 무서웠지만, 지미의 뼛속에 공포를 심은 것은 어머니의 그런 눈빛이었다.

"무슨 일이에요?" 지미는 속삭였다. 어머니가 속상해하는 모습을 보기가 싫었다. 상층 아파트에서 아무도 잡지 못하는 꼬리 없는 길고양이처럼 어둡고 공허한 무엇인가가 내면을 긁었다.

어머니는 대답하지 않았다. 그저 몸을 돌리고 계단 아래로, 뭔가 끔찍한 것이 다가오는 요란한 소리를 향해 지미를 잡아당겼고, 지미는 그 순간 혼자만의 문제가 아님을 깨달았다.

모두에게 큰일이 생겼다.

60

지미는 그렇게 진동하는 계단을 본 적이 없었다. 나선 계단 전체
가 흔들리는 것 같았다. 손가락 사이에 긴 목탄을 끼우고 빠르게
흔들면 구부러진다는 걸 교실에서 배운 적이 있었는데, 계단도 딱
그렇게 출렁거렸다. 어머니를 따라 질주하느라 발이 계단을 건드
리지도 않을 지경인데, 그래도 강철에서 뼈로 곧장 전해지는 진동
때문에 발이 따끔거리고 얼얼했다. 지미는 혀에 마른 숟가락을 댄
것처럼 공포의 맛을 느꼈다.

아래에서 성난 비명이 들렸다. 지미의 어머니가 서두르라고,
힘내라고 외치면서 나선 계단을 내려갔다. 그들은 뭔지 모를 나쁜
것이 올라오는 방향으로 질주했다. "서둘러." 어머니가 다시 외쳤
고, 지미는 100층짜리 강철의 흔들림보다 어머니의 목소리가 흔
들리는 게 더 무서웠다.

지미는 서둘렀다.

그들은 29층을 지났다. 30층을 지났다. 사람들이 반대 방향으로 달려갔다. 지미의 아버지와 같은 색 작업복을 입은 사람이 많았다. 31층 층계참에서 지미는 할아버지 장례식 이후 처음으로 시체를 보았다. 마치 그 남자 뒤통수에 토마토가 으깨진 것 같았다. 지미는 계단에 내밀어진 그 남자의 팔을 건너뛰어야 했다. 그는 그 붉은 액체 일부가 층계참 아래로 뚝뚝 떨어져서 아래 계단에 튀고 번들거리는 동안 어머니를 따라 달렸다.

32층에서는 계단이 너무 흔들려서 이가 부딪칠 정도였다. 어머니는 올라오는 사람들과 점점 더 많이 부딪친 탓에 제정신이 아니었다. 아무도 타인을 보는 것 같지 않았다. 모두가 자기만 생각했다.

천 개의 부츠가 울리는 소음, 우르르 도망치는 소리를 들을 수 있었다. 울리는 발소리 사이에 큰 목소리들도 들렸다. 지미는 멈춰 서서 난간 너머를 보았다. 계단이 심연을 뚫고 내려가는 아래쪽에서 서로를 밀쳐대는 군중 사이로 빠져나온 팔꿈치와 손들을 볼 수 있었다. 그는 누군가가 요란하게 옆을 지나치자 고개를 돌렸다. 어머니가 서두르라고 외쳤다. 군중은 이미 그들에게 가까워졌고, 통행량이 늘고 있었다. 지미는 빠르게 지나쳐 가는 사람들의 두려움과 분노를 느낄 수 있었고, 그 사람들과 같이 위로 도망치고 싶어졌다. 하지만 따라오라고 외치는 엄마가 있었고, 엄마의 목소리는 그의 두려움을 가르고 존재의 핵심에 꽂혔다.

지미는 발을 끌며 내려가서 엄마 손을 잡았다. 아까의 민망함은 사라졌다. 이제는 엄마를 꼭 붙잡고 싶었다. 옆으로 달려가는 사람들이 그들에게 반대 방향으로 가라고 외쳤다. 몇 명은 파이프와 철봉을 쥐고 있었다. 멍들고 베인 사람들도 있었다. 한 남자는 입과 턱이 피투성이였다. 어딘가에서 싸움이 났다는 뜻이다. 지미는 싸움이 심층에서만 일어났다고 생각했다. 나머지는 그냥 그 싸움에 휘말린 것 같았다. 그들은 무기도 없었고 뒤를 돌아보고 있었다. 폭도에게 겁에 질린 폭도였다. 지미는 왜 이렇게 된 걸까 궁금했다. 무서워할 것이 뭐가 있길래?

커다란 쾅쾅 소리가 발소리 사이에 울려 퍼졌다. 덩치 큰 남자 하나가 지미의 엄마와 부딪쳐서 그녀를 난간으로 밀어붙였다. 지미가 엄마 팔을 잡았고, 두 사람은 안쪽 기둥에 딱 붙어서 33층까지 내려갔다. "한 층만 더 가면 돼." 그렇다면 그들은 지미의 아버지에게 가고 있다는 뜻이었다.

점점 늘어나던 군중은 34층을 몇 굽이 남기고서 대규모로 불어났다. 두 명밖에 지나갈 수 없는 계단에 네 명씩 들어찼다. 지미의 손목이 안쪽 난간에 부딪혔다. 그는 기둥과 위로 밀려오는 사람들 사이에 몸을 끼웠다. 한 번에 몇 센티미터씩 움직이면서, 옆에 있는 사람들도 끙끙거리고 밀어대는 모습으로 짐작하건대 모두가 이런 식으로 꼼짝달싹 못 하게 될 것이 분명했다. 사람들이 계속 밀려왔고, 지미는 어머니의 팔을 놓쳤다. 지미는 제자리에 붙들려 있는데 어머니는 움직였다. 아래에서 그의 이름을 부르는 목소리를 들을 수 있었다.

땀이 뚝뚝 떨어지고, 공포에 질려 턱이 처진 덩치 큰 남자 하나가 아래로 내려가는 쪽 계단에서 낑낑대며 올라가려고 했다. "비켜!" 그는 비킬 자리나 있다는 듯이 지미에게 소리쳤다. 올라가는 것 외에 갈 곳은 없었다. 그는 중앙 기둥에 몸을 납작하게 붙이고 그 남자를 지나 보냈다. 바깥 난간에서 비명이 올라왔고, 군중들이 비틀거리고 숨을 몰아쉬는 소리가 이어지더니 누군가가 "잡아!"라고 외치고 또 누군가는 놓으라고 외쳤다. 그다음에는 새된 비명이 곤두박질치다가 희미해졌다.

몸뚱이로 이루어진 쐐기가 느슨해졌다. 지미와 이토록 가까운 곳에서 누군가가 떨어졌다고 생각하니 속이 울렁거렸다. 그는 사람들 사이에서 풀려나 안쪽 난간 위에 올라섰고, 중앙 기둥을 끌어안고 균형을 잡으면서 난간과 기둥 사이의 15센티미터짜리 빈 공간에 발이 미끄러지지 않도록 조심했다. 아이들이 침을 뱉기 좋아하던 공간이었다.

군중 속 누군가가 곧장 지미가 밟고 있던 계단을 차지했다. 어깨와 팔꿈치들이 그의 발목을 때렸다. 그 자리에 몸을 웅크리고 있으려니, 머리 위의 계단 아랫면이 머리 위로 지나가는 부츠들이 긁는 소리를 전달했다. 그는 수천 개의 손바닥이 문지른 탓에 미끄러워진 좁은 강철봉에 발을 미끄러뜨리며 난간을 타고 엄마를 쫓아 내려갔다. 발이 중앙 기둥 옆 빈틈에 빠졌다. 빈 틈새가 그의 다리를 집어삼키고 싶어 하는 것 같았다. 지미는 요동치는 군중 위로 떨어질까 두려워하며 몸을 바로잡았다. 그랬다간 제정신이 아닌 군대 여기저기로 팽개쳐지다가 허공에 미끄러져 떨어질 수도 있다는 생각이 들었다.

지미는 안쪽 기둥 주위를 반 바퀴도 돌기 전에 엄마를 찾아 냈다. 엄마는 군중에게 밀려 바깥쪽으로 가 있었다. "엄마!" 지미 는 외쳤다. 그리고 머리 위의 계단 가장자리를 붙들고 군중 너머 로 엄마에게 손을 뻗었다. 계단 중간에 있던 여자 하나가 비명을 지르더니 사라졌다. 그 자리를 차지한 사람 아래로 그녀의 머리가 내려앉았다. 사람들이 그 머리를 짓밟자 그 여자의 비명이 사그라 들었다. 군중은 계속 위로 밀고 올라갔다. 더불어 지미의 엄마도 몇 계단을 올라갈 수밖에 없었다.

"아버지에게 가!" 어머니는 입가에 두 손을 대고 크게 외쳤다. "지미!"

"엄마!"

누군가가 그의 정강이에 부딪혔고, 그는 머리 위 계단을 잡은 손을 놓쳤다. 지미는 작은 원 안에서 두 팔을 한 번, 두 번 휘저으 면서 균형을 잡으려고 했다. 그러다가 사람들의 머리로 이루어진 바다에 떨어져서 굴렀다. 사람들이 지미의 추락으로부터 자신들 의 몸을 보호하는 와중에 누군가가 그의 갈비뼈를 때렸다.

또 다른 남자가 지미를 옆으로 휙 밀었다. 지미는 날카로운 팔 꿈치와 단단한 머리통으로 이루어진 파도의 바깥쪽으로 굴렀고, 시간이 기어가듯 느려졌다. 이제 계단에 다섯 명씩 밀집해 선 군 중 너머에는 텅 빈 공간과 긴 추락밖에 없었다. 지미는 밀어내는 손 중 하나를 잡으려고 했다. 빈 공간이 가까워지면서 속이 요동 을 쳤다. 난간을 볼 수가 없었다. 다른 모든 사람의 목소리 너머로 어머니의 목소리가, 무력하게 이 상황을 보면서 내지르는 새된 소리가 들렸다. 지미가 헐떡거리고 구르면서 빙빙 도는 머리들 위를 미끄러져 내려가는데 누군가가 저 아이 좀 도와주라고 외쳤다. 그들이 소리치는 아이란 지미였다.

지미는 빈 공간으로 굴러 들어갔다. 스스로를 지키려 드는 사람들에게 내던져졌다. 두 사람 사이로 미끄러지면서 한 명의 어깨가 그의 턱을 받았고, 마침내 난간이 보였다. 그는 난간을 붙들고 한 손으로 철봉을 휘감았다. 발이 머리 위로 올라가면서 몸이 한 바퀴 뒤틀리고, 어깨가 아프게 비틀렸지만, 그래도 손은 놓지 않았다. 그는 한 손으로 난간을 붙잡고 반대쪽 손으로는 수직 지지대를 붙든 채, 빈 공간에 발을 달랑거리면서 매달려 있었다.

누군가의 엉덩이가 난간을 쥔 그의 손가락을 짓눌렀고 지미는 소리를 질렀다. 여러 명의 손이 도움을 주기 위해 그의 팔을 더듬었지만, 사람들과 그들의 걱정은 아래에서 밀려오는 광기에 떠밀려 갔다.

지미는 몸을 펴려고 했다. 허공을 걷어차는 발의 아래, 난간 너머로 서로를 밀쳐대는 사람들을 보았다. 두 굽이만 내려가면 34층 층계참이었다. 그는 다시 한번 몸을 끌어 올리려고 해보았지만, 비틀린 어깨가 불붙은 듯 아팠다. 누군가가 도와주려다가 그의 팔뚝을 긁더니, 또 위로 밀려 올라가서 사라졌다.

지미가 발 사이로 가슴을 내려다보니, 34층 층계참은 꽉 차 있었다. 꽉 막힌 계단에서 흘러넘친 군중이 다시 돌아가려고 서로를 밀어대고 있었다. 누군가가 헬멧까지 다 갖춘 청소용 보호복 차림으로 IT부 문을 밀고 나왔다. 그들은 군중 사이로 뛰어들더니, 일어서려고 애쓰는 군중들 속에서 은빛 팔을 헤엄치듯 휘둘렀고, 더 아래에서는 또 쾅쾅대는 소리와 고함이 울렸으며, 시장에서 갑자기 풍선이 터질 때와 비슷하지만 훨씬, 훨씬 큰 소리도 울렸다.

지미는 난간을 놓쳤다. 몸무게를 더 버티기엔 어깨를 너무 심하게 다쳐서였다. 그는 미끄러져 내려가면서 난간 지지대를 붙잡았다. 땀에 젖은 손바닥이 강철 위를 미끄러지면서 폭도들의 함성에 비명을 하나 더했다. 그는 계단 가장자리에서 지지대 밑동을 붙잡고 있었다. 발을 더듬어서 한 굽이 아래 난간을 찾으려고 했지만, 그의 부츠를 때리는 성난 팔들밖에 없었다. 다친 어깨에 아픔이 생생했다. 그는 순간 한 손으로 매달린 채 흔들거렸다.

지미는 기겁해서 소리를 질렀다. 어머니를 외쳐 부르며, 어머니가 한 말을 떠올렸다.

아버지에게 가.

다시 계단으로 돌아갈 방법은 없었다. 그럴 힘도 없었고, 그럴 공간도 없었다. 아무도 그를 도와주지 않을 것이다. 군중들이 밀어닥치는데, 지미는 혼자 그곳에 매달려 있었다.

지미는 숨을 깊이 들이마셨다. 잠시 더 매달려서 아래에 있는 사람으로 꽉 찬 층계참을 내려다보고는, 손을 놓았다.

61

나선 계단 두 굽이가 날듯이 지나갔다. 빽빽하게 모여 선 군중들의 크게 뜬 눈이 두 굽이. 지미의 목을 스치는 바람 소리가 점점 커졌다. 위장이 목구멍까지 올라가는 느낌이었고, 지미가 곤두박질치는 모습을 보고 놀라서 돌아보는 어떤 얼굴이 흘긋 보였다.

그는 소름 끼치는 쿵 소리를 내며 아래 층계참에 밀집한 사람들을 들이받았다. 그의 몸 아래에는 작은 바이저만 있을 뿐 얼굴이 보이지 않는 은빛 청소용 보호복 차림의 남자가 짓눌려 있었다.

사람들이 지미에게 소리를 질러댔다. 또 다른 사람들은 지미의 몸 아래를 기어서 빠져나갔다. 누군가를 들이받자 지미는 갈비뼈에 전기충격을 받은 듯했고, 한쪽 무릎이 욱신거리며 어깨는 타는 듯한 상태로 몸을 굴렸다. 그리고 또 한 사람이 품에 꾸러미를 안고 나오는 여닫이문을 향해 절뚝거리며 다가갔다. 그 사람은 계단을 빽빽하게 채운 사람들을 보고 멈춰 섰다. 누군가가 금지된 '바깥'에 대해 외쳤는데, 아무도 신경 쓰지 않는 것 같았다. 원래 내일은 청소가 있을 예정이었다. 너무 늦었는지도 몰랐다. 지미는 아버지가 쏟아부은 야근 시간을 생각했다. 이 모든 폭력 사태로 또 얼마나 많은 사람이 밖으로 나가게 될까 궁금했다.

그는 계단 쪽으로 몸을 돌리고 엄마를 찾았다. 사람들이 움직이라고, 비키라고 외쳐대는 통에 다른 소리를 들을 수가 없었다. 그래도 엄마의 목소리는 아직 귓가에 쟁쟁했다. 엄마가 마지막으로 내린 명령, 그 얼굴에 떠올라 있던 슬픈 표정을 기억한 그는 서둘러 아버지를 찾으러 들어갔다.

문 안도 지옥이었다. 사람들이 복도를 이리저리 뛰어다니고, 커다란 목소리들이 다퉈댔다. 보안문 옆에는 야니가 서 있었는데, 이 몸집 큰 보안 요원의 머리카락은 땀에 떡이 져 있었다. 지미는 그에게 달려갔다. 팔을 가슴에 붙이고 어깨가 흔들리지 않게 팔꿈치를 꽉 잡은 채였다. 갈비뼈의 통증 때문에 숨을 제대로 쉬기가 힘들었다. 심장은 긴 추락 탓에 아직도 쿵쾅거렸다.

"야니……." 지미는 보안문에 기대어 헐떡였다. 보안 요원은 잠시 후에야 지미를 알아본 것 같았다. 야니의 눈이 커지더니, 이리저리 움직였다. 지미는 야니의 손에 뭔가가 있음을 알아차렸다. 보안관이 차는 것 같은 권총이었다. "저 들어가야 해요. 아빠를 찾아야 해요."

보안 요원의 크게 뜬 눈이 지미를 보았다. 야니는 좋은 사람이었고, 아버지의 친구였다. 야니의 딸은 지미보다 두 살밖에 어리지 않았다. 두 가족은 가끔 휴일에 저녁 식사도 같이 하러 갔다. 하지만 이건 그 야니가 아니었다. 모종의 공포가 그의 목을 틀어쥔 것 같았다.

"그래." 야니는 고개를 끄덕거리며 말했다. "너희 아버지 말이지. 날 들여보내주지 않아. 우리 중 아무도 들여보내지 않아. 하지만 너라면……." 불가능한 일 같지만, 야니의 눈이 더 커졌다.

"저 좀 통과……." 지미가 회전문을 건드리면서 말하려던 때였다.

야니가 지미의 옷깃을 잡았다. 지미는 작은 아이가 아니었고, 어른과 같은 몸집으로 성장하고 있었지만 이 육중한 보안 요원은 말 그대로 세탁 자루 들듯이 지미를 회전문 위로 들어 올렸다.

지미는 그 격한 손아귀에 잡혀 버둥거렸다. 야니는 권총 끝을 지미의 가슴에 대고 복도를 질질 끌고 갔다. "그놈 아들을 잡았어!" 야니가 외쳤다. 누구에게 하는 소리인지는 분명치 않았다. 지미는 몸을 비틀어 벗어나려고 했다. 그는 혼란스러운 사무실들을 지나 끌려갔다. 층 전체에서 사람들이 떠난 것 같았다. 그는 계단에서 보았던 은색과 회색 작업복들을 생각하고 혹시 아버지도 지나친 사람 중에 있었으면 어쩌나 겁먹었다. 군중 사이에는 여기서 나간 사람들이 흩어져 있었다. 마치 그들이 돌진을 이끌었거나, 아니면 군중에게 쫓기고 있었던 것 같았다.

"숨을 못 쉬겠……." 지미는 야니에게 말하려고 했다. 그는 발로 버티며 힘센 남자의 팔뚝을 붙들었다. 어떻게든 옷깃을 놓게 하려고 했다.

"이 얼간이들 어디 갔어?" 야니가 복도 이쪽저쪽을 보면서 외쳤다. "도울 놈이 필요하단……."

천 개의 풍선이 동시에 터지는 듯, 귀가 멀어버릴 듯한 쿵쿵 소리가 울렸다. 지미는 야니가 걷어차이기라도 한 듯이 앞으로 고꾸라지는 것을 느꼈다. 손아귀 힘이 풀리고, 지미의 머리에 다시 피가 쏠렸다. 지미는 커다란 남자가 쓰러지자 잽싸게 옆으로 피했다. 야니는 꾸르륵거리고 쌕쌕거리면서 바닥에 부딪혔고, 검은색 권총은 타일 저편으로 굴러갔다.

"지미!"

복도 끝, 모퉁이를 반쯤 돌아간 곳에 아버지가 있었다. 겨드랑이에 긴 검은색 물체를 끼고 있었는데, 목발이라기에는 바닥에 닿지가 않았다. 너무 짧은 그 목발 끝에서는 불이 붙은 듯한 연기가 피어올랐다.

"서둘러라, 아들아!"

지미는 안도감에 소리를 질렀다. 그는 인간 같지 않은 끔찍한 소리를 내며 바닥에서 몸부림치고 있는 야니에게서 비틀비틀 멀어졌다. 팔을 붙들고 절뚝거리면서 아버지에게 달려갔다.

"너희 엄마는 어디 있어?" 아빠는 복도 저편을 보면서 물었다.

"계단에서……." 지미는 숨을 몰아쉬었다. 맥박이 약해지며 일정하게 쿵쿵거렸다. "아빠, 무슨 일이에요?"

"안으로. 안으로 가자." 아버지는 지미를 끌고 복도에서 커다란 스테인리스스틸 문으로 향했다. 모퉁이를 돌아 저편에서 고함치는 소리가 들렸다. 지미는 아버지의 이마에 불거진 힘줄, 숱이 줄어가는 머리카락 아래에 송글송글 맺힌 땀방울을 볼 수 있었다. 아버지가 육중한 문 옆 패널에 암호를 넣자, 윙 소리가 들리고 철컥철컥 연이은 소리가 난 후에야 문이 살짝 열렸다. 아빠는 문에 몸을 실어 두 사람이 간신히 빠져나갈 수 있을 만큼만 열었다. "어서, 움직여라."

복도 저편에서 누군가가 그들에게 멈추라고 외쳤다. 그들을 향해 쿵쾅대는 부츠 소리가 다가왔다. 지미는 문틈으로 몸을 밀어넣으면서 혹시 아빠가 자기 혼자만 집어넣고 문을 닫을까 걱정했지만, 아버지도 틈새로 비집고 들어온 후에 문 안쪽에 몸을 기댔다.

"밀어!" 아버지가 외쳤다.

지미는 문을 밀었다. 왜 미는지는 몰라도, 아버지가 겁먹은 모습은 처음 보았고 그런 모습을 보자 내장이 출렁거리는 기분이었다. 바깥에서 부츠 소리가 가까이 다가왔다. 누군가가 아버지의 이름을 불렀다. 누군가는 야니의 이름을 불렀다.

강철 문이 쾅 닫히는 순간, 누군가의 손이 문 바깥쪽을 때렸다. 다시 한번 윙 소리와 철컥 소리가 났다. 아버지는 패드에 뭔가를 치다 말고 멈칫했다. "숫자." 아버지는 헉헉거리며 말했다. "네 자리 숫자. 빨리 불러라. 네가 기억할 만한 숫자로."

"1, 2, 1, 8이요." 지미는 말했다. 12층과 18층. 학교가 있는 층과 집이 있는 층이었다. 아버지는 그 숫자를 입력했다. 문 반대편에서는 소리 죽인 고함과 두꺼운 강철을 손바닥으로 헛되이 두드리는 둔탁한 소리가 울렸다.

"따라와라." 아버지가 말했다. "카메라를 지켜봐야 해. 카메라로 네 어머니를 찾아야 해." 아버지가 검은 기계를 등에 메는 모습을 본 지미는 그제야 그것이 큰 권총 같은 물건임을 알았다. 끝에서는 이제 연기가 나지 않았다. 아버지는 멀리서 야니를 걷어찬 게 아니었다. 쏜 거였다.

지미는 아버지가 커다란 검은색 상자가 가득한 방 안을 걸어가는 동안 꼼짝하지 않고 서 있었다. 여기에 대해 들어보았다는 사실, 아버지가 서버가 가득한 방에 관해 이야기해줬다는 사실이 생각났다. 그 기계들은 문가에 선 지미를 감시하는 듯했다. 조용히 웅웅거리면서 경계를 서고 있는 검은 보초병들 같았다.

지미는 둔탁하게 때리는 소리와 소리 죽인 고함이 들려오는 스테인리스스틸 벽을 떠나서 아버지 뒤를 서둘러 쫓았다. 복도를 돌아가서 모퉁이를 다시 돌면 나오는 아버지의 사무실에는 가본 적이 있어도, 여기는 처음이었다. 엄청나게 큰 방이었다. 그는 서버들을 피해서 아버지가 사라진 곳으로 따라가느라, 절뚝거리면서도 방 끝까지 달려갔다. 끝까지 가서 마지막에 있는 검은 상자 주위를 돌았더니 아빠가 기도라도 드리는 것처럼 바닥에 무릎을 꿇고 있었다. 아빠는 두 손을 목으로 올리더니 작업복 안에 손을 넣어 가느다란 검은 줄을 꺼냈다. 줄 끝에서 은빛 물건이 달랑거렸다.

"엄마는 어떡해요?" 지미가 물었다. 바깥에 남은 사람들을 생각하면 어떻게 엄마를 데리고 들어올지 궁금했다. 왜 아버지가 그렇게 바닥에 무릎을 꿇었는지도 궁금했다.

"잘 들어라." 아빠가 말했다. "이건 사일로 열쇠야. 딱 두 개밖에 없지. 절대로 안 보이는 곳에 두지 말아라, 알았지?"

지미는 아버지가 그 열쇠를 어느 기계 뒷면에 꽂는 모습을 지켜보았다. "이게 통신 허브야." 아빠가 말했다. 지미는 통신 허브가 무엇인지 몰랐다. 그들이 그 안에 숨으리라는 것만 알았다. 그게 계획이었다. 소음이 다 사라질 때까지 검은 상자 안에 들어가 있는 것. 아빠는 뭔가 잠긴 문을 여는 것처럼 그 열쇠를 돌리고, 세 개의 다른 슬롯에서 세 번 더 그런 동작을 반복한 후 패널을 떼어냈다. 지미는 그 안을 들여다보고, 아빠가 레버를 하나 당기는 모습을 보았다. 근처 바닥에서 드드득 소리가 울렸다.

"안전하게 보관해라." 아버지는 말하더니 지미의 어깨를 움켜쥐고 열쇠가 달린 끈을 건넸다. 지미는 그 열쇠를 받아서 검은 끈 사이로 깔쭉깔쭉한 은색 물체를 살펴보았다. 열쇠 한쪽 면은 안에 세 개의 쐐기가 박힌 원 모양이었다. 사일로의 상징이었다. 그는 끈을 당겨 고리 형태로 만들어서 머리에 집어넣은 다음, 아버지가 그들의 발치에 있는 쇠살대에 손가락을 넣는 모습을 보았다. 아버지는 바닥의 작은 사각형을 들어 올리고 그 아래 어둠을 드러냈다.

"들어가라. 너 먼저." 아버지는 바닥에 난 구멍을 향해 손짓하더니 등에 멘 긴 총을 풀려고 했다. 지미는 발을 끌며 다가가서 구멍을 들여다보았다. 한쪽 벽에 손잡이가 줄줄이 박혀 있었다. 사다리 같은데, 이전에 본 어떤 사다리보다 높았다.

"어서, 얘야. 시간이 별로 없어."

지미는 쇠살대 가장자리에 앉아서 허공에 발을 달랑거리며 아래에 보이는 강철 손잡이에 손을 뻗고는, 한참을 내려가기 시작했다.

바닥 아래 공기는 싸늘했고, 빛은 흐릿했다. 계단의 끔찍한 상황과 소음이 잦아드는 것 같았고, 지미에겐 어떤 예감, 어떤 두려움이 남았다. 왜 아버지가 열쇠를 준 걸까? 여기는 뭐 하는 곳일까? 그는 성한 팔만 써서 내려가느라 느리긴 했지만 꾸준히 움직였다.

사다리를 다 내려가자 좁은 통로가 있었다. 멀리 끝에서 흐릿한 빛이 맥동했다. 위를 올려다보니 내려오는 아버지의 윤곽을 볼 수 있었다.

"여길 통과해." 아버지는 좁은 복도를 가리켰다. 그리고 긴 총은 사다리 옆에 기대놓았다.

지미는 위를 가리켰다. "우리 저길 다시 덮어야 하지 않아요?"

"내가 나가면서 덮을 거다. 가자, 아들아."

지미는 몸을 돌리고 통로를 걸었다. 천장을 가로질러 평행으로 전선과 파이프들이 달려 있었다. 머리 위 불빛은 주홍색으로 맥동했다. 스무 걸음쯤 가자 통로가 끝나고, 학교 창고가 생각나는 공간이 나타났다. 두 개의 벽을 따라 선반이 늘어서 있었다. 책상도 두 개였다. 하나에는 컴퓨터가, 또 하나에는 펼쳐진 책이 놓여 있었다. 아빠는 곧장 컴퓨터로 향했다. "어머니와 같이 있었니?"

지미는 고개를 끄덕였다. "엄마가 교실에서 끌고 나왔어요. 그런데 계단에서 따로 떨어졌어요." 지미가 아픈 어깨를 문지르는 동안, 아버지는 책상 앞 의자에 털썩 주저앉았다. 컴퓨터 화면은 네 개로 나뉘어 있었다.

"어디에서 놓쳤니? 한참 위야?"

"34층에서 두 굽이 위요." 지미는 추락을 떠올리며 말했다.

아버지는 마우스나 키보드에 손을 뻗는 대신, 손잡이와 스위치가 박힌 검은 상자를 잡았다. 그 상자에 붙은 전선이 모니터 뒷면으로 이어졌다. 지미는 화면 한쪽 구석에서 바닥에 가만히 누운 누군가를 굽어보고 서 있는 세 사람을 보았다. 실시간이었다. 구내식당의 벽 스크린 같은 창문이었다. 그는 방금 떠나온 복도를 보고 있었다.

"시발놈의 야니." 아버지가 중얼거렸다.

지미의 시선이 화면에서 떨어져 아버지의 뒤통수로 옮겨 갔다. 아버지가 욕하는 소리는 전에도 들었지만, 이런 말은 처음 들었다. 심호흡을 하느라 아버지의 어깨가 오르락내리락했다. 지미는 다시 화면으로 관심을 돌렸다.

네 개였던 창이 열두 개가 되었다. 아니, 열여섯 개였다. 아버지가 몸을 앞으로 내밀고, 모니터로부터 몇 센티미터 앞에 코를 대고는 이 창, 저 창을 들여다보았다. 나이 든 손이 검은 상자를 조작하자, 손잡이와 다이얼이 돌아가면서 찰칵거리는 소리가 났다. 지미는 모든 창에서 계단에서 목격한 것과 같은 혼란을 보았다. 계단은 난간부터 기둥까지 사람으로 꽉 차 있었다. 그대로 밀고 올라가고 있었다. 아버지는 한 손가락으로 창을 따라가며 어머니를 찾고 있었다.

"아빠……."

"쉬잇."

"……무슨 일인데요?"

"정보가 뚫렸다." 아버지는 말했다. "그놈들이 우리를 폐쇄하려고 해. 층계참에서 두 굽이 위였다고?"

"네. 하지만 엄마는 위로 밀려가고 있었어요. 움직이기가 힘들었어요. 전 난간을 넘어갔고……."

아버지가 몸을 돌려 지미를 살피느라 의자가 삐걱거렸다. 아버지는 가슴에 바싹 붙인 지미의 팔을 보았다. "떨어졌다고?"

"전 괜찮아요, 아빠. 무슨 일인데요? 뭘 폐쇄해요?"

아버지는 화면으로 관심을 돌렸다. 검은 상자가 몇 번 딸깍이자 사각형들이 깜박이다가 변했다. 그들은 이제 약간 달라진 창을 들여다보고 있었다.

"놈들이 우리 사일로를 폐쇄하려고 해." 아버지는 말했다. "그 개자식들이 우리 에어록을 열고는, 가스 공급선이 오염됐다고 했어……. 가만. 저기 있구나."

수많은 작은 창이 하나가 되었다. 시점이 약간 달라졌다. 지미는 어머니가 쏟아지는 사람들과 난간 사이에 붙박인 모습을 볼 수 있었다. 입과 턱은 피투성이였다. 어머니는 난간을 붙잡고 공간을 만들려고 애쓰면서, 군중이 반대 방향으로 움직이는 동안 힘겹게 한 걸음씩 아래로 향했다. 사일로 안의 모든 사람이 꼭대기로 가려는 것 같았다. 마치 그것만이 유일한 탈출구라는 듯이.

지미의 아버지가 책상을 탁 때리더니 벌떡 일어섰다. "여기에서 기다려라." 아버지는 좁은 통로를 향해 걸어가다가 멈춰 서더니 지미를 돌아보고, 뭔가를 생각하는 것 같았다. 두 눈에 기묘한 빛이 어렸다.

"빨리 따라와라. 만약에 대비해서." 그는 반대 방향으로, 지미를 지나쳐 방에서 나가는 문을 통과했다. 지미는 겁에 질리고 혼란스러운 와중에 절뚝이면서 서둘러 따라갔다.

"이건 우리 스토브와 많이 비슷해." 아버지는 옆방 구석에 놓인 오래된 물건을 두드리며 말했다. "옛날 모델이긴 해도 작동은 똑같이 하지." 아버지의 눈에 광포한 빛이 깃들었다. 아버지는 몸을 빙글 돌려서 다른 문을 가리켰다. "창고, 침실, 샤워실, 다 저쪽에 있다. 네 사람이 10년은 버틸 만한 식량이 있지. 약게 굴거라."

"아빠…… 이해가 안 가요……."

"열쇠는 집어넣어." 아버지는 지미의 가슴을 가리키며 말했다. 지미는 끈을 작업복 밖으로 내놓고 있었다. "그 열쇠를 잃어버리지 말아라, 알았지? 네가 절대 잊지 않겠다던 숫자가 뭐였지?"

"1218이요." 지미가 말했다.

"좋아. 이리 와라. 무전기가 어떻게 작동하는지 보여주마."

지미는 두 번째 방을 마지막으로 한 번 더 둘러보았다. 여기에 혼자 남겨지고 싶지 않았다. 그런데 아버지는 그를 여기 층과 층 사이에, 콘크리트 속에 숨겨진 공간에 두고 가려고 했다. 사방에서 세상이 무겁게 조여오는 느낌이었다.

"저도 같이 엄마 데리러 갈래요." 지미는 거대한 강철 문을 두드리던 남자들을 생각하며 말했다. 아무리 큰 총이 있다 해도 아버지 혼자서 갈 순 없었다.

"나나 네 어머니 말고는 누구에게도 문을 열어주지 말아라." 아버지는 아들의 애원을 무시했다. "이제 잘 봐라. 시간이 많지 않아." 아버지는 벽에 달린 상자를 가리켰다. 그 상자는 금속 우리 안에 들어가 있었지만, 바깥에 스위치와 다이얼들이 있었다. "전원은 여기." 아버지는 손잡이 하나를 두드렸다. "이쪽으로 계속 돌리면 소리가 커진다." 아버지가 시연해 보이자 끔찍한 잡음이 방을 가득 채웠다. 아버지는 벽에서 장치 하나를 당겨 떼어내더니 지미에게 건넸다. 그 장치는 길게 똬리를 튼 선으로 시끄러운 상자에 연결되어 있었다. 아버지는 벽에 붙은 선반에서 또 다른 장치를 집어 들었다. 그런 장치가 몇 개 있었다.

"이거 들리냐? 들려?" 아버지가 휴대용 장치에 대고 말하자, 그 목소리가 벽에 붙은 상자에서 나던 커다란 잡음을 대신했다. "그 버튼을 꽉 누르고 마이크에 대고 말하는 거야." 그는 지미의 손에 잡힌 장치를 가리켰다. 지미는 들은 대로 했다.

"들려요." 지미는 머뭇거리면서 말했다. 아버지의 손에 들린 작은 장치에서 자기 목소리가 나오는 것을 들으니 이상했다.

"숫자는 뭐라고?" 아버지가 물었다.

"1218이요." 지미가 말했다.

"좋아. 여기 있어라." 아버지는 잠시 지미를 살피더니, 걸음을 내디뎌서 지미의 목덜미를 잡았다. 아버지가 이마에 입을 맞추자, 지미는 아버지가 마지막으로 그렇게 입을 맞췄던 게 언제인지 돌이켰다. 지미가 어렸을 때, 아버지가 그림자가 되기 위해 석 달 동안 사라지기 직전이었다.

"내가 쇠살대를 다시 제자리에 밀어 넣으면, 저절로 잠길 거야. 아래쪽에 그걸 다시 여는 손잡이가 있다. 너 괜찮니?"

지미는 고개를 끄덕였다. 아버지는 머리 위에서 빨갛게 맥동하는 빛을 보고 얼굴을 찌푸렸다.

"어떤 경우에도, 나나 네 어머니 말고는 누구에게도 저 문을 열어주지 말아라. 알았지?"

"알았어요." 지미는 팔을 꽉 붙잡고 용기를 내려 했다. 벽에 또다른 기다란 총 하나가 기대 놓여 있었다. 지미는 왜 같이 갈 수 없는지 이해가 가지 않아서 그 검은 총에 손을 뻗었다. "아빠……."

"여기 있어." 아버지가 말했다.

지미는 고개를 끄덕였다.

"착하구나." 아버지는 지미의 머리를 쓰다듬고 미소 짓더니, 몸을 돌려 어둡고 좁은 통로로 사라졌다. 머리 위 빨간 불빛이 맥박 뛰듯 깜박거렸다. 멀리서 금속 가로대를 밟는 부츠 소리가 울리다가 어둠에 삼켜져 곧 조용해졌다. 이제 지미 파커는 혼자였다.

62

1번 사일로, 2345년

도널드는 발가락에 감각이 없었다. 맨발이었는데 아직 해동이 되지 않았다. 그의 발은 맨발이었지만, 사방을 부츠가 둘러싸고 있었다. 사방이 부츠였다. 반짝이는 수면 장치 사이 통로로 그를 밀고 가는 남자들이 신은 부츠들. 그의 피를 뽑고 소변을 누라고 말하는 동안 가만히 서 있는 부츠들. 엘리베이터 안에서 다 큰 어른들이 초조하게 무게중심을 옮기느라 삐걱거리는 뻣뻣한 부츠들. 그리고 위로 올라온 그들을 맞이한 정신없는 복도에서도 남자들이 부츠를 신고 뛰어다녔다. 복도에 고함을 지르는 소리가 가득하고, 초조하게 내리뜬 눈썹들이 보였다. 그들은 그를 밀고 작은 아파트에 들어가더니 씻고 몸을 녹이게 혼자 두었다. 문밖에서는 또 다른 부츠들이 이리저리 뛰어다녔다. 모두가 서두르고 또 서둘렀다. 걱정과 혼란, 잠을 깨우는 소리로 이루어진 세상이었다.

도널드는 반쯤 잠든 채로 침대에 앉아서, 의식은 바닥 위 어딘가를 유영했다. 깊은 피로감이 그를 사로잡았다. 그는 지상에서 살던 시절, 뒤척임과 깨어남이 서로 다른 것이었던 시절로 돌아갔다. 움직이기 시작하고도 한참 후에 샤워를 하거나, 일터로 가는 길에 운전하면서 정신을 차리던 아침들. 마음은 몸에 뒤처져 따라왔고, 무감각하게 질질 끄는 발에 차여 피어오른 먼지를 뚫고 헤엄쳤다. 수십 년간 얼어 있다가 깨어나는 것도 비슷한 느낌이었다. 흐릿하게 자각한 꿈들이 손아귀 사이로 빠져나갔고, 도널드는 그 꿈을 다 놓아 보내고 싶었다.

사람들이 도널드를 데려다 놓은 아파트는 예전 사무실과 같은 복도에 있었다. 오면서 사무실을 지나치기도 했다. 그렇다면 예전에 일하던 곳, 운영관리동에 있다는 뜻이었다. 침대 발치에 빈 부츠 한 켤레가 놓여 있었다. 도널드는 멍하니 그 부츠를 바라보았다. 부츠 발목 뒤쪽에 색 바랜 검은색 마커로 '서먼'이라는 이름이 적혀 있었다. 이 부츠는 그를 위해 준비된 것이었다. 그들은 깨어난 순간부터 그를 서먼이라고 불렀는데, 그건 그의 이름이 아니었다. 실수가 일어났다. 실수, 아니면 잔인한 속임수였다. 모종의 게임일 수도 있었다.

준비하는 데 15분. 그들은 그렇게 말했다. 뭘 준비하라는 거지? 도널드는 담요에 싸여 한 번씩 몸을 떨면서 더블베드에 앉아 있었다. 휠체어도 남아 있었다. 생각과 기억의 조각들이 한밤중에 깨어 일어나서 차가운 빗속에 정렬하라는 지시를 들은 지친 병사들처럼 마지못해 모여들었다.

내 이름은 도널드야. 그는 스스로를 일깨웠다. 그것만은 잊어선 안 된다. 그것이 가장 중요한 첫 번째 기억이었다. 그가 누구인가.

감각과 자각이 모여들었다. 도널드는 매트리스에서 다른 사람의 몸집과 형태에 맞게 꺼진 부분을 느낄 수 있었다. 다른 사람이 남겨놓은 이 꺼진 부분이 그를 잡아당겼다. 문 뒤쪽 벽에는 손잡이가 부딪치면서 문이 크게 열린 자리가 파여 있었다. 아마 비상사태였으리라. 싸움, 아니면 사고. 누군가가 문을 부수고 안으로 들어온 흔적. 폭력의 현장. 도널드가 접근할 수 없는 이야기들이 일어난 수백 년. 그리고 생각을 정리하는 데 15분.

협탁 위에는 바코드와 이름이 들어간 배지가 놓여 있었다. 다행히 사진은 없었다. 그 배지를 만지자 도널드는 그게 쓰이던 장면을 본 기억이 났다. 그는 배지를 내버려두고 후들거리는 다리로 일어나서, 휠체어를 지지대 삼아 작은 화장실로 향했다.

팔에는 의사가 피를 뽑은 자리에 밴드가 붙어 있었다. 윌슨 박사라고 했다. 소변 샘플도 이미 줬지만, 다시 소변을 눠야 했다. 그는 담요를 떨어뜨리고 변기 앞에 섰다. 오줌 줄기는 분홍색이었다. 도널드는 마지막 근무 기간에는 새까만 오줌을 눴던 기억이 있다고 생각했다. 다 누고 나서는 씻으려고 샤워실에 들어갔다.

물은 뜨거운데, 뼛속이 차가웠다. 도널드는 안개 같은 증기 속에서 몸을 떨었다. 그는 입을 벌려 물보라를 혀에 맞으면서 뺨 안쪽을 더듬었다. 몸속에 독이 들어왔던 기억, 깨끗하다는 느낌을 영영 받지 못하게 만들어준 기억을 문질러 닦아냈다. 잠시 동안 그의 피부를 태우는 것은 뜨거운 물이 아니라, 공기였다. 바깥 공기. 하지만 물줄기를 잠그자 그 타는 느낌도 약해졌다.

그는 몸을 닦고 나서 준비된 작업복을 발견했다. 너무 컸다. 그 래도 도널드는 그 옷을 걸쳤다. 도대체 얼마나 오랫동안 맨살로 누워 있었는지 모를 피부에 닿는 옷감이 까끌까끌했다. 지퍼를 목 까지 올리는데 문을 두드리는 소리가 들렸다. 누군가가 그의 것이 아닌 이름, 침대 위에 가만히 놓인 부츠 뒷면에 적힌 이름, 협탁 위 에 놓인 배지에 적힌 이름을 불렀다.

"갑니다." 도널드는 약하고 가냘픈, 쉰 목소리로 말했다. 그는 배지를 주머니에 넣고 침대에 털썩 주저앉았다. 남는 밑동을 말아 올리고 한 번에 하나씩 부츠를 신었다. 더듬더듬 신발 끈을 묶고, 일어서보니 다른 사람이 남겨놓은 공간에서 발가락을 꿈틀거릴 수 있었다.

오래전, 도널드 킨은 단순히 직책명만 바뀌는 방식으로 승진한 적이 있었다. 명칭이 바뀌자마자 즉시 권력과 중요성이 생겼다. 그는 평생 몇 안 되는 사람들만이 귀 기울여주는 남자였다. 학위 하나, 몇 가지 직업, 아내, 소박한 집이 있는 남자. 그런데 어느 날 밤, 컴퓨터 한 대가 가득 쌓인 투표용지를 헤아리더니 도널드 킨 이 하원의원 킨이 되었다. 더 큰 방향타의, 밀고, 끌고, 변덕스럽 게 조종하는 손들이 이루는 분투의 손잡이를 쥔 수백 명 중 하나 가 되었다.

하룻밤 사이에 그런 일이 일어났고, 지금 또 그랬다.

"기분은 어떠십니까?"

아파트 바깥에 선 남자는 걱정스러운 얼굴로 도널드를 살폈다. 목에 걸린 배지에는 '에렌'이라고 적혀 있었다. 작전 책임자로, 복도 저편에 있는 정신과 의사의 책상을 맡은 사람이었다.

"아직 혼미하네요." 도널드는 조용히 대답했다. 밝은 파란색 작업복을 입은 남자 하나가 옆으로 빠르게 달려가더니 모퉁이를 돌아 사라졌다. 부드러운 바람이, 커피와 땀 냄새가 풍기는 공기 움직임이 그 뒤를 따랐다.

"걸으셔도 괜찮을까요? 서둘러서 죄송합니다만, 분명 이런 상황에 익숙하시겠지요." 에렌은 복도 저편을 가리켰다. "다들 통신실에서 기다리고 있습니다."

도널드는 고개를 끄덕이고 따라갔다. 그는 이 복도가 더 조용했을 때를 기억했고, 쿵쾅거리는 발소리와 커다란 목소리가 없었을 때를 기억했다. 벽에는 새로 생긴 듯한 흠집이 여기저기 있었다. 얼마나 많은 시간이 지났는지 알려주는 흔적이었다.

통신실에 들어가자 모두의 눈이 그에게 향했다. 누군가가 곤란한 상황이었다. 도널드는 느낄 수 있었다. 에렌이 그를 의자로 안내했고, 모두가 지켜보며 기다렸다. 그는 자리에 앉아서 앞에 있는 화면에 얼어붙은 영상을 보았다. 누군가 버튼을 누르자 영상이 움직이기 시작했다.

짙은 흙먼지가 풍경을 휩쓸어, 알아보기가 힘들었다. 구름이 제멋대로 흘러갔다. 그러나 그 틈새로, 부피 큰 보호복을 입은 사람 하나가 으스스한 풍경 속에서 완만한 능선을 올라가는 모습을 볼 수 있었다. 카메라에서 멀어지는 방향이었다. 바깥에 누군가가 있었다.

그는 혹시 오래전 그의 모습일까 생각했다. 보호복은 눈에 익었다. 어쩌면 자유인으로 죽으려 했던 그의 어리석은 시도를 카메라에 잡았는지도 모른다. 그리고 이제는 이 저주받을 증거를 보여주려고 그를 깨웠을까. 도널드는 고발과 처벌에 대비했고…….

"오늘 아침 일찍 있었던 일입니다." 에렌이 말했다.

도널드는 고개를 끄덕이며 마음을 가라앉히려 했다. 화면에 뜬 사람은 그가 아니었다. 이 사람들은 그가 누구인지 몰랐다. 안도감이 밀려왔다. 방 안의 불안과 복도에 들리는 고함과 서두르는 부츠 소리와는 날카로운 대조를 이루는 감정이었다. 도널드는 수면 장치에서 일어날 때 누군가가 언덕 너머로 사라졌다는 말을 들었던 기억을 되살렸다. 그게 처음 들은 말이었다. 화면에 보이는 이 사람이 그 사람이었다. 이것이 그를 깨운 이유였다. 그는 입술을 핥고 그게 누구인지 물었다.

"선생님을 위해 파일을 준비하고 있습니다. 곧 다 될 겁니다. 지금 아는 내용은 오늘 아침 18번 사일로에서 청소가 예정되어 있었다는 것뿐입니다. 다만……."

에렌은 머뭇거렸다. 도널드가 화면에서 눈을 돌려보니 작전 책임자는 다른 사람들을 쳐다보며 도움을 구하고 있었다. 통신원 한 명이, 철사 같은 머리에 목에는 헤드폰을 걸고 오렌지색 작업복을 입은 덩치 큰 남자가 제일 처음 나섰다. "청소는 실행되지 않았습니다." 통신원은 단조로운 투로 말했다.

부츠를 신은 남자 몇 명이 몸을 굳혔다. 도널드는 작은 통신실에 들어찬 사람들을 둘러보았고, 그들이 자신을 보는 모습을 보았다. 다들 그의 반응을 기다렸다. 작전 책임자는 패배감에 싸여 바닥을 내려다보았다. 30대 후반으로 보였는데, 도널드와 비슷한 나이면서도 꾸짖음을 기다리고 있었다. 곤란해진 것은 이 사람들이지, 도널드가 아니었다.

도널드는 생각을 해보려고 했다. 책임자들이 그에게 지침을 구하고 있었다. 교대근무 체계가 뭔가 잘못됐다. 뭔가가 굉장히 잘못됐다. 그는 이 사람들이 그라고 생각하는 사람, 그의 배지와 부츠에 적힌 이름의 실제 주인과 일해본 적이 있었다. 서먼. 바로 이 통신실에 서서 그 남자와 잠깐이지만 동등하다고 느꼈던 순간이 바로 어제 같았다. 이전 근무 때 그는 한 사일로를 구하는 일을 도왔다. 머리가 혼미하고 다리가 후들거리긴 해도 그는 지금의 위장극을 유지하는 게 중요하다는 사실을 알았다. 적어도 무슨 일이 벌어지고 있는지 이해할 때까지는 유지해야 했다.

"저 사람은 어느 방향으로 간 겁니까?" 그는 속삭이는 목소리로 물었다. 다른 사람들은 작업복 바스락거리는 소리조차 그의 말을 방해하지 않도록 꼼짝 않고 있었다.

방 위쪽에 있던 한 남자가 대답했다. "17번 쪽입니다."

도널드는 스스로를 가다듬었다. 그는 〈규칙〉을, 누구라도 시야에서 놓칠 때의 위험을 기억했다. 제한된 세상만 보이는 사일로에 사는 사람들은 세상에 살아 있는 사람은 자기들뿐이라고 생각했다. 절대로 터져서는 안 될 거품 속에서 살았다. "17번에서는 무슨 소식 있나요?"

"17번은 사라졌습니다." 옆에 있던 통신원이 똑같이 단조로운 목소리로 나쁜 소식을 더했다.

도널드는 목을 가다듬었다. "사라지다니?" 그는 모인 사람들의 얼굴을 탐색했다. 걱정에 주름진 이마들. 에렌은 도널드를 살폈고, 옆에 있던 통신원은 큰 몸의 앉은 자세를 바꿨다. 화면에서는 청소부가 언덕 꼭대기를 넘어서 시야에서 사라졌다. "이 청소부가 무슨 짓을 했습니까?" 그는 물었다.

"그 여자가 아닙니다." 에렌이 말했다.

"17번은 몇 번의 교대근무 기간 전에 폐쇄됐습니다." 통신원이 말했다.

"그랬지, 그래." 도널드는 손가락으로 머리를 쓸었다. 손이 떨리고 있었다.

"괜찮으십니까?" 통신원이 묻더니, 작전 책임자를 흘긋 보고 다시 도널드를 보았다. 아는 것이다. 도널드는 오렌지색 옷을 입고 헤드폰을 목에 건 이 남자가 뭔가 잘못됐음을 깨달았다고 느꼈다.

"아직 머리가 좀 흐리멍덩하군요." 도널드는 설명했다.

"깨어난 지 30분밖에 안 됐습니다." 에렌이 통신원에게 말했다.

방 안쪽에서 웅얼대는 소리가 퍼졌다.

"맞아, 그렇죠." 통신원은 의자에 다시 등을 기댔다. "그냥…… 이분은 '양치기' 아닙니까? 손톱을 씹으면서 깨어나 방귀 대신 전략을 뀔 줄 알았죠."

도널드의 자리 바로 뒤에서 누군가가 쿡쿡거렸다.

"그래서 저 청소부는 어떻게 하죠?" 어떤 목소리가 물었다. "누군가를 뒤쫓아 보내기 전에 허가가 필요합니다."

"멀리 갈 수는 없을 겁니다." 누군가가 말했다.

도널드의 반대편 통신 기술자가 발언했다. 이 기술자는 헤드폰을 한쪽만 끼고, 다른 한쪽은 대화를 따라갈 수 있게 귀에서 떼고 있었다. 이마에 땀이 번들거렸다. "18번이 보고하는데 저 여자의 보호복은 개조되었다고 합니다. 얼마나 오래 버틸지는 알 수 없습니다. 아직 저 밖에 있을 수도 있습니다."

이 말에 사람들이 한바탕 수런거렸다. 마치 바람이 바이저를 때리면서 모래를 뿌리는 소리 같았다. 도널드는 화면을, 18번 사일로에서 본 생명 없는 언덕 풍경을 응시했다. 흙먼지가 검은 파도를 일으켰다. 그는 저 풍경 속에 나가 있으면 어떤지, 저 보호복을 입고 움직이기가 얼마나 힘든지, 저 완만한 언덕을 올라가기가 얼마나 어려운지를 기억했다. 이 청소부는 누구이며, 자신이 뭘 하고 있다고 생각한 걸까?

"이 청소부에 대한 파일을 최대한 빨리 갖다줘요." 다른 사람들이 소곤소곤 주고받던 언쟁을 멈추고 조용해졌다. 도널드의 목소리는 조용하기 때문에 위엄이 있었다. 사람들이 생각하는 그의 정체 때문에 힘을 지녔다. "그리고 17번에 대해 가진 자료는 다 받고 싶군요." 그는 걱정인지 의심인지로 이마에 주름이 깊게 팬 통신원을 흘긋 보고 덧붙였다. "기억을 돌이키기 위해서요."

에렌이 도널드의 의자 등받이에 손을 얹고 물었다. "프로토콜은 어떻게 할까요? 드론을 발진시키거나 누군가를 뒤쫓아 보내야 하지 않을까요? 아니면 18번을 폐쇄하거나? 18번에서는 폭력 사태가 일어날 겁니다. 이제까지는 청소가 이뤄지지 않은 적이 없었어요."

도널드는 이제 맑아지기 시작하는 머리를 흔들었다. 그는 손을 내려다보고 언젠가, 저 바깥에서 장갑 한쪽을 벗었던 일을 기억했다. 그는 살아 있지 않았어야 했다. 서먼이라면 어떻게 할까, 그 노인네라면 뭐라고 지시할까 생각했다. 그러나 그는 서먼이 아니었다. 언젠가 누군가가 도널드 같은 사람들이 책임자가 되어야 한다고 했었는데, 이제는 그가 책임자였다.

"아직은 아무것도 안 합니다." 그는 기침을 하고 목청을 가다듬으며 말했다. "그 여자는 멀리 가지 않을 거예요."

다른 사람들은 충격과 수긍이 뒤섞인 얼굴로 그를 바라보았다. 그러다가 마침내 몇 명이 고개를 끄덕였다. 그들은 그가 제일 잘 알 거라고 생각했다. 상황을 통제하기 위해 깨운 사람이었으니까. 모두 프로토콜대로였다. 시스템은 믿을 수 있었다. 믿을 수 있게 만들어졌다. 누구나 자기가 맡은 일만 하면서 나머지는 다른 사람들에게 맡기면 됐다.

63

그의 아파트에서 중앙 사무실들까지는 걸어서 금방이었고, 도널드는 그게 의도된 배치라고 생각했다. 언젠가 본, 침실이 붙은 CEO 사무실이 떠올랐다. 처음에는 대단하다고 생각했으나 침실이 왜 거기 있는지 깨닫고는 슬퍼졌었다.

그는 '심리 서비스 사무실'이라고 붙어 있는 열린 문을 손가락 마디로 두드렸다. 예전에는 이 사람들이 정신과 의사이며, 다른 사람들을 제정신으로 유지하기 위해 여기 있다고 생각했다. 이제는 그들이 미친 짓을 책임지고 있음을 알았다. 심리 서비스 사무실이라고 읽지 않고 그대로 읽어보면 Office of Psychological Services의 머리글자만 따서 OPS, 즉 작전이라는 뜻이 된다. 이들이 책임자들의 책임자의 책임자였다. 복도 건너편 사무실은 힘들고 단조로운 일이 가는 자리였다. 도널드는 각각의 사일로마다 악

수하고 겉치레를 맡는 시장이 있다는 사실을 돌이켰다. 예전 세상에 임기마다 바뀌는 대통령들이 있었던 것과 마찬가지였다. 그들이 얼굴을 내밀고 있는 동안 진짜 권력을 휘두르는 사람들, 임기에 기한이 없는 사람들은 그림자 속에 있었다. 1번 사일로 역시 똑같은 속임수로 돌아간다는 사실도 놀랍지 않았다. 그런 자들은 무엇이든 그런 식으로밖에 운영할 줄 몰랐다.

그는 예전 사무실을 등지고 문을 좀 더 세게 두드렸다. 컴퓨터 앞에 있던 에렌이 고개를 들었고, 집중으로 딱딱한 가면처럼 굳어 있던 얼굴이 녹아내리며 희미한 미소를 지었다. "들어오십시오." 그는 의자에서 일어나면서 말했다. "책상이 필요하신가요?"

"그렇긴 한데, 여기 있어요." 도널드는 아직 회복이 덜 된 다리로 조심조심 걸어 들어가면서, 자신이 입은 하얀 작업복은 빳빳한 반면, 에렌의 옷은 6개월 근무가 한창이었던 사람답게 구겨져 있음을 눈여겨보았다. 그렇다 해도 작전 책임자는 활기 있고 기민해 보였다. 턱수염은 목 근처에서 깔끔하게 다듬었고, 희끗희끗한 부분은 살짝만 보였다. 그는 도널드를 부축해서 책상 안쪽에 놓인 안락한 의자에 앉혔다.

"이 청소부에 대한 완전한 보고서는 아직 기다리는 중입니다." 에렌이 말했다. "18번 책임자가 두꺼운 보고서가 될 거라고 하더군요."

"전과가 있나요?" 도널드는 누구든 청소형을 받는 사람이라면 전과가 있으리라 생각했다.

"아, 그게요. 들리는 말로는 원래 보안관이었답니다. 믿을 만한 이야기인지 모르겠습니다. 물론 나가고 싶어 한 법 집행관이 처음은 아니겠지만요."

"누구든 보이지 않는 데까지 간 일은 처음이겠지요." 도널드는 말했다.

"제가 알기로는 그렇습니다." 에렌은 팔짱을 끼고 책상에 몸을 기댔다. "이전에 거기까지 갈 뻔했던 사례라면 선생님이 막은 그분 정도였죠. 그래서 프로토콜이 선생님을 깨우라고 했지 싶습니다. 몇 사람이 선생님을 '양치기'라고 부르는 걸 들었거든요." 에렌은 소리 내어 웃었다.

도널드는 그 별명을 듣고 움찔했다. 그는 양치기라기보다는 양에 가까웠다. "17번에 대해 말해봐요." 그는 화제를 바꿨다. "17번이 무너졌을 때는 누가 근무하고 있었습니까?"

"찾아보실 수 있습니다." 에렌이 키보드를 손짓했다.

"아, 내 손가락이 아직 조금 따끔거려서요." 도널드는 그렇게 말하며 키보드를 에렌 쪽으로 밀었고, 에렌은 멈칫하다가 움직였다. 작전 책임자는 키보드 위로 몸을 굽히고 간단히 교대근무 기록을 불러냈다. 도널드는 에렌이 화면 속에서 하는 일을 따라가려고 했다. 이것들은 도널드가 접속할 수 없었던 파일이고, 익숙하지 않은 메뉴였다.

"쿠퍼였던 것 같네요. 아마 한 번쯤은 쿠퍼가 들어올 때 제가 근무를 끝낸 적이 있나 봅니다. 이름이 익숙해요. 파일은 선생님께도 가져다드리도록 아래에 사람을 보냈습니다."

"좋아요, 좋아."

에렌이 눈썹을 올렸다. "지난번 근무 때 17번에 대한 보고서는 보신 거죠?"

도널드는 서먼이 그 후에 일어나기는 했는지 알지 못했다. 그가 아는 한, 그 노인장은 일이 터졌을 때 깨어 있었다. "모든 것을 따라잡기는 힘들군요." 그는 진실 그대로를 말했다. "그게 몇 년이나 됐죠?"

"맞아요, 참. 심냉동에 들어가 계셨죠?"

도널드는 그럴 거라고 생각했다. 에렌이 손가락으로 책상을 두드렸고, 도널드의 시선은 복도 건너편에서 컴퓨터를 보고 앉아 있는 남자에게 흘러갔다. 명목상 책임자로 그 자리에 있으면서, 복도 건너편에서 흰옷을 입은 의사들은 뭘 의논하는 걸까 궁금해하던 기억이 났다. 이제는 도널드가 바로 그 흰옷 중 하나였다.

"그래요, 심냉동에 있었지요." 도널드는 말했다. 그들이 그의 몸을 옮기지는 않았을 것이다. 그렇지 않은가? 어스킨이나 누군가라면 간단하게 데이터베이스 내용을 바꿀 수 있었을 것이다. 그렇게 간단한 일일 수도 있었다. 한 번만 신속하게 침입하면 두 개의 번호가 바뀌고, 한 명이 다른 한 명의 삶을 사는 것이다. "딸과 가까이 있고 싶어서요." 그는 설명했다.

"그래요, 비난은 못 하겠군요." 에렌의 이마에 파인 주름이 펴졌다. "저도 아래에 아내가 잠들어 있습니다. 아직도 근무를 시작할 때마다 아내부터 찾아가는 실수를 저지르죠." 그는 깊은숨을 토하더니 화면을 가리켰다. "17번은 거의 30년도 더 전에 잃었습니다. 정확한 숫자는 찾아봐야겠네요. 원인은 아직도 불분명합니다. 몰락으로 이어지는 어떤 불안 징후도 없었기 때문에, 우리에겐 반응할 시간이 많지 않았습니다. 예정된 청소가 있었는데, 에어록이 하루 일찍 열렸고 순서도 맞지 않았어요. 결함이었을 수도 있고, 부정 수단이었을 수도 있습니다. 우리는 몰라요. 감지기들에 따르면 하층에서 가스 숙청이 일어났고, 그다음엔 폭동이 위로 올라갔다고 합니다. 우린 사람들이 에어록 바깥으로 돌진하는 동안 플러그를 뽑았죠. 시간이 거의 없었습니다."

도널드는 12번 사일로를 떠올렸다. 그곳도 비슷한 식으로 끝났었다. 언덕 비탈에 흩어져 있던 사람들, 하얀 연기 기둥, 다시 들어가려고 몸을 돌리고 싸우던 사람들을 기억했다. "생존자는 없습니까?" 그는 물었다.

"낙오자가 몇 명 있었습니다. 무전기와 카메라 피드는 잃었지만, 혹시 대피실에 누군가가 있었을까 봐 정기적으로 계속 호출은 했습니다."

도널드는 고개를 끄덕였다. 규칙대로였다. 그는 무너진 후에도 12번에 연락했던 일을 기억했다. 아무도 대답하지 않았던 것도 기억했다.

"그 사일로가 무너진 날에는 누군가가 연락을 받았습니다." 에렌이 말했다. "젊은 그림자 아니면 기술자였을 겁니다. 그 기록을 읽은 지가 너무 오래됐네요." 그는 근무 기록 보고서를 아래로 내렸다. "우리는 그 통화 직후에 붕괴 신호를 보냈던 것 같습니다. 예방 차원에서요. 그러니까 그 청소부가 17번까지 간다 해도, 땅속의 구멍 하나 찾지 못할 겁니다."

"계속 걸어갈지도 모르지요." 도널드는 말했다. "더 가면 몇 번 사일로가 있었죠? 16번?"

에렌은 고개를 끄덕였다.

"16번에 연락해보는 게 어떨까요?" 도널드는 사일로 배치도를 떠올리려 했다. 이런 것들은 그가 알아야 마땅했다. "그리고 우리 청소부가 방향을 바꿀 경우에 대비해서, 17번 양옆에 있는 사일로들에도 연락합시다."

"그러겠습니다."

에렌이 일어났고, 도널드는 다시 한번 자신이 책임자 취급을 받는 데 놀랐다. 이미 스스로도 정말 책임자처럼 느끼기 시작했다. 하원의원에 당선됐을 때, 그 굉장한 책임이 하룻밤 사이에 어깨에 얹혔을 때와 마찬가지로······.

에렌이 책상 너머로 몸을 기울이더니 평션 키 두 개를 눌러서 컴퓨터에서 로그아웃했다. 그리고 작전 책임자는 서둘러 복도로 나가버리고, 도널드는 로그인 이름과 암호를 넣어야 하는 창을 응시했다.

갑자기 책임자라는 실감이 확 줄어들었다.

64

복도 건너편에서는, 한때 도널드의 것이었던 책상 앞에 한 남자가
앉아 있었다. 도널드는 그 남자를 유심히 보면서 그 남자 역시 이
쪽을 쳐다보고 있음을 알았다. 도널드도 복도 맞은편을 멍하니 보
곤 했었다. 그리고 도널드보다 몸집이 크고 머리숱은 적은 이 남
자가 그의 예전 사무실에 앉아서 아마도 솔리테르 게임을 하는 동
안, 도널드도 수수께끼와 씨름했다.

　예전의 트로이로는 로그인이 되지 않았다. 옛날 ATM기에 쓰던
암호도 시도해봤지만 똑같이 쓸모가 없었다. 그는 부정확한 시도
를 너무 여러 번 할까 걱정하며 앉아서 생각했다. 이 계정으로 들
어갔던 게 겨우 어제 같았다. 그러나 그 후에 아주 많은 일이 일어
났다. 많은 교대근무가 지나갔다. 그리고 누군가가 프로그램에 손
을 댔다.

정황상으로는 뒤에 남아서 교대근무를 정리하기로 했던 늙은 영국인, 어스킨이 범인인 것 같았다. 어스킨은 도널드를 좋아하기도 했다. 하지만 무엇을 위해서? 도널드가 무엇을 하리라 기대한 걸까?

그는 일어나서 복도로 걸어 나가 '난 서먼도 양치기도 트로이도 아닙니다. 내 이름은 도널드이고, 여기 있을 사람이 아니에요'라고 말할까 잠시 생각했다.

사실대로 말해야 했다. 다른 모두에게도 비상식적일 테지만, 그도 사실을 두고 화를 내야 마땅했다. '난 도널드라고!' 예전에 헬이라는 노인이 그랬듯, 그도 소리를 지르고 싶었다. 그러면 사람들이 그의 부츠를 이동 침대에 고정하고 다시 찬란한 잠으로 돌려보내줄 수 있으리라. 그를 바깥 언덕으로 보내줄 수도 있으리라. 그의 아내처럼 그를 묻을 수도 있으리라. 그래도 그는 계속 소리를 지를 것이다. 스스로도 내가 그 사람이라고 믿기 위해서 계속.

그래서 그는 어스킨의 이름을 넣고 원래 쓰던 암호를 시도해보았다. 다시 한번 로그인이 올바르지 않다는 빨간색 경고문이 떴고, 정체를 드러내고 싶다는 욕망은 찾아왔을 때만큼 빠르게 사라졌다.

그는 모니터를 골똘히 보았다. 올바르지 않은 접근의 횟수 제한은 없는 것 같았지만, 에렌이 돌아올 때까지 얼마나 걸릴까? 로그인할 수 없는 이유를 설명해야 할 때까지 시간이 얼마나 있을까? 어쩌면 복도를 건너가서 사일로 책임자의 솔리테르 게임을 방해하고 암호를 되찾아달라고 부탁할 수 있을지도 몰랐다. 막 깨어나서 머리가 흐린 탓으로 돌릴 수도 있을 것이다. 지금까지는 그 변명이 통했다. 얼마나 오래 그 변명에 매달릴 수 있을까.

그는 장난삼아 서먼이라는 이름을 넣고 그의 원래 암호였던 2156을 결합해보았다.

로그인 화면이 사라지더니, 메인 메뉴가 떴다. 자신이 도널드가 아닐지도 모른다는 감각이 심해졌다. 도널드는 발가락을 꼼지락거렸다. 헐렁한 부츠에 남는 공간을 느끼자 편해졌다. 화면에는 눈에 익은 봉투가 반짝였다. 사람들이 서먼에게 보낸 메시지들이 있었다.

도널드는 그 아이콘을 누르고 스크롤을 내려서 읽지 않은 메시지 중에 제일 오래된 것을 찾았다. 어쩌다가 그가 여기에 있게 되었는지 설명해줄 만한 뭔가가, 서먼의 이전 근무에서 남은 단서가 있을지도 몰랐다. 메시지 날짜는 몇 세기를 거슬러 올라갔다. 스크롤이 지나가는 것만 보아도 신경이 거슬렸다. 인구 보고서들. 자동 저장 메시지들. 답변과 전달 편지들. 그는 어스킨에게서 온 메시지를 보았지만, 냉동 수면 층 아래쪽에 심냉동된 인간이 넘치는 문제에 대한 쪽지일 뿐이었다. 쓸모없는 몸뚱이들이 쌓여 있다고 했다. 더 내려가서 또 한 메시지에는 중요하다는 의미의 별표가 있었다. 보낸 사람에는 빅터 이름이 있어서, 도널드의 관심을 끌었다. 도널드의 두 번째 근무 이전에 온 편지일 것이다. 빅터는 도널드가 지난번에 깨어났을 때 이미 죽어 있었으니 말이다. 그는 그 메시지를 열었다.

오랜 친구에게,

분명 자네는 내가 뭘 하려는 건지 의문일 테고, 이걸 우리 협정의 위반으로 볼 테지만, 나는 그보다는 시간선 재구축으로 봐. 새로운 사실들이 드러나서 사태를 조금 앞당긴 거지. 적어도 내가 보기에는 그래. 자네도 이해할 때가 올 거야.

나는 최근 들어서 왜 우리 시설 중 한 곳이 적정 수준 이상의 혼란을 겪었는지 알아냈어. 그곳에 누군가 기억하는 사람이 있고, 그 여자는 내가 인류에 대해 아는 바를 흩뜨리면서 동시에 더 확고히 하기도 해. 공간이 생겨야 채워질 수 있지. 공포가 번지는 건 이런 대규모 청소가 중독적이기 때문이고. 이 점을 보면, 우리가 서로에게 하는 많은 일이 좀 더 분명해져. 왜 가장 우울한 사회가 원하는 바가 가장 적은가 하는 진퇴양난을 설명해주지. 진실에 도달한 나는 옛날처럼 이론을 짜 맞춰서 방 안 가득 모인 전문가들에게 발표하고 싶은 충동을 느껴. 하지만 그 대신에 나는 총을 찾으러 먼지투성이 방으로 갔지.

자네와 나는 어른이 된 이후 인생의 많은 시간을 세상을 구할 계획을 짜면서 보냈어. 사실은 몇 명의 인생만큼의 시간이지. 그 일은 이제 끝났고, 나는 다른 질문을, 내가 대답할 수 없을 것 같아 두려운 질문을 생각해. 우리는 결코 그 질문을 던질 만큼 용감하지도 대담하지도 못했지. 그러니 이제 묻겠네, 친애하는 친구여. 이 세상은 애초에 구할 가치가 있었던 걸까? 우리 스스로는 구할 가치가 있었을까?

이 노력은 그 거대한 가정을 당연하게 받아들이면서 시작됐어.

이제 나는 처음으로 스스로에게 묻네. 그리고 세상을 정화하는 것을 우리의 분명한 위업으로 보면서 동시에, 인류를 구한다는 건 우리가 저지른 가장 암울한 실수일지 모른다고 생각해. 세상은 우리가 없어야 더 나을 수도 있어. 나에겐 결정할 의지가 없군. 그 결정은 자네에게 맡기지. 친구여, 나는 내 마지막 근무를 마쳤으니, 마지막 교대근무는 자네 몫이야. 자네가 내려야 할 선택이 부럽지는 않군. 우리가 너무나 오래전에 이루었던 협정이 그 어느 때보다 나를 괴롭히네. 그리고 지금 내가 하려는 일은…… 이건 쉬운 길이라고 생각해.

빈센트 웨인 디마코

도널드는 마지막 단락을 다시 읽었다. 이건 유서였다. 서먼은 내내 알고 있었다. 도널드가 지난번 근무 기간에 빅터의 운명을 두고 고심하던 내내, 서먼은 이미 답을 알고 있던 것이다. 이 유서를 가지고도 다른 사람에게 보여주지 않았다. 그리고 도널드는 빅터가 살해당했다고 믿을 뻔했다. 이 편지가 가짜만 아니라면……. 아니다, 도널드는 그 생각을 털어냈다. 그런 편집증은 끝없이 통제를 벗어날 수도 있었다. 어딘가에는 매달려야 했다.

그는 무거운 심정으로 그 메시지 창을 빠져나와서 스크롤을 올리며 다른 단서를 찾았다. 화면 거의 맨 위에 밑줄이 그어진 메시지가 하나 있었다. '긴급—〈협정〉' 도널드는 그 메시지를 클릭해서 열었다. 내용은 짧았다. 간단하게 이것뿐이었다.

이 편지 받으면 날 깨워.

애나

(로켓 20391102)

도널드는 애나의 이름을 보고 빠르게 눈을 깜박였다. 그는 복도 너머로 사일로 책임자를 한 번 보고, 혹시 이쪽으로 오는 발소리가 들리나 귀를 기울였다. 두 팔에 소름이 돋아 있었다. 그는 팔을 문지르고, 눈 밑을 훔친 다음, 그 쪽지를 한 번 더 읽었다.

서명은 '애나'라고 되어 있었다. 그는 잠시 후에야 그것이 자신에게 온 메시지가 아님을 깨달았다. 그건 딸과 아버지 사이에 오간 쪽지였다. 보낸 날짜가 없다는 게 기묘했지만, 이 쪽지는 거의 맨 위에 올라가 있었다. 어쩌면 지난번에 둘이 같이 근무할 때 보낸 쪽지일까? 어쩌면 그 두 사람은 최근에도 깬 적이 있을지 몰랐다. 도널드는 맨 밑에 적힌 숫자를 들여다보았다. 20391102. 날짜처럼 보였다. 오래된 날짜였다. 로켓에 새겨 넣은 날짜일까? 그 두 사람 사이에 의미 있는 뭔가이리라. 그런데 제목에 있는 이 〈협정〉 이야기는 뭐지? 그건 사일로들이 헌법을 가리킬 때 쓰는 말이었다. 그런데 협정에 긴급할 게 뭐가 있을까?

그는 복도에 들리는 발소리 때문에 정신을 차렸다. 에렌이 모퉁이를 돌더니 몇 걸음 만에 도착했다. 에렌은 책상을 돌아서 키보드 옆에 서류철 두 개를 내려놓더니, 도널드가 더듬더듬 마우스를 움직여 화면 속 메시지를 내리는 것을 흘긋 보았다. "어, 어떻게 되어갑니까?" 도널드는 물었다. "모두에게 이해시켰나요?"

"네." 에렌은 코를 훌쩍이더니 턱수염을 긁었다. "16번 책임자는 나쁘게 받아들였습니다. 오랫동안 그 자리에 있던 사람이에요. 너무 오래 있었나 봅니다. 만약에 대비해서 자기네 꼭대기 식당을 닫거나, 벽 스크린을 닫으면 어떻겠냐고 하더군요."

"하지만 그러진 않겠죠."

"네, 제가 그건 마지막 수단이라고 말했습니다. 공황 사태를 일으킬 필요는 없다고요. 그냥 미리 알고 있길 원했을 뿐이라고 했어요."

"좋아요, 좋습니다." 도널드는 다른 사람이 생각하는 게 좋았다. 그러면 그가 겪는 압력이 줄어들었다. "책상을 돌려줄까요?" 그는 로그아웃하는 척했다.

"아닙니다. 괜찮으시다면 계세요." 에렌은 컴퓨터 화면 구석으로 시간을 확인했다. "저는 오후에 근무해도 됩니다. 그런데 상태는 좀 어떠세요? 몸이 떨리진 않으십니까?"

도널드는 고개를 저었다. "아니, 괜찮아요. 매번 점점 수월해지네요."

에렌은 웃음을 터뜨렸다. "그렇죠. 얼마나 근무를 많이 하셨는지 봤습니다. 한번은 두 번 연속 근무도 하셨죠. 솔직히 부럽진 않네요. 그래도 잘 견디시는 것 같습니다."

도널드는 기침을 했다. "그래요." 그는 두 서류철 중에 위에 있는 것을 집어 들고 꼬리표를 읽었다. "이게 17번 사일로에 대한 자료인가요?"

"네. 두꺼운 쪽은 청소부에 대한 자료고요." 에렌은 다른 서류철을 두드렸다. "오늘 18번 책임자와 연락하시면 어떨까 모르겠군요. 모든 비난을 짊어지고 상당히 동요하고 있습니다. 이름은 버나드라고 하는데요. 벌써 아래쪽 층들이 청소가 제대로 이루어지지 않았다고 불평하고 있어서, 폭동이 일어날 가능성이 아주 높다고 보고 있습니다. 분명히 선생님에게 무슨 말이라도 듣고 싶을 겁니다."

"그래요, 물론이죠."

"아 참, 그리고 현재 버나드에게는 공식 보좌관이 없습니다. 지난번 그림자는 성공하지 못했고, 그다음 인선은 미루고 있었거든요. 혹시 마음 상하시지 않았으면 좋겠습니다만, 제가 서둘러서 그림자를 들이라고 했습니다. 만약에 대비해서요."

"전혀 마음 상하지 않아요. 잘했습니다." 도널드는 손을 내저었다. "난 당신 일을 방해하려고 있는 게 아니에요." 사실 내가 왜 여기 있는지 전혀 모르겠다는 말은 덧붙이지 않았다.

에렌은 미소 지으며 고개를 끄덕였다. "다행이네요. 음, 뭐든 필요하시면 부르세요. 그리고 복도 건너편에 있는 사람은 게이블이라고 합니다. 예전에는 이쪽 일을 맡았는데 감당을 못 했어요. 기회를 줬더니 심냉동 대신 삭제를 택했죠. 좋은 사람입니다. 팀 플레이어고요. 몇 달 더 근무할 것이고 선생님에게 필요한 건 뭐든 가져다드릴 겁니다."

도널드는 복도 건너편의 남자를 유심히 보았다. 그는 그 책상에 앉아 있었을 때의 공허감, 내면을 채우던 텅 빈 구덩이를 기억했다. 도널드가 그 자리에 들어간 것도 이례적이었고, 마지막 순간에 친구인 믹과 교체된 것이었다. 다른 사람들이 어떻게 선택되었는지는 생각해본 적이 없었다. 그런 자리에 자원하는 사람도 있다고 생각하니 슬퍼졌다.

에렌이 손을 내밀었다. 도널드는 잠시 그 손을 빤히 보다가, 받아들였다.

"이런 식으로 깨우게 된 건 정말 죄송합니다만……." 그는 도널드의 손을 잡고 흔들면서 말했다. "하지만 인정해야겠는데, 지금 선생님이 계셔서 너무나 기쁩니다."

65

17번 사일로, 2312년
발생 1일

벽에 붙은 상자는 조용해질 줄 몰랐다. 아버지가 무전기라고 불렀던 상자. 그 상자가 내는 소음은 사람이 식식대고 침을 뱉는 소리와 비슷했다. 상자를 둘러싼 강철 새장마저도 입술을 말아 올리고 철창으로 이빨을 대신한 입처럼 보였다.

지미는 무전기를 조용하게 만들고 싶었지만, 건드리거나 뭔가 조정하기는 겁이 났다. 그는 자신을 사일로의 층과 층 사이에 숨겨진 기묘한 굴속에 남겨두고 간 아버지에게서 연락이 오기를 기다렸다.

이런 비밀 장소가 얼마나 더 있는 걸까? 그는 열린 문 너머로 아버지가 보여준 다른 방, 그러니까 스토브와 테이블과 의자가 갖춰진 작은 아파트 같았던 방을 보았다. 부모님이 돌아오면 모두 함께 그 방에서 하룻밤을 지내는 걸까? 계단의 광기가 걷히고 다시 친구들을 볼 수 있을 때까지 얼마나 걸릴까? 그는 오래 걸리지 않기를 빌었다.

그는 식식대는 검은 상자를 노려보고, 가슴팍을 두드려서 열쇠를 확인했다. 추락 때문에 갈비뼈가 아팠고, 누군가의 위에 떨어지면서 허벅지 근육이 뭉친 자리를 느낄 수 있었다. 팔을 들어 올리면 어깨가 아팠다. 그는 다시 모니터를 돌아보고 어머니를 찾으려고 했지만, 어머니는 이제 화면에 없었다. 서로를 밀쳐대는 군중이 휙휙 움직였다. 원래 수용 인원보다 많은 사람이 오가면서 계단이 흔들렸다.

지미는 아버지가 사용했던 조종간에 손을 뻗었다. 손잡이를 하나 돌리자 장면이 달라졌다. 텅 빈 복도였다. 화면 왼쪽 아래 구석에 희미하게 '33'이라는 숫자가 보였다. 지미가 다이얼을 한 번 더 돌리자 다른 복도가 비쳤다. 누군가가 구멍 뚫린 세탁 자루라도 들고 걸었는지 바닥에 옷이 한 줄로 떨어져 있었다. 움직이는 것은 없었다.

다른 다이얼을 시험해보자 아래에 보이는 숫자가 '32'로 변했다. 층을 올라가고 있었다. 지미는 첫 번째 다이얼을 돌려서 다시 계단을 찾았다. 뭔가가 획 하고 화면 밑으로 스쳐 지나갔다. 두 팔을 벌리고 난간 위로 몸을 내민 채, 소리 없이 공포에 입을 벌린 사람들이 있었다. 소리는 들리지 않았지만, 지미는 아까 떨어졌던 여자의 비명을 기억했다. 그는 이 사람은 한참 위층에 있으니 어머니가 아니라고 스스로를 달랬다. 아버지가 어머니를 찾아서 데리고 돌아올 것이다. 아빠에겐 총이 있었다.

지미는 다이얼을 돌리면서 아버지와 어머니를 찾으려고 했지만, 모든 각도가 보이지는 않는 모양이었다. 그리고 그는 창을 여러 개 띄우는 방법을 알아낼 수가 없었다. 지미의 컴퓨터 실력은 나쁘지 않았고, 언젠가 아버지처럼 IT부에 갈 예정이었지만 그 작은 상자는 직관적이지가 않았다. 그는 다이얼을 다시 '34'로 돌리고 중앙 복도를 찾았다. 긴 복도 끝에서 반짝이는 철문을 볼 수 있었다. 화면 앞쪽에는 야니가 누워 있었다. 야니는 그사이 움직이지 않았고, 확실히 죽었다. 야니를 내려다보고 서 있던 남자들은 사라졌고 복도 끝, 문 근처에 새로운 시체가 하나 있었다. 작업복 색깔을 보니 아버지는 아니었다. 아마 아버지가 나가면서 그 남자를 쐈을 것이다. 지미는 혼자 남겨지지 않았으면 좋았을 거라고 생각했다.

머리 위 불빛은 계속 화난 듯한 붉은색으로 깜박였고, 화면에 뜬 영상은 움직이지 않았다. 지미는 초조해져서 방 안을 몇 바퀴나 서성였다. 반대쪽 벽에 놓인 작은 나무 책상에 가서 두꺼운 책을 뒤적였다. 종이가 아주 많은 데다, 완벽하게 잘렸고 만져보면 으스스할 정도로 매끄러웠다. 책상과 의자는 둘 다 나무처럼 보이게 칠한 게 아니라 진짜 나무로 만들었다. 손톱으로 긁어보니 알 수 있었다.

그는 책을 닫고 표지를 확인했다. 앞면에 반짝이는 글자로 〈규칙〉이라는 말이 양각되어 있었다. 지미는 책을 다시 펴고는, 누군가가 보다가 표시해둔 위치를 잃었음을 깨달았다. 가까이 있는 무전기는 계속 시끄러운 소리를 냈다. 지미는 몸을 돌리고 컴퓨터 화면을 확인했지만, 복도에선 아무 일도 일어나지 않았다. 무전기의 소음이 신경을 긁었다. 그는 볼륨을 조절할까 생각했지만, 그러다가 실수로 꺼버릴까 봐 두려웠다. 지미가 망쳐버리면 아버지가 연락할 수 없어질 것이다.

지미는 조금 더 서성였다. 한쪽 구석에는 바닥부터 천장까지 금속 통이 꽉 찬 선반이 있었다. 통을 하나 꺼내보니 아주 무거웠다. 걸쇠를 만지작거리다 보니 어떻게 여는지 알 수 있었다. 뚜껑이 부드러운 한숨 같은 소리를 내면서 열렸고, 안에는 책이 한 권 있었다. 지미의 눈에는 선반을 꽉 채운 통들이 돈더미로 보였다. 그는 여기에도 책상에 놓인 책처럼 의미를 알 수 없는 지루한 말들이 가득하리라 생각하고 책을 다시 집어넣었다.

다른 책상 앞으로 돌아가서 밑에 놓인 컴퓨터를 조사해보니, 켜져 있지 않았다. 모든 불빛이 꺼져 있었다. 그는 온갖 스위치가 달린 검은 상자에서 나오는 선을 따라가다가, 모니터에서 컴퓨터로 이어지는 다른 선을 찾아냈다. 창을 만들어내는 기계, 먼 거리도 보고 모퉁이 너머도 볼 수 있는 기계는 다른 뭔가의 통제를 받았다. 컴퓨터의 전원 스위치는 아무 일도 하지 않았다. 열쇠를 꽂는 자리가 있었다. 지미가 컴퓨터 뒤의 연결 상태를 보고, 모든 게 잘 꽂혀 있는지 확인하려고 몸을 굽히는데 무전기에서 치직 소리가 났다.

"……보고가 필요하다. 여보세요……."

지미는 책상 아래쪽에 머리를 부딪쳤다. 무전기로 달려갔지만, 이미 지직거리는 잡음으로 돌아가 있었다. 그는 길게 늘어진 선

끝에 달린 장치, 아빠가 '마이크'라고 불렀던 물건을 잡고 버튼을 꾹 눌렀다.

"아빠? 아빠예요?"

지미는 버튼을 놓고 천장을 보았다. 발소리가 들리나 귀를 기울이고, 불빛이 그만 번쩍이기를 기다렸다. 모니터에는 조용한 복도만 보였다. 문으로 가서 기다려야 할지도 몰랐다.

무전기가 다시 치지직거리며 목소리를 뱉어냈다. "보안관? 누구지?"

지미는 버튼을 눌렀다. "전 지미예요. 지미 파커요. 누구……." 버튼이 손에서 미끄러지고, 잡음이 돌아왔다. 손바닥이 땀투성이였다. 그는 작업복에 손을 문질러 닦고 나서 장치를 잡고 물었다. "누구세요?"

"러스의 아들?" 잠시 침묵. "얘야, 너 어디 있니?"

지미는 대답하고 싶지 않았다. 무전기는 계속 지직거렸다.

"지미, 난 하인스 부보안관이다. 아버지 바꿔라."

지미가 버튼을 누르고 아버지는 여기 없다고 말하려는 순간, 다른 목소리가 끼어들었다. 누구 목소리인지는 바로 알았다.

"미치, 나 러스야."

아빠! 배경이 굉장히 시끄러웠고, 사람들이 비명을 지르고 있었다. 지미는 두 손으로 장치를 쥐었다. "아빠! 제발 돌아와요!"

무전기에서 아버지의 목소리가 튀어나왔다. "제임스, 조용히 해라. 미치, 자네가……." 몇 마디가 배경 소음에 묻혀 들리지 않았다. "……그리고 통행을 막아야 해. 사람들이 계속 여기로 밀고 올라오고 있어."

"알았음."

아버지가 부보안관에게 하는 말이었다. 부보안관은 아버지가 책임자인 것처럼 행동하고 있었다.

"꼭대기에 구멍이 뚫렸어." 아버지가 말했다. "그러니까 시간이 얼마나 있는지는 모르겠지만, 아마 자네가 끝까지 보안관을 하게 될 거야."

"알았음." 미치가 다시 말했다. 무전기 때문에 목소리가 떨리는 것처럼 들렸다.

"아들아……." 아버지는 이제 소리를 지르고 있었다. 아주 불쾌한 비명과 고함 속에서 목소리가 들리게 하려고 애쓰고 있었다. "난 네 어머니를 데리러 갈 거다, 알았지? 거기 가만히 있어라, 제임스. 움직이지 말고."

지미는 모니터를 돌아보고 말했다. "알았어요." 그는 손을 떨면서 마이크를 원래 걸려 있던 고리에 걸고, 모든 것을 조종하는 검은 상자로 돌아갔다. 무력하고 외로웠다. 지미도 저 바깥에서 도와야 했다. 부모님이 돌아올 때까지, 친구들을 다시 볼 수 있을 때까지 얼마나 걸릴까 궁금했다. 너무 오래 걸리지 않기를 빌었다.

66

몇 시간이 지나갔고, 지미는 이 비좁은 방만 빼고 어디든 다른 곳에 있고 싶었다. 살금살금 어두운 통로를 걸어서 사다리까지 돌아간 그는 쇠살대 위를 올려다보며 귀를 기울였다. 무슨 소리인지잘 알 수 없는 희미한 진동 소리가 한 번씩 들렸다. 복도 끝에 와있으니 무전기에서 나는 잡음은 거의 들을 수 없었다. 무전기에서 너무 멀리 떨어지기는 싫었지만, 아버지가 문에 도착하면 그의도움이 필요할까 걱정스럽기도 했다. 동시에 두 군데에 있고 싶었다.

그는 책상이 놓인 방으로 돌아갔다. 벽에 기대놓은 긴 총, 아버지가 야니를 죽이는 데 쓴 것과 똑같은 총을 보았다. 지미는 그 총을 건드리기가 무서웠다. 아버지가 나가지 않았다면 좋았을 텐데. 엄마와 따로 떨어진 건 다 지미 잘못이었다. 같이 여기까지 내려왔어야 했다. 하지만 그러다가 계단에 밀어닥친 사람들이 기억났다. 지미가 좀 더 빨리 움직이기만 했어도 그런 군중 사이에 갇히진 않았을 것이다. 그러다 보니 어머니가 거기 있었던 건 오로지 지미를 데리러 왔기 때문이라는 생각이 들었다. 그러지만 않았어도 부모님은 이 방 안에, 같이 안전하게 있었을 것이다.

"제임스……."

지미는 몸을 빙글 돌렸다. 아버지의 목소리가 함께 있었다. 그는 잠시 후에야 무전기에서 나오던 잡음이 사라진 것을 깨달았다.

"……아들아, 거기 있니?"

그는 무전기로 돌진해서 줄 끝에 달린 마이크를 잡았다. 누군가의 목소리를 들은 지 몇 시간은 지난 것 같았다. 너무 오랜 시간이었다. 버튼을 꾹 누르는데, 움직임이 그의 시선을 끌었다. 모니터에서 누군가가 움직이고 있었다.

"아빠?" 그는 줄을 끌고 작은 방을 가로질러서 모니터를 더 자세히 보았다. 아버지가 강철 문 바깥에, 복도 끝에 서 있었다. 야니는 여전히 앞쪽에 움직임 없이 쓰러져 있었다. 다른 시체는 사라졌다. 아버지는 카메라를 등지고, 휴대용 무전기를 손에 쥐고 있었다. "제가 갈게요!" 지미는 무전기에 대고 외치고는, 마이크를 떨어뜨리고 복도와 사다리를 향해 달렸다.

"아들아! 안 돼……."

아버지의 고함은 신음에 끊겼다. 지미는 부츠에서 삑 소리가 나도록 빠르게 몸을 돌렸다. 넘어지지 않으려고 책상을 잡아야 했다. 화면에서는 또 한 명이 모퉁이를 돌아서 나타났고, 아버지는 고통에 겨워 몸을 접었다. 이 남자는 긴 총을 들고 있었는데, 몸을 굽혀 바닥에서 뭔가를 줍더니 입가에 갖다 댔다. 아버지가 이 방에서 들고 나갔던 휴대용 무전기였다.

"러스의 아들인가?"

지미는 화면에 보이는 남자를 응시했다. "네." 그는 화면을 향해 말했다. "우리 아빠 해치지 말아요."

방 안에 잡음이 가득했다. 머리 위 불빛은 계속 빨갛게 깜박였다.

지미는 스스로를 욕했다. 상대는 그의 목소리를 들을 수 없었다. 그는 책상에서 몸을 떼어내고 줄 끝에 늘어진 마이크를 잡았다. "제발 아버지를 해치지 말아요." 그는 버튼을 누르고 말했다.

남자는 몸을 돌려 카메라를 똑바로 보았다. 보안 요원 중 한 명이었다. 복도 모퉁이를 도는 곳에서 움직임이 살짝 엿보였다. 보이지 않는 곳에 사람들이 더 있었다.

"제임스였지?"

지미는 고개를 끄덕였다. 아빠가 평정을 찾고 일어서는 모습이 보였다. 아버지는 보이지 않는 누군가에게 손짓하더니, 누군가를 진정시키듯이 손바닥으로 허공을 두드렸다.

"새 암호는 뭐지?" 무전기를 쥔 남자가 물었다.

지미는 말하고 싶지 않았다. 하지만 아버지는 다시 들여보내고 싶었다. 어떻게 해야 할지 알 수가 없었다.

"암호." 남자는 지미의 아빠에게 총을 겨눴다. 지미는 아버지가 뭐라고 말을 하더니, 무전기를 가리키는 모습을 보았다. 보안 요원은 잠깐 망설이다가 무전기를 건넸다. 아버지가 장치를 입가에 들어 올렸다.

"놈들은 널 죽일 거야." 아버지는 아들에게 부츠 끈을 묶으라고 하는 것처럼 차분하게 말했다. 총을 쥔 남자가 한 팔을 들어 휘두르자, 누군가가 튀어나와서 아버지와 드잡이질을 했다. "이놈들은 어차피 우리를 모두 죽일 거야." 아버지는 무전기를 놓치지 않으려고 애쓰면서 외쳤다. "그리고 네가 문을 열면 바로 널 죽일 거야!"

지미는 한 남자가 아버지를 때리자 비명을 질렀다. 아빠도 맞서 싸웠지만, 남자는 다시 아빠를 때렸다. 그러더니 총을 쥔 남자가 손을 내저어 다른 사람을 물렸다. 방 안에 잡음이 가득했기에 총성을 들을 수는 없었지만, 지미는 총구가 불을 뿜는 모습을 볼 수 있었고, 아버지가 총에 맞아서 경련하는 모습을 볼 수 있었으며, 아버지가 바닥에 축 늘어져서 야니처럼 움직임을 멈추는 것을 지켜보았다.

지미는 마이크를 떨어뜨리고 모니터 가장자리를 잡았다. 지미가 세상을 보여주는 이 잔인한 창에 대고 소리를 지르는 사이에 은색 작업복을 입은 보안 요원들은 그의 아버지였던 존재를 살펴보았다. 그러더니 더 많은 남자들이 모퉁이를 돌아서 나타났다. 그들은 발길질을 하며 소리 없이 비명을 지르고 있는 지미의 엄마를 끌고 왔다.

67

"안 돼, 안 돼, 안 돼, 안 돼……."

방 안에는 잡음과 진동이 가득했다. 두 남자가 지미의 어머니와 씨름을 했고, 어머니는 몸을 일으키더니 이리저리 잡아당기는 그들의 손아귀에서 몸부림을 쳤다. 어머니의 발이 허공을 걷어차고 돌았다. 지미의 아버지는 그 밑에 돌덩이처럼 가만히 누워 있었다.

"이 망할 문 열어!" 무전기를 쥔 남자가 소리쳤다. 벽에 걸린 무전기에서 귀가 멀 듯한 소리가 울렸다. 지미는 그 무전기가 미웠다. 달려가서 축 늘어진 선에 손을 뻗었다가, 다시 생각하고 선반에 있는 다른 휴대용 무전기를 잡았다. 손잡이 하나에 '전원'이라고 적혀 있었다. 그는 식식거리는 소리가 날 때까지 그 손잡이를 돌린 다음, 화면 앞으로 돌아가서 작은 무전기를 입가에 댔다.

"하지 마요." 지미는 말하면서 자신이 울고 있었음을 알았다. 작업복 위로 눈물이 떨어졌다. "갈게요."

어머니의 모습에서 눈을 떼기가 힘들었다. 그는 어두운 복도를 달리면서 계속 어머니가 발길질하며 비명 지르는 모습을, 허공을 걷어차는 어머니의 부츠를 보았다. 남자가 다시 무전기로 "암호 말하라고!" 할 때는 배경에서 어머니의 고함을 들을 수 있었다.

지미는 어깨와 무릎의 통증을 무시하고, 휴대용 무전기의 끈을 입에 물고 사다리를 올랐다. 쇠살대를 여는 곳을 찾아서 텅 소리 나게 옆으로 내던졌다. 우선 무전기 먼저 던져놓고, 무릎으로 기어 나갔다. 머리 위 불빛에는 불이 났다. 그의 가슴에도 불이 났다. 아버지가 야니처럼 죽었다.

"가요, 간다고요." 그는 무전기에 대고 말했다.

남자가 뭐라고 마주 소리를 질렀다. 지미에게는 어머니의 비명과 귓가에서 쿵쿵대는 심장 소리밖에 들리지 않았다. 그는 깜박이는 불빛 아래, 검은 기계들 사이를 달렸다. 한쪽 부츠 끈이 풀려 있었다. 지미가 달리자 부츠 끈이 허공을 때렸고, 그는 바깥에서 바로 그렇게 발길질을 하며 싸우고 있는 어머니의 다리를 생각했다.

지미는 문에 정통으로 부딪쳤다. 반대쪽에서 숨죽인 고함을 들을 수 있었다. 무전기로도 같은 소리가 뚫고 들어왔다. 지미는 손바닥으로 문을 때리면서 무전기에 대고 외쳤다. "나 왔어요, 왔다고요!"

"암호!" 남자가 소리쳤다.

지미는 제어 패드로 갔다. 두 손이 떨렸고, 눈앞은 흐렸다. 그는 총이 겨눠진 채 문 저편에 있을 어머니를 상상했다. 그 강철 문 반대편에서 1미터쯤 떨어진 곳에 아버지가 쓰러져 있을 것이다. 뺨에 눈물이 줄줄 흘렀다. 그는 두 개의 숫자를, 집이 있는 층수를 누르고 나서 멈칫했다. 틀렸다. 18-12가 아니라 12-18이었다. 아닌가? 그가 나머지 숫자 두 개를 누르자 키패드가 빨갛게 번쩍였다. 문은 열리지 않았다.

"뭘 한 거야?" 무전기 너머에서 남자가 소리쳤다. "그냥 암호를 말해!"

지미는 허둥지둥 무전기를 입가에 가져갔다. "제발 해치지 말아요……."

무전기가 꽥꽥거렸다. "내가 시키는 대로 하지 않으면 이 여자는 죽어. 알았냐?"

그 남자도 겁먹은 목소리였다. 그 남자도 지미만큼 겁먹었는지도 몰랐다. 지미는 고개를 끄덕이고 키패드에 손을 뻗었다. 이번에는 처음 숫자 두 개를 제대로 입력한 다음, 멈칫하고서 아버지가 했던 말을 생각했다. 그들은 그를 죽일 것이다. 이 남자들을 안으로 들여놓으면 그도 그의 어머니도 죽일 것이다. 하지만 엄마가…….

키패드가 초조하게 깜박거렸다. 문 반대편에 선 남자는 서두르라고 외치고, 세 번 연달아서 틀리면 하루를 기다려야 한다는 소리를 했다. 지미는 공포에 마비된 채 아무것도 하지 못했다. 키패드가 빨간색으로 번쩍이다가 조용해졌다.

문 반대쪽에서 탕, 하는 총소리가 났다. 지미는 무전기를 누르고 비명을 질렀다. 손을 놓자 반대편에서 내지르는 어머니의 비명을 들을 수 있었다.

"다음번은 경고가 아닐 거다." 남자가 말했다. "이젠 그 패드 만지지 마. 다시는 만지지 마. 그냥 나한테 암호를 말해. 서둘러."

지미는 흐느껴 울면서 소리를 내려고, 그 남자에게 숫자를 올바른 순서로 말하려고 했지만 아무 말도 나오지 않았다. 그는 이마를 벽에 댄 채 어머니가 반대편에서 몸부림치고 싸우는 소리를 들을 수 있었다.

"암호." 이제는 더 차분해진 남자가 말했다.

지미는 신음을 들었다. 누군가가 '망할 년'이라고 외치는 소리를 들었고, 어머니가 지미에게 그러지 말라고 외치는 소리를 들었으며, 문 반대쪽에서 철썩하는 소리를 들었다. 누군가가 문에 짓눌렸다. 어머니가 몇 센티미터 떨어진 곳에 있었다. 이어서 숨죽인 삑삑 소리가, 같은 숫자 네 개를 빠르게 입력하는 소리가 들리더니 세 번째 시도가 실패하면서 키패드에서 성난 진동 소리가 울렸다.

고함이 더 크게 울려 퍼졌다. 머리를 문에 대고 있으니 이어서 더 크고 더 화난 총성이 들렸다. 지미는 비명을 지르고 차가운 강철 문을 주먹으로 두드렸다. 무전기에서 남자들이 그를 향해 소리를 치고 있었다. 휴대용 무전기를 통해 비명이 들리고, 무거운 강철 문을 통해서도 비명이 새어 들어왔지만 그중에 어머니의 목소리는 없었다.

지미는 성난 고함이 강철 문 틈새로 스며드는 동안 바닥으로 스르르 미끄러져서 배 쪽에 휴대용 무전기를 묻어놓고, 공처럼 몸을 말았다. 흐느낌에 온몸이 떨렸고, 바닥이 거칠게 뺨을 긁었다. 그리고 폭력이 맹렬히 이어지는 동안, 머리 위 불빛은 계속 그를 보며 고동쳤다. 일정한 고동이었다. 맥박과는 전혀 달랐다.

68

1번 사일로, 2345년

방에 돌아갔더니 도널드의 침대 위에 비닐 주머니 하나가 기다리고 있었다. 그는 문을 꽉 닫아 오가는 사람들과 사무실 잡담이 이루는 불협화음을 차단하고, 문을 잠그려고 했지만 잠금장치가 없음을 알았다. 여기는 사무 공간에 하나뿐인 침실, 언제나 대기 중이며 필요한 동안에는 계속 깨어 있을 사람들이 묵는 방이었다.

도널드는 서먼이 비상시에 일어났을 때 묵는 곳도 이 방이라고 상상했다가, 부츠에 적힌 이름을 기억하고 상상할 필요가 없음을 돌이켰다. 지금도 그런 상황이었다.

휠체어는 치워졌고, 협탁에는 물이 한 잔 놓여 있었다. 그는 에렌이 준 서류철 두 개를 침대 위에 던지고, 그 옆에 앉아서 기묘한 비닐 주머니를 집었다.

커다랗고 빨간 글씨로 '교대근무'라고 찍혀 있었다. 투명한 비닐은 심하게 구겨졌고, 안에 든 몇 가지 물건은 알 수 없이 불룩했다. 도널드는 플라스틱 끈을 풀고 주머니를 열었다. 뒤집었더니 금속성이 나면서 인식표 두 개가 떨어지고, 가느다란 사슬이 깜짝 놀란 뱀처럼 스르르 따라 떨어졌다. 도널드가 인식표를 살펴보았더니 서면의 것이었다. 우그러지고 얇은 데다, 동생의 인식표에 있었다고 기억한 고무 부분이 없어서 골동품 같았다. 실제로 골동품이기도 할 터였다.

그다음에 나온 것은 작은 주머니칼이었다. 손잡이가 상아처럼 보였지만 아마 대용품일 것이다. 도널드는 칼을 펴서 시험해보았다. 칼날 양쪽 면이 똑같이 무뎠다. 끝은 어느 시점엔가 부러졌는데, 뭔가를 비집어 열다가 그랬을 것이다. 이제는 칼질하기에는 쓸모없는 기념품처럼 보였다.

안에 든 또 하나의 물건은 동전, 그것도 25센트 동전이었다. 예전에는 너무나 흔했던 그 형태와 중량을 보자 도널드는 숨을 쉬기가 힘들어졌다. 그는 사라져버린 문명 전체를 생각했다. 그렇게 많은 것이 지워지다니 불가능한 일 같았지만, 박물관에 놓여 있던 로마 동전과 마야 동전들이 기억났다. 그는 이 동전을 뒤집고 또 뒤집으면서 잿더미가 되어버린 세상의 하찮은 유물을 쥐고 있는 그에게 유별난 점 한 가지를 깊이 생각했다. 그것은 상실에 놀라고 있는 그 자신이었다. 원래 사람이 죽고 문화는 지속되기 마련인데, 지금은 그 반대였다.

동전을 계속 돌리다 보니 뭔가가 도널드의 관심을 끌었다. 양쪽 면이 다 앞면이었다. 그는 웃음을 터뜨리고 혹시 장난감일까 싶어 더 자세히 들여다보았지만, 만져보기에는 진품 같았다. 한쪽 면에는 민트 마크를 제대로 찍지 못해 남은 희미한 호선이 있었다. 실수로 나온 주화일까? 어쩌면 재무부에 있는 친구가 서먼에게 준 선물이었을까?

그는 그 물건들을 협탁에 놓고 애나가 아버지에게 보낸 쪽지를 떠올렸다. 주머니 안에서 그 로켓을 발견하지 못한 것이 놀라웠다. 그 쪽지에는 긴급 표시가 되어 있었고, 날짜와 로켓에 대한 언급이 있었다. 도널드는 '교대근무'라고 찍힌 주머니를 접어서 물잔 아래에 밀어 넣었다. 바깥 복도를 사람들이 서둘러 오갔다. 사일로는 공황 상태였다. 진짜 서먼이 여기에 있었다면 그 노인도 복도를 쿵쾅거리면서 큰 소리로 명령을 내리고, 여기저기 시설을 폐쇄하고, 목숨을 빼앗으라는 지시를 내렸을 것이다.

도널드는 목이 따끔거려서 팔 안쪽에 대고 기침을 했다. 누군가가 그를 이 위치에 밀어 넣었다. 어스킨, 아니면 무덤 속의 빅터, 아니면 더 비도덕적인 의도를 지닌 어떤 해커가. 도널드에게는 판단의 근거로 삼을 것이 아무것도 없었다.

그는 두 개의 서류철을 집어 들면서 보이지 않는 곳을 거닐고 있는 한 사람이 일으킨 공황 사태를 생각했다. 또 다른 사일로의 심연에서 끓어오르고 있을 폭력에 대해서도 생각했다. 이런 것들은 그의 문제가 아니라고 생각했다. 도널드가 알고 싶은 것은 그가 왜 깨어났는지, 심지어 그가 살아 있기는 한 건지였다. 저 벽 너머에는 정확히 무엇이 있나? 일단 이 교대근무가 다 끝나면 세상을 어떻게 할 계획인가? 지하에 사는 사람들이 풀려날 날이 있기는 한가?

지난번 근무가 어떻게 끝났는지 생각하면, 뭔가가 납득이 가질 않았다. 사태가 그렇게 간단하게 끝나지 않았으리라는 의심이 사라지지 않았다. 지금까지 도널드가 벗겨낸 껍질마다 나름의 거짓이 담겨 있었고, 그는 아직 껍질을 다 벗기지 못했다고 생각했다. 누군가가 그를 서면의 자리에 밀어 넣은 것도 계속 파헤치라는 뜻일지 몰랐다.

그와 같은 사람들이 책임을 맡는 게 좋다던 어스킨의 말을 떠올렸다. 아니면 빅터가 어스킨에게 한 말이었던가? 기억할 수가 없었다. 앞주머니를 도닥여 그에게 이전에 잠겨 있었던 문들을 열어줄 배지를 확인하면서, 그가 아는 것이라곤 지금은 그가 바로 책임자라는 사실뿐이었다. 도널드가 답을 찾고 싶은 질문들이 있었다. 그리고 이제 그는 그 질문들을 던질 위치에 있었다.

도널드는 다시 한번 목구멍에 가라앉힐 수 없는 간질거림을 느끼며 팔꿈치 안쪽에 대고 기침을 했다. 서류철 하나를 열고 물잔에 손을 뻗었다. 물을 몇 모금 마시고 보고서를 읽느라 그는 그 뒤에 남은 희미한 얼룩을 미처 보지 못했다. 팔꿈치 안쪽에 남은 핏자국을.

69

지미는 움직이고 싶지 않았다. 움직일 수가 없었다. 그는 쇠살대 위에 몸을 웅크리고 있었고, 머리 위에서는 불빛이 짙은 붉은색으로 켜졌다 꺼지기를 반복했다.

　문 반대편에 있는 사람들은 그에게 소리를 지르고 서로에게 소리를 질렀다. 지미는 깜빡깜빡 자다 깨기를 반복했다. 희미한 총소리, 문을 두드리는 진동 소리가 들렸다. 키패드가 윙윙거렸다. 숫자 하나만 입력해도 키패드는 윙윙댔다. 온 세상이 그에게 화를 냈다.

　지미는 피가 나오는 꿈을 꾸었다. 피가 문 아래로 스며들어 방 안을 가득 채웠다. 솟아오른 피는 어머니와 아버지의 모습이 되어, 화를 내며 뻐끔거리는 입으로 그에게 잔소리를 했다. 그러나 지미는 들을 수가 없었다.

문 반대편의 고함은 들리다가 말다가 했다. 이 남자들은 싸우고 있었다. 안전한 문 안으로 들어오려고 싸웠다. 정작 지미는 안전하다고 느끼지 않았다. 배가 고프고 외로웠다. 소변도 봐야 했다.

바닥에서 일어나는 일이 제일 힘들었다. 쇠살대에서 뺨을 떼어내자 쩍 찢어지는 소리가 났다. 얼굴 옆에 흐른 침을 닦아내자 피부에 깊이 파인 금과 불거진 자국들이 느껴졌다. 관절은 다 뻣뻣했다. 눈은 울어서 달라붙었다. 그는 비틀비틀 방 안 구석으로 가서 작업복을 잡아당기며, 실수로 오줌을 싸버리기 전에 옷을 벗으려 했다.

소변 줄기가 쇠살대를 통과하여 깔끔하게 줄 맞춰 지나가는 밝은 전선들 위로 뚝뚝 떨어졌다. 배 속이 요동을 쳤지만, 무언가를 먹고 싶지는 않았다. 그는 완전히 쇠약해져서 사라지고 싶었다. 그는 두개골 안을 파고드는 머리 위 불빛을 노려보았다. 위장도 그에게 화를 냈다. 모든 것이 그에게 화를 냈다.

문 앞으로 돌아간 그는 누군가가 그의 이름을 부르기를 기다렸다. 키패드로 가서 숫자 1을 입력했다. 그 즉시 문이 윙윙거렸다. 문도 그에게 화가 났다.

지미는 다시 쇠살대 위에 누워 공처럼 몸을 말고 싶었지만, 위장은 음식을 찾으라고 했다. 아래. 아래에는 침대와 음식이 있었다. 지미는 멍하니 검은 기계들 사이를 걸었다. 쓰러지지 않으려고 따뜻한 기계를 만지고, 모든 게 정상이라는 듯이 철컥거리며 돌아가는 기계음을 들었다. 빨간 불빛은 계속 번쩍였다. 지미는 기계 사이를 계속 걷다가 바닥에 난 구멍을 발견했다.

그는 사다리에 발을 내리다가 웅웅거리는 소리를 알아차렸다. 그 소리는 고동치는 붉은 불빛과 맞춰서 울렸다. 그는 통로에서 다시 몸을 빼내고 소리를 찾으려 바닥을 기었다. 소리는 뒷부분을 떼어낸 서버에서 나오고 있었다. 아버지가 그걸 통신 뭐라고 불렀는데. 아버지는 어디 갔지? 어머니를 찾으러 나갔다. 그리고 또 뭔가 있었는데…….

지미는 기억할 수가 없었다. 그는 가슴팍을 더듬어서 가슴뼈에 놓인 열쇠를 찾았다. 웅웅대는 소리는 깜박이는 불빛과 완벽하게 같은 리듬이었다. 이 기계가 그의 머릿속을 파고드는 머리 위 빛의 고동을 만들고 있었다. 그는 기계 안을 들여다보았다. 통신 허브, 아버지가 그걸 그렇게 불렀다. 헤드셋이 하나 걸려 있었다. 아버지가 있다면 좋겠지만, 그건 불가능한 소망 같았다. 지미는 그 헤드셋을 더듬어보았다. 선이 하나 늘어져 있었다. 그 끝은 컴퓨터 수업에서 배운 것과 비슷하게 생겼다. 그는 선을 꽂을 자리를 찾다가 늘어선 소켓들을 보았다. 그중에 하나가 깜박이고 있었다. 그 위에는 '40'이라는 숫자가 빛나고 있었다.

지미는 헤드셋을 썼다. 헤드셋 선에 달린 잭을 소켓에 가져가서 딸깍하는 느낌이 날 때까지 밀어 넣었다. 머리 위 불빛이 끊임없는 고동을 멈추고 목소리가 흘러들었다. 무전기와 비슷한데 좀 더 선명한 목소리였다.

"여보세요?" 목소리가 말했다.

지미는 아무 말도 하지 않고 기다렸다.

"거기 누구 있어요?"

지미는 목청을 가다듬고 말했다. "네." 빈방에 대고 말하려니 기분이 이상했다. 지직거리는 무전기보다 더 이상했다. 마치 지미 혼자 말하는 것 같았다.

"다들 괜찮아요?" 목소리가 물었다.

"아뇨." 지미는 계단과 추락과 야니와 문 반대편에서 벌어진 뭔가 끔찍한 일을 기억했다. "아니요." 그는 뺨에 흐른 눈물을 닦으면서 다시 말했다. "다들 괜찮지 않아요!"

선 반대편에서 뭐라고 중얼거렸다. 지미는 코를 훌쩍이고 말했다. "여보세요?"

"무슨 일이 있었죠?" 목소리가 물었다. 지미는 화난 목소리라고 생각했다. 문밖에 있는 사람들과 똑같았다.

"다들 도망치고……." 지미는 말하다가 코를 닦았다. "다들 위로 올라가고 있었어요. 전 떨어졌어요. 엄마와 아빠가……."

"사상자가 있었습니까?" 40층 남자가 물었다.

지미는 계단에서 본, 머리에 끔찍한 상처를 입은 시체를 생각했다. 난간을 넘어 떨어지면서 희미해지다가 조용해졌던 여자의 비명을 생각했다. 그리고 말했다. "네."

목소리는 성난 욕설을 뱉었다. 화가 났지만 희미한 소리였다. 그리고, "우리가 너무 늦었군요." 다시 한번, 그 소리는 그 남자가 다른 누군가에게 말하는 것처럼 멀게 들렸다.

"뭐가 너무 늦어요?" 지미는 물었다.

딸깍 소리가 나더니 일정한 음이 이어졌다. 소켓 위에 '40'이라고 표시된 불빛이 꺼졌다.

"여보세요?"

지미는 기다렸다.

"여보세요?"

그는 상자 안에 누를 버튼이 있는지, 그 목소리들이 돌아오게 할 방법이 있는지 찾아보았다. 총 50개의 숫자가 위에 적힌 소켓들이 있었다. 왜 50층밖에 없지? 그는 등 뒤에 있는 서버를 돌아보고 혹시 사일로의 나머지 층을 맡은 다른 통신기계가 있는 걸까 생각했다. 이 기계는 꼭대기 50층만 다루는 모양이었다. 중층부와 심층부를 다루는 기계가 있을 것이다. 소켓에서 잭을 뽑자 헤드셋에서 들리던 음이 사라졌다.

지미는 다른 층에 걸 수 있을까 생각했다. 집 근처에 있는 상점은 어떨까. 그는 '18'을 찾아서 손가락으로 소켓을 따라가다가 '17'이 없다는 사실을 알아차렸다. '17'에 해당하는 소켓은 없었다. 그가 어리둥절해하는 사이 머리 위 불빛이 다시 번쩍이기 시작했다. 지미는 40층 소켓을 보았지만, 그 자리는 여전히 꺼져 있었다. 맨 위층 연락이었다. '1'이라는 숫자 위 불빛이 깜박이고 있었다. 지미는 손에 들린 잭을 쳐다보고는, 소켓에 맞춰서 딸깍 소리가 날 때까지 밀어 넣었다.

"여보세요?" 그는 말했다.

"거기 대체 무슨 일이 벌어지고 있는 건가?" 어떤 목소리가 물었다.

지미는 움츠러들었다. 아버지가 그에게 이렇게 소리를 지른 적이 있긴 했지만, 오랫동안 없었던 일이었다. 그는 어떻게 말해야 할지 몰라 대답을 하지 않았다.

"제리인가? 아니면 러스?"

러스는 아빠 이름이었다. 제리는 아빠의 상사였다. 지미는 이 물건을 가지고 놀면 안 된다는 사실을 깨달았다.

"전 지미예요."

"누구?"

"지미요. 40층 사람이 너무 늦었다고 했어요. 제가 무슨 일이 생겼는지 말했어요."

"너무 늦었다고?" 멀리서 대화가 오갔다. 지미는 소켓에 꽂힌 선을 흔들었다. 그가 뭔가 잘못하고 있었다. "자넨 어쩌다가 거기 들어갔지?" 남자가 물었다.

"아빠가 들여보냈어요." 겁에 질려 진실이 흘러나왔다.

"우린 자네들을 폐쇄할 거야." 남자가 말했다. "당장 폐쇄해."

지미는 어떻게 해야 할지 몰랐다. 어디선가 지직거리는 소리가 들렸다. 처음에는 헤드셋에서 나는 소리인 줄 알았는데, 머리 위 통풍구에서 하얀 수증기가 나오고 있었다. 안개가 내려왔다. 지미는 손을 얼굴 앞에 흔들면서 어렸을 때 화재에서 맡았던 연기 냄새가 날 줄 알았지만, 그 수증기에서는 아무 냄새도 나지 않았다. 입에 마른 숟가락을 문 것 같은 맛만 났다. 금속 맛이었다.

"……하필 망할 내 근무 기간에…….." 헤드셋 속의 사람이 말했다.

지미는 기침을 했다. 뭔가 대꾸를 하려고 했지만 침을 잘못 삼켰다. 통풍구에서는 수증기가 새어 나오기를 멈췄다.

"끝났군." 반대편에 있던 남자가 중얼거렸다. "갔어."

지미가 무슨 말을 더 하기 전에, 상자 안에서 깜박거리던 불빛이 꺼졌다. 헤드셋에서 딸깍 소리가 나더니 역시 조용해졌다. 지미가 헤드셋을 벗는데 천장 속에서 더 큰 탁 소리가 나더니 방 안의 불빛이 꺼졌다. 주위에서 돌아가던 키 큰 서버들의 윙윙거리고 찰칵대는 소리도 잦아들었다. 방 안은 깜깜하고 고요해졌다. 지미는 자기 코도 볼 수 없었고, 얼굴 앞에서 흔드는 손도 보이지 않았다. 순간 눈이 멀었다고 생각했고, 죽으면 이런 건가 생각했지만, 뒤이어 관자놀이에서 두근두근하는 자신의 맥박 소리가 들렸다.

울음소리가 목에 걸렸다. 지미는 어머니와 아버지가 보고 싶었다. 멍청이같이 교실에 두고 온 가방도 되찾고 싶었다. 그는 오랫동안 그 자리에 앉아서 누군가가 찾아오기를, 다음에 어떻게 해야 할지 무슨 생각이라도 떠오르기를 기다렸다. 그는 근처에 있을 사다리와 그 아래에 있는 방을 생각했다. 지미가 뚝 떨어지는 일이 없도록 조심조심 앞의 쇠살대를 더듬으면서 구멍 쪽으로 기어가는데, 천장에서 다시 탁 소리가 났다. 눈이 멀 것 같은 광채와 함께 머리 위 불빛이 흔들리고 떨리고, 몇 번인가 깜박이더니 다시 일정하게 빛났다.

지미는 얼어붙었다. 빨간 불빛이 다시 깜박였다. 그는 상자로 돌아가서 안을 보았다. '40' 위의 빛이 깜박이고 있었다. 그는 연락을 받아서 이 사람들이 왜 그렇게 화가 났나 알아볼까도 생각했지만, 전원이 나갔던 건 경고였는지도 몰랐다. 지미가 뭔가 잘못 말했는지도 몰랐다.

머리 위 불빛은 눈부신 열과도 같았다. 덕분에 농장 생각이 났다. 몇 년 전인가 수업에서 중간층으로 현장학습을 가서, 재배 등 아래에서 씨앗을 심었던 일이 기억났다.

지미는 열려 있는 서버로 돌아가서 안을 더듬었다. 불빛이 번쩍이는 것도 싫었지만, 누가 소리를 지르는 것도 싫었다. 그래서 그는 헤드폰 잭을 '40'이라고 표시된 소켓에 딸깍 소리가 날 때까지 밀어 넣었다.

불빛은 즉시 깜박이기를 멈췄다. 서버 밑에 놓아둔 헤드셋에서 웅얼대는 목소리가 흘러나왔다. 지미는 무시했다. 그는 기계에서 한 걸음 물러서서 조심스럽게 머리 위 불빛을 보며, 혹시 눈부신 하얀 조명이 다시 꺼지거나 화난 빨간 조명이 다시 돌아올까 기다렸다. 그러나 모든 것이 그대로였다. 잭은 소켓에 꽂혀 있었고, 선은 늘어져 있었으며, 헤드셋 속의 목소리는 이제 들을 수 없이 멀기만 했다.

70

지미는 마지막으로 무언가를 먹은 지 얼마나 됐더라 생각하면서
사다리를 내려갔다. 기억할 수가 없었다. 학교에 가기 전에 아침
을 먹긴 했는데, 그건 하루 전, 어쩌면 이틀 전이었다. 사다리를
반쯤 내려간 그는 스스로를 거대한 금속으로 된 목 안으로 미끄러
져 내려가는 음식 조각이라고 생각했다. 한 입 베어 문 음식은 이
런 기분이겠지. 사다리 밑까지 내려간 그는 사일로의 배 속에 잠
시 서 있었다. 속이 빈 곳에서 길을 잃은 속 빈 존재였다. 지미같이
텅 빈 것들을 씹어 먹어봐야 사일로의 허기는 끝이 나지 않을 것
이다. 그는 둘 다 굶어 죽겠구나 생각했다. 배에서 꾸르륵 소리가
났다. 먹어야 했다. 지미는 비틀비틀 어두운 복도를 걸어서 사일
로의 내장 속을 움직였다.

벽에 붙은 무전기에서는 치직 소리가 계속 났다. 지미는 그 소

리가 거의 들리지 않을 때까지 볼륨을 낮췄다. 아버지가 연락하는 일은 두 번 다시 없을 것이다. 이 사실을 자신이 어떻게 아는지는 몰라도, 그것이 새로운 '세상의 법칙'이었다.

그는 작은 아파트에 들어갔다. 네 명은 앉아도 될 커다란 테이블에 한 책의 페이지들이 흩어져 놓였고, 그 위에는 둥지를 지키는 뱀처럼 바늘과 실이 똬리를 틀고 있었다. 지미는 책장을 엄지손가락으로 건드리면서, 누군가 그 페이지들이 맞붙는 부분을 손보고 있었음을 알았다. 배 속이 텅 비다 못해 아팠다. 마음도 아프기 시작했다.

방 저편에 아버지의 유령이 서서 문밖을 가리키며, 각각의 문 뒤에 무엇이 있는지 말해줬다. 지미는 가슴팍을 두드려 열쇠를 찾고는, 그 열쇠를 꺼내어 스토브 건너에 있는 식료품 저장실을 열었다. 두 사람이 10년은 버틸 식량이라고, 아버지는 그렇게 말했었다. 아니, 그게 맞았나?

저장실 문을 열자 훅 빨아들이는 소리가 나더니, 산들바람이 목을 간지럽혔다. 지미는 문 바깥에서 조명 스위치를 더듬어 찾았다. 시끄러운 팬을 돌리는 스위치도 찾았다. 그는 무전기가 생각나게 하는 팬을 껐다. 방 안에는 깡통이 가득 찬 선반들이 안쪽 벽까지 계속 이어져 있었다. 눈을 가늘게 뜨고 힘을 주어야 보일 정도로 큰 방이었다. 전에 본 적 없는 깡통들이었다. 그는 꽉 들어찬 선반 사이로 비집고 들어가서 위아래를 훑어보았고, 그의 위는 빨리 좀 고르라고 애원을 해댔다. '먹어, 먹으라고.' 배가 꾸르륵거렸다. 지미는 기회를 달라고 말했다.

토마토와 비트와 호박, 지미가 싫어하는 것들이었다. 조리해야 하는 식량. 그는 조리된 식품을 원했다. 옥수수만 가득한 선반도 몇 개나 있었는데, 지미에게 익숙한 검은 잉크로 휘갈겨 쓴 통조림이 아니라 온갖 색이 들어간 종이 라벨이 붙어 있었다. 지미는 깡통 하나를 집어 들고 자세히 살폈다. 라벨에서는 초록색 피부의 덩치 큰 남자가 그를 향해 미소 지었다. 책에 인쇄된 것처럼 작은 글자가 사방에 있었다. 옥수수 통조림은 다 똑같았다. 그걸 보니 지미는 엉뚱한 데 떨어진 기분이 들었고, 모든 것이 다 잠을 자며 꾸는 꿈 같았다.

그는 옥수수 통조림을 하나 챙기고, 라벨이 붙은 빨간색과 흰색 수프 통조림을 찾아내어 각각 하나씩 집었다. 방으로 돌아간 그는 깡통 따개를 찾아 곳곳을 뒤졌다. 스토브 주위 서랍들에는 국자와 큰 숟가락이 가득했다. 냄비와 뚜껑이 가득한 찬장도 있었다. 맨 아래 서랍에는 목탄 연필, 실패, 세월이 지나서 부푼 데다가 회색 가루에 뒤덮인 배터리들, 어린아이용 호루라기, 스크루드라이버 외에 잡다한 다른 물건이 들어 있었다.

그는 깡통 따개를 찾아냈다. 녹이 슬었고 오랫동안 사용하지 않은 물건 같았다. 그래도 힘주어 누르자 무딘 칼날은 부드러운 통조림에 쑥 박혀 들어갔고, 충분한 힘을 넣으면 손잡이가 돌아갔다. 지미는 한 바퀴를 다 돌렸다가 뚜껑이 수프 안에 떨어지자 욕을 했다. 그리고 서랍에서 칼을 하나 찾아서 끄트머리를 넣고 뚜껑을 들어 올렸다. 먹을 것이다. 드디어. 그는 원래 살던 곳을 생각하고, 어머니와 아버지를 생각하면서 냄비 하나를 스토브에 올리고 버너를 켰다. 수프가 데워졌다. 지미는 꼬르륵거리는 배를 안고 기다렸지만, 마음 한구석에서는 입안에 무엇을 집어넣는다 해도 진짜 아픔에는 닿지 않으리라는 것을 희미하게 인식하고 있었다. 매 순간 폐가 터지도록 비명을 지르거나, 바닥에 쓰러져서 울고 싶어지는 이 알 수 없는 충동은 달랠 길이 없었다.

그는 수프가 끓기를 기다리면서 벽에 걸린, 작은 담요 크기의 종이를 살펴보았다. 마치 말리려고 걸어놓은 듯한 인상이었고, 처음에는 이런 종이를 접거나 잘라서 두꺼운 책을 만드나 보다 생각했다. 그러나 그 큰 종이에는 이미 내용이 찍혀 있었고, 그림은 전체적으로 이어졌다. 지미는 두 손으로 매끈한 종이를 훑어보고 자세한 내용을 살펴보았다. 원이 여기저기 배치되어 있었고, 사방에 얇은 선과 라벨이 붙어 있었다. 원마다 숫자도 적혔다. 세 개는 빨간 잉크로 X 표시를 해놓았다. 모든 원에 '사일로'라는 라벨이 붙었는데, 그건 말이 되질 않았다.

등 뒤에서 누군가가 부르는 것처럼, 유령들의 속삭임처럼, 무전기 잡음 같은 소리가 들렸다. 지미가 기묘한 그림에서 몸을 돌려보니 끓어오른 수프가 냄비 가장자리로 넘쳐, 빨갛게 달아오른 버너에 떨어져서 지글대고 있었다. 그는 크고 기묘한 그림을 버려두고 그리로 갔다.

71

하루하루가 지나가며 한 주를 이루려 했고, 지미는 어떻게 주가 모여서 달이 될지 알 수 있었다. 윗방에 있는 강철 문 너머에서는 바깥의 남자들이 아직도 안으로 들어오려 하고 있었다. 그들은 무전기에 대고 소리를 지르며 다투기도 했다. 지미도 가끔은 귀를 기울였지만, 그들이 하는 소리라고는 죽은 사람과 죽어가는 사람, 넓은 바깥처럼 금지된 것들에 관한 이야기뿐이었다.

지미는 카메라 앵글별로 돌면서 조용하고 드넓은 공허를 살폈다. 때로는 고요한 풍경 사이로 갑작스레 움직임과 폭력이 폭발하기도 했다. 지미는 바닥에 눌려서 다른 남자들에게 맞고 있는 남자를 보았다. 발버둥 치며 복도를 끌려다니는 여자를 보았다. 빵 한 덩이를 두고 아이를 공격하는 남자를 보았다. 모니터를 끌 수밖에 없었다. 그날은 밤이 되도록 내내 심장이 미친 듯이 뛰었고, 그는 이제 카메라를 더 보지 않기로 결심했다. 그날 밤, 텅 빈 침대들 사이에 혼자 누운 그는 거의 잠을 이루지 못했다. 그러나 겨우 잠들었을 때는 꿈에서 어머니를 보았다.

다음 날 아침, 그는 나날이 이렇겠구나, 생각했다. 영원히 매일 이 이어지겠지만, 나날의 헤아림은 오래지 않을 것이다. 그에게서는 나날의 헤아림이 사라져갈 것이다. 그의 나날에는 숫자가 매겨지고 째깍째깍 흘러갈 것이다. 그는 느낄 수 있었다.

그는 매트리스 하나를 끌어내어 컴퓨터와 무전기가 있는 방에 두었다. 그 방에 있으면 다른 사람이 있는 척할 수 있었다. 성난 목소리와 폭력적인 장면들이라도 다른 침대가 다 비어버린 모습보다는 나았다. 그는 처음에 했던 다짐을 잊고 카메라 앞에 앉아서 사람들을 보며 따뜻한 수프를 먹었다. 무전기에서 다투는 사람들의 목소리에 귀를 기울였다. 그리고 그날 밤에 꿈을 꾸었을 때, 그 꿈은 먼 과거가 담긴 작고 네모난 창들로 가득했다. 어린 자신이 그 창들 속에 서서 그를 마주 보고 있었다. 위에 있는 방으로 들어오려는 시도가 일어나면, 지미는 소리 없이 강철 문으로 기어가 바깥에서 남자들이 다투는 소리에 귀를 기울였다. 그들이 세 번에 걸쳐 암호를 넣어볼 때마다 삐삐 소리가 이어지고는, 성난 윙윙 소리만 났다. 지미는 강철 문을 문지르면서 그것이 꽉 닫혀 있다는 사실에 감사했다.

그는 소리 없이 문에서 멀어지면서 늘어선 기계들을 살폈다. 서버들은 웅웅대고 철컥거리고 번쩍이는 눈을 깜박였으나, 말은 하지 않았다. 움직이지도 않았다. 그 서버들이 있어서 지미는 더 외롭기만 했다. 마치 그를 무시하는 커다란 남자애들이 가득한 교실에 있는 것 같았다. 이런 식으로 며칠을 보내자 지미는 새로운 '세상의 법칙'을 느꼈다. 인간은 혼자 살게 만들어지지 않았다. 그는 날이 갈수록 이 사실을 확실히 알았다. 그 사실을 알고는, 알자마자 잊었다. 주변에 알아낸 사실을 일깨워줄 사람이 없었기 때문이다. 그는 대신 기계들과 대화를 했다. 기계들은 대꾸하듯 딸깍거리고, 인간이 살게끔 만들어지지 않은 금속 목 안 깊은 곳에서 쉭쉭 소리를 냈다.

무전기 속 목소리들도 그렇게 믿는 것 같았다. 그들은 죽음을 보고하고 서로에게 더 많은 죽음을 약속했다. 몇 명은 부보안관이 배치되어 있던 곳에서 총을 꺼내 왔다. 91층의 한 남자는 다른 모두에게 총이 있다는 사실을 알리고 싶어 했다. 지미는 이 남자에게 자신은 침대방 너머 저장고를 열쇠로 열었다고 말해주고 싶었다. 그곳에는 아버지가 야니를 죽일 때 쓴 것과 비슷한 총이 줄줄이 걸려 있었다. 그리고 총탄 상자도 수없이 많았다. 그는 사일로 전체에서 자신이 누구보다 많은 총을 갖고 있다고, 사일로의 열쇠를 갖고 있다고, 그러니 꺼지라고 말하고 싶었다. 그러나 그래 봤자 이 남자들은 더 거세게 안으로 들어오려고만 할 것 같았다. 그래서 지미는 비밀을 혼자 간직했다.

잠들지 못하고 혼자 지낸 지 여섯 번째 밤, 지미는 〈규칙〉이라는 라벨이 붙은 책상 위의 책을 넘기면서 잠을 청하려고 해봤다. 이상한 책이었다. 모든 페이지가 다른 페이지를 참조하라고 했고, 일어날 수 있는 온갖 끔찍한 일들에 대한 설명과 그걸 어떻게 막을 수 있는지, 어떻게 피할 수 없는 재난을 완화할 수 있는지로 가득했다. 지미는 철저히, 완벽하게 혼자 남은 사람에 대한 항목이 있는지 찾아보았다. 색인에는 없었다. 그러다가 지미는 책상 뒤 서가에 줄지어 놓인 수백 개의 금속 통을 기억해냈다. 그 책 중에는 도움이 될 만한 내용이 있을지도 몰랐다.

그는 모든 금속 통 아랫부분에 붙은 작은 라벨을 확인하면서 '고독Loneliness'이라는 단어를 찾기 위해 'L'이라는 라벨이 붙은 통을 찾아 열었다. 통을 열자 수프 통조림에 공기가 들어갈 때와 비슷한 슉 소리가 났다. 지미는 책을 꺼낸 다음, 항목을 찾으려고 맨 뒤로 넘겼다.

항목 대신에 그는 어렸을 때 가졌던 나무 장난감 개와 비슷한, 커다란 바퀴가 달린 커다란 기계 그림과 마주쳤다. 뾰족한 코를 가진 무시무시한 검은색 기계는 그 앞에 선 남자에 비해 말도 안 되게 컸다. 지미는 그 남자가 움직이기를 기다렸지만, 문질러보고는 아빠의 직장용 신분증에 붙은 사진과 비슷하다는 사실을 알았다. 너무나 반짝이고 색채가 선명해서 진짜처럼 보일 뿐이었다.

"기관차Locomotive." 지미는 읽었다. 아는 단어들의 조합이었다. 앞부분의 loco는 미쳤다는 뜻이고, 뒷부분의 motive는 사람이 뭔가를 하는 이유를 뜻하지 않던가. 그는 그림을 살피며, 대체 누군가가 어떤 미친 이유에서 이런 그림을 만들었을까 생각했다. 지미는 이 물건에 대해 뭔가 더 알아내기를 바라며 조심스럽게 책장을 넘겼고, 비명을 지르면서 책을 떨어뜨렸다. 그는 벌레가 셔츠 속으로 사라지거나 그를 깨무는 순간을 기다리며 펄쩍펄쩍 뛰어다니고 두 손으로 몸을 털어냈다. 매트리스 위에 서서 심장의 쿵쿵 거림이 멎기를 기다렸다. 지미는 책장을 아래로 하고 떨어진 책을 보면서 농장에 생긴 해충처럼 벌레 떼가 날아오르리라 생각했지만, 아무것도 움직이지 않았다.

그는 책에 접근해서 발끝으로 넘겼다. 그 망할 벌레도 그냥 사진이었고, 떨어뜨린 부분은 종이가 접히고 구겨져 있었다. 지미는 책장을 펴고, '메뚜기Locust'라는 말을 큰 소리로 읽고는, 대체 이건 뭐 하는 책일까 생각했다. 지미가 자랄 때 읽은 어린이책과는 달랐고, 학교에서 가르치던 재생지와도 달랐다.

표지를 넘겨본 지미는 이 책이 책상 위에 놓인 책과 다르다는 사실을 알았다. 그 책은 오돌토돌한 글씨로 〈규칙〉이라고 되어 있었는데, 이 책은 〈유산〉이었다. 그는 조금씩 책을 넘겨보았다. 페이지마다 눈부신 그림들, 문단과 설명들, 말도 안 되는 행위와 말도 안 되는 물건들에 대한 어마어마한 상상이 책 한 권에 다 들어 있었다.

책 한 권이 아니다. 지미는 스스로에게 말하면서 금속 통이 가득한 서가를 올려다보았다. 통마다 라벨이 붙어서 알파벳 순서로 놓여 있었다. 그는 다시 '기관차'를, 성인 남자도 작아 보이게 만드는 바퀴 달린 기계를 찾았다. 그 항목을 찾아서는 매트리스와 구겨진 이불 위로 발을 끌고 돌아갔다. 고독이 일주일을 다 채워가건만, 지미가 잠을 제대로 잘 가능성은 없었다. 아주 오랫동안 없었다.

72

1번 사일로, 2345년

도널드는 통신실에서 18번 사일로 책임자와의 첫 회의를 기다렸다. 그는 시간을 때우기 위해 손잡이와 다이얼을 돌려 해당 사일로의 카메라 피드를 돌아보았다. 한자리에서 그 세상 모든 주민들을 볼 수 있었다. 원한다면 먼 곳에서 그들의 운명을 밀고 당길 수도 있었다. 버튼 하나만 누르면 그들 모두를 끝낼 수도 있었다. 도널드가 얼었다가 녹으면서 살고 또 사는 동안, 이 평범한 인간들은 그의 존재조차 알지 못한 채로 일상을 살고 죽었다.

"내세 같군." 그는 중얼거렸다.

옆자리에 앉은 통신원이 몸을 돌려 말없이 그를 쳐다보았고, 도널드는 소리 내어 말했음을 깨달았다. 그는 머리를 빗은 지 한 세기는 된 것 같은 덥수룩한 검은 머리 남자를 마주 보았다. "그냥…… 마치 하늘에서 보는 풍경 같아서 말이죠." 그는 모니터를 가리키며 설명했다.

"볼만하긴 하죠." 통신원은 동의하고는 샌드위치를 한 입 물었다. 그 남자의 화면에서는 한 여자가 다른 여자에게 소리를 지르며, 상대방의 얼굴을 손가락질하는 듯했다. 웃음소리가 들어가지 않은 시트콤이랄까.

도널드는 입을 다물기로 했다. 그는 18번의 구내식당으로 다이얼을 돌리고, 사람들이 벽 스크린 주위에 모인 모습을 보았다. 작은 군중 규모였다. 움직임 없는 언덕들을 바라보는 모습이, 출발했던 청소부가 돌아오기를 기다리는 것 같기도 하고, 저 고요한 언덕들 너머에 무엇이 있을지 꿈꾸는 것 같기도 했다. 도널드는 그들에게 그 여자는 돌아오지 않을 것이고, 저 언덕 너머에는 아무것도 없다고 말해주고 싶었다. 설령 도널드 역시 그들과 같은 꿈을 꾼다 해도 그랬다. 드론을 한 대 날려서 보고 싶기도 했지만, 에렌이 드론은 구경하는 용도로 날리는 것이 아니라고 했다. 드론은 폭탄을 떨구기 위해 준비된 물건이었다. 갈 수 있는 범위도 한정되어 있었다. 바깥 공기가 갈가리 찢어놓을 테니까. 도널드는 에렌에게 얼룩덜룩한 분홍색 손을 보여주면서 나도 저 언덕에 나갔지만 살아 돌아왔다고 말하고 싶었다. 바깥 공기가 정말로 그렇게 나쁠까 묻고 싶었다.

희망. 이게 바로 그거였다. 위험한 희망. 그는 벽 스크린을 보고 있는 식당 안 사람들을 지켜보며 그들과 동류의식을 느꼈다. 옛 신들도 이러다가 망했다. 이런 식으로 인간들에게 매혹되어 그들의 일에 얽혔다가 끝장이 났다. 도널드는 혼자 웃었다. 그는 두꺼운 서류철의 주인인 청소부를 생각하고, 기회가 있다면 어떻게 개입할 수 있을까 생각했다. 할 수만 있다면 그 여자에게 삶이라는 선물을 줄 수도 있으리라. 다프네에게 빠진 아폴론처럼.

통신원이 도널드의 모니터를, 벽 스크린이 비치는 장면을 슬쩍 보았고 도널드는 관찰당하고 있음을 느꼈다. 그는 다른 카메라로 넘겼다. 학교처럼 보이는 곳의 복도였다. 복도 양쪽에 로커가 늘어서 있었다. 여자아이가 까치발로 서서 위쪽 로커 하나를 열더니, 작은 가방을 꺼내고 몸을 돌려서 카메라 밖에 있는 누군가에게 말을 하는 것 같았다. 삶은 늘 그렇듯 흘러갔다.

"이제 호출이 들어옵니다." 두 사람 뒤에 있던 통신원이 말했다. 샌드위치를 먹던 남자가 빵을 치우고 자세를 바르게 했다. 그는 가슴팍에 흘린 부스러기를 털고 서로 싸우던 두 여자가 있던 화면을 검은색 서버가 가득한 방으로 돌렸다. 도널드는 헤드폰을 쓰고 책상에 놓인 서류철 두 개를 끌어당겼다. 위에 놓인 하나는 두께가 5센티미터에 달했다. 사라진 청소부에 대한 서류철이었다. 그 아래에는 그림자로 쓸 만한 사람들의 이름이 적힌 훨씬 얇은 서류철이 있었다. 헤드폰으로 어떤 남자의 목소리가 들려왔다.

"여보세요?"

도널드는 모니터를 보았다. 검은 상자 하나의 뒤쪽에 한 사람이 서 있었다. 카메라 렌즈가 왜곡한 게 아니라면 키가 작고 땅딸했다.

"보고해요." 도널드는 '루카스 카일'이라고 찍힌 서류철을 열었다. 지난번 근무 덕분에 시스템이 그의 목소리를 생기 없는 소리로 바꾸어, 모두의 목소리가 똑같이 들릴 것을 알고 있었다.

"요청하신 대로 그림자를 한 명 골랐습니다. 착한 녀석입니다. 전에도 서버 일은 해본 녀석이라, 접근 기록은 이미 조사를 받았습니다."

얼마나 유순한지. 도널드는 버튼 하나만 누르면 자신의 세계가 끝난다는 사실을 알고 있다면 자신도 마찬가지이리라 생각했다. 그런 공포 앞에서는 자아를 내세울 수가 없다.

옆에 앉은 통신원이 몸을 기울이더니 그를 위해 서류철의 맨 위 페이지를 넘기고, 몇 줄 아래를 손가락으로 두드렸다. 도널드는 보고서를 살폈다.

"2년 전에도 카일 씨를 가능성 있는 대안으로 보았군요." 도널드가 고개를 들어보니 통신 서버 뒤에 선 남자는 목덜미를 닦고 있었다.

"맞습니다." 18번 책임자가 말했다. "그때는 준비됐다고 생각하지 않았죠."

"그때는 IT부에서 카일 씨가 밖을 보고 싶어 하는 사람일 수 있다는 보고를 올렸는데요. 여기에 보니 벽 스크린 앞에서 몇백 시간 동안 일지를 기록했다고요. 그런데 왜 마음이 바뀐 겁니까?"

"그건 예비 보고서였습니다. 다른…… 그림자 후보가 쓴 보고였어요. 조금 지나치게 열심이어서, 나중에 보니 보안팀에 더 잘 맞더군요. 장담하는데 카일은 바깥을 꿈꾸는 게 아닙니다. 단지 밤에 올라가서……." 남자는 망설이듯 헛기침을 했다. "별을 보는 겁니다."

"별을."

"맞습니다."

도널드는 샌드위치를 해치운 옆자리 통신원을 슬쩍 보았다. 그는 어깨를 으쓱였다. 침묵을 깨뜨린 사람은 사일로 책임자였다.

"카일이 최적입니다. 전 그 친구 아버지를 알았어요. 준엄한 망할 놈이었죠. 그 왜, 디딤판과 난간에 대한 말 아시잖습니까."

도널드는 그들이 디딤판과 난간에 대해 무슨 말을 하는지 전혀 몰랐다. 그건 다른 사일로들에만 존재하는 계단에 대한 비유였다. 그는 이 버나드라는 남자가 엘리베이터에 대해 안다면 뭐라고 할까 궁금했다. 생각만 해도 웃음이 새어 나왔다.

"이 그림자 선택을 승인합니다." 도널드가 말했다. "최대한 빨리 〈유산〉을 제공해요."

"지금도 연구하고 있습니다."

"좋아요. 자, 이제 폭동의 최신 상황은요?" 도널드는 좀 더 급한 연구로 돌아갈 수 있게 서둘러서 이 천편일률적인 업무를 끝내려 했다.

사일로 책임자는 카메라 쪽을 다시 돌아보았다. 이 인간은 신들의 눈이 어디에 숨어 있는지 너무 잘 알았다. "기계부는 아주 단단히 숨었습니다. 그놈들이 선전하면서 저희가 후퇴하긴 했지만, 잘 몰아냈습니다. 그…… 바리케이드 같은 게 있긴 합니다만, 곧 뚫을 겁니다."

통신원이 몸을 앞으로 기울이며 도널드의 주의를 끌었다. 그는 두 손가락으로 눈을 가리켰다가, 맨 윗줄에 있는 빈 화면 하나를 가리켜서 폭동 중에 카메라 하나가 꺼졌음을 알렸다. 도널드는 무슨 뜻인지 알았다.

"그쪽에서 카메라에 대해 어떻게 알았는지 짐작 가는 바는요?" 그는 물었다. "여기에서 140층 아래는 보지 못하게 됐다는 건 알겠죠?"

"네, 압니다. 저희는…… 저로서는 그놈들이 카메라에 대해 안 지 꽤 됐다고 생각할 수밖에 없습니다. 그놈들은 저 아래에 자기들만의 배선을 해놨어요. 제가 직접 가봤습니다. 파이프와 케이블로 이루어진 둥지였죠. 누가 제보했다고 생각하진 않습니다."

"생각하지 않는다고요."

"그렇습니다. 하지만 거기 누군가를 들여보내려 하고 있긴 합니다. 죽은 사람들을 축복하라고 사제를 하나 보낼 수 있어요. 괜찮은 사람이죠. 보안부에서 그림자로 일했던 남자예요. 오래 걸리지 않을 거라고 장담합니다."

"좋아요. 오래 걸리지 않게 해요. 이쪽에서 당신네 난장판을 치우는 건 끝이니, 집을 마저 정리해요."

"네, 알겠습니다. 그러겠습니다."

통신실에 있던 세 사람은 이 버나드라는 남자가 헤드셋을 벗어서 캐비닛 안에 거는 모습을 지켜보았다. 버나드가 천 조각으로 이마를 닦았다. 다른 두 명의 정신이 다른 데 팔린 사이, 도널드도 받아둔 손수건으로 이마의 땀을 닦았다. 그는 서류철 두 개를 집어 들고, 그사이 작업복에 새로운 빵 조각을 흘려놓은 옆자리 통신원을 살폈다.

"잘 감시해요." 도널드는 말했다.

"아, 그럼요."

도널드는 헤드셋을 걸어놓고 나가려고 일어섰다. 문간에서 멈
칫하고 돌아보니 통신원 앞의 화면이 4분할 되어 있었다. 그중 하
나에는 방 안 가득 검은 탑들이 고요한 보초병들처럼 서 있었다.
그리고 다른 하나에서는 두 여자가 말다툼을 계속했다.

73

도널드는 서류철을 챙겨서 엘리베이터를 타고 구내식당으로 올라
갔다. 도착해보니 아침 식사를 하기에는 너무 일렀지만, 아직 전
날 밤의 커피는 기계에 남아 있었다. 그는 건조대에서 이가 나간
머그잔을 하나 골라서 커피를 채웠다. 배식 대기열 뒤에서 한 남
자가 식기세척기 손잡이를 들어 올리자, 스테인리스스틸 상자가
열리면서 수증기 구름이 뿜어져 나왔다. 남자는 그 구름을 향해
행주를 휘두르고는, 그 행주를 이용해서 곧 분말 달걀과 냉동건조
토스트 조각이 담길 금속 쟁반들을 꺼냈다.

도널드는 커피 맛을 보았다. 차갑고 연했지만 상관없었다. 그
에게 잘 맞았다. 그는 아침 식사를 준비하는 남자에게 고개를 끄
덕였고, 남자는 대답 대신 고개를 푹 숙였다.

도널드는 몸을 돌리고 벽 스크린에 펼쳐진 풍경을 보았다. 여기

에 수수께끼가 있었다. 서류철 안에 든 문서는 여기에 비하면 아무것도 아니었다. 그는 어스름한 풍경에 다가갔다. 언덕들 너머에서 보이지 않게 뜬 태양 덕분에 소용돌이치는 구름이 빛나기 시작했다. 저 밖에 무엇이 있을까 궁금했다. 사람들은 청소를 하러 나가면 죽었다. 사일로가 폐쇄되면 저 언덕 위에서 우르르 사람이 죽었다. 그런데 도널드는 살아남았다. 그리고 그가 아는 한은, 도널드를 끌고 돌아온 사람들도 살았다.

그는 벽 스크린에서 새어 드는 희미한 빛 속에 손을 살펴보았다. 손바닥이 약간 분홍색이었고, 새살이 약간 돋은 느낌이었다. 하지만 지난 몇 번의 밤마다, 그리고 아침마다 그 손을 대여섯 번씩 박박 닦기는 했다. 그는 그 손이 오염됐다는 느낌을 떨칠 수가 없었다. 그는 주머니에서 손수건을 꺼내어 접힌 부분에 대고 기침을 했다.

"몇 분 후면 감자가 준비됩니다." 카운터 뒤에 있던 남자가 외쳤다. 안쪽에서 녹색 작업복을 입은 남자가 한 명 더 나오면서 허리에 앞치마를 묶었다. 도널드는 이 사람들이 누구인지, 어떻게 살았고 무슨 생각을 하는지 알고 싶었다. 그들은 6개월 동안 하루 세끼를 준비한 후, 수십 년 동안 냉동 수면에 들어갔다. 그리고 깨어나서 같은 일을 반복했다. 그들은 분명 어딘가로 향하고 있다고 믿겠지. 아니면 상관하지 않으려나? 어제 깔린 길을 그냥 따라가는 것일까? 구멍에 부츠를 하나 딛고, 구멍에 부츠를 하나 딛고, 그렇게 반복 또 반복. 이 남자들은 자기들이 고귀한 목적을 지닌 거대한 방주의 갑판원이라고 여길까? 아니면 그저 길을 알기에

빙글빙글 돌면서 걷고 있는 걸까?

도널드는 미래를 위해 정말 좋은 일을 하리라 생각하면서 하원 의원에 출마했던 일을 기억했다. 그랬다가 당황스러운 규칙과 메모와 메시지의 폭풍우에 둘러싸였고, 곧 그저 하루하루가 끝나기만을 바라게 되었다. 세상을 구하겠다는 생각이 시간을 보내자는 생각으로 바뀌었다……. 시간이 다할 때까지.

그는 색 바랜 플라스틱 의자에 앉아서 분홍색 손에 잡힌 서류철을 골똘히 보았다. 5센티미터 두께의 서류철. 꼬리표에는 줄리엣 니컬스라는 이름이 적혔고, 그 뒤에 내부 목적의 ID 번호가 들어갔다. 막 인쇄한 종이에서 토너 냄새를 맡을 수 있었다. 그렇게 많은 헛소리를 인쇄하다니 낭비 같았다. 어딘가, 드넓은 창고 아래 어딘가에서 보급품들이 줄어들고 있었다. 그리고 다른 곳에서는, 도널드의 사무실과 같은 층의 복도 어딘가에서는 한 사람이 그 모든 보급품을 추적하며 끝까지 버티기에 충분한 감자가 있는지, 충분한 토너가 있는지, 충분한 전구가 있는지를 확인했다.

도널드는 보고서를 대충 훑어보았다. 보고서를 빈 테이블 위에 늘어놓으면서 애나와 지난번 근무를, 두 사람이 전략실에 단서를 덕지덕지 발라놓았던 모습을 생각했다. 애나가 헬렌보다 훨씬 자주 생각난다는 사실에 찌르는 듯한 죄책감과 후회가 찾아왔다.

일출과 식사를 기다리는 동안 보고서는 환영할 만한 기분 전환 거리가 되어주었다. 여기에 오래는 아니지만 보안관으로 일했던 한 청소부의 이야기가 있었다. 서류철 맨 위에 담긴 보고서 하나는 현재의 18번 책임자가 쓴 것으로, 이 청소부의 자질 부족에 관한 내용이었다. 이 여자가 힘 있는 자리에 가서는 안 됐던 이유를 나열한 목록을 읽다 보니 도널드 스스로에 대해 읽는 기분이었다. 잔스라고 하는, 나이 많은 여성이자 서면 같은 정치가인 18번의 시장이 말다툼 끝에 이 여자를 보안관 자리에 밀어 넣었다. 반대를 무릅쓰고 뽑은 듯했다. 줄리엣 니컬스라는 심층부 기계공이 보안관직을 원하기는 했는지조차 확실치 않았다. 도널드는 사일로 책임자가 쓴 다른 보고서에서, 보이지 않는 곳으로 걸어가 청소를 거부한 순간 절정에 달한 그 여자의 반항심에 대해 읽었다. 다시 한번, 너무나 도널드와 비슷한 느낌이었다. 아니면 도널드가 이런 닮은 점을 찾고 있는 걸까? 사람들은 원래 그러지 않던가? 다른 사람에게서 그들이 스스로에게 두려워하는 점이나, 보고 싶어 하는 점을 보는 것 말이다.

바깥 언덕들이 점차 밝아졌다. 도널드는 보고서에서 눈을 들어 흙 언덕들을 찬찬히 보았다. 비슷한 회색 언덕을 넘어 사라지는 청소부의 모습이 담긴 비디오 피드를 본 기억을 떠올렸다. 이제 동료들은 18번의 주민들이 위험한 희망으로 가득 찼다는 두려움에 사로잡혀 있었다. 그런 종류의 희망은 폭력으로 이어졌기에. 물론 이 청소부가 다른 시설까지 가는 데 성공해서, 다른 사일로의 사람들이 세상에 또 다른 이들이 존재한다는 사실을 알게 될지도 모른다는 것이 더 심각한 위협이었다

도널드는 그렇게 생각하지 않았다. 그 여자는 오래 버티지 못할 것이고, 그 여자가 걸어간 방향에는 찾아낼 것이 별로 없었다. 그는 17번 사일로에 대한 서류철을 꺼냈다.

17번이 무너지기 전에는 아무 경고도 없었고, 폭력이 증가하는 경향도 없었다. 인구 그래프도 정상으로 보였다. 그는 아래층에 존재하는 다양한 분과 책임자들이 타이핑한 문서들을 넘겨보았다. 모두에게 각자의 가설이 있었는데, 당연히 모두가 각자의 전공 분야라는 렌즈를 통해서 그 몰락을 보거나, 다른 분과의 무능 탓으로 보았다. 인구 조절부는 해이한 IT부를 탓했다. IT부는 하드웨어 고장을 탓했다. 엔지니어링부는 프로그래밍을 탓했다. 그리고 IT부와 개별 사일로 책임자들과 연락을 취하는 사람인 근무 중 통신 책임자는 이게 태업이었다고, 청소를 막으려는 공격이었다고 생각했다.

도널드는 17번 사일로의 몰락에 뭔가 익숙하지만 정확히 짚을 수 없는 데가 있다고 느꼈다. 카메라 피드가 끊기기는 했지만, 그 전에 짧게 사람들이 에어록 바깥으로 쏟아져 나가는 장면이 잡히기는 했다. 대탈출, 대공황, 대규모 히스테리가 있었다. 그 후는 정전이었다. 통신부가 몇 번인가 호출을 하기는 했다. 첫 호출은 17번의 이인자인 IT부 그림자가 받았다. 이 러스라는 남자와 짧은 문답이 오갔고, 양쪽이 질문을 쏟아냈으며, 러스가 연락을 끊었다.

다음 호출에는 몇 시간 동안 답하는 사람이 없었다. 그동안 사일로는 캄캄해졌다. 그러다가 다른 누군가가 연락을 받았다.

도널드는 손수건에 대고 기침을 하면서 이 예기치 않은 통화에 대해 읽었다. 당시 근무 중이었던 통신원은 답하는 목소리가 어렸다고 주장했다. 남성이었는데, 책임자의 그림자는 아니었고, 한 바탕 질문을 던졌다. 그 질문 중 하나가 도널드의 눈에 들어왔다. 몇 분밖에 살아남을 시간이 없는 17번에 있던 사람이 40층에서 무슨 일이 벌어지는지 물었다는 것.

40층이라. 도널드는 도면을 보지 않고도 알았다. 직접 설계한 시설이었다. 그는 모든 층을 제 손바닥 보듯이 알았다. 40층은 반은 거주지, 4분의 1은 광·농업, 나머지는 상업에 사용하는 혼용 층이었다. 그 층에 무슨 일이 있을 수 있지? 그리고 살아남을 시간이 거의 남지 않았을 사람이 그런 곳에 왜 신경을 썼을까?

그는 당시 통화 기록을 다시 읽었다. 그 젊은이가 마지막으로 접촉했던 게 40층이고, 직전에 그들과 대화를 했던 듯한 내용이었다. 어쩌면 본인이 40층 출신이었을까? IT부까지 여섯 층밖에 떨어지지 않았다. 도널드는 겁먹은 소년이 수천 명과 같이 계단을 밟고 오르는 장면을 상상했다. 에어록은 열렸고, 아래엔 죽음이 퍼졌고, 사람들이 위로 올라가고 있다는 소식과 함께. 이 젊은이가 34층까지 갔는데, 밀어닥치는 사람들의 압력이 너무 심해졌다. IT부는 이미 비어 있었다. 이 젊은이는 서버실로 들어가는 길을 찾아내고……

아니다. 도널드는 고개를 흔들었다. 그럴 리가 없었다. 하나도 들어맞지 않았다. 이 대화의 무엇이 이렇게 신경을 긁는 걸까?

정전이었다. 도널드는 등을 타고 오르는 한기를 느꼈다. 40이라는 숫자. 그건 층수가 아니라 사일로 숫자였다. 손에 쥔 보고서가 덜덜 떨렸다. 뛰어오르며 일어나서 식당 안을 서성이고 싶었지만, 그에게는 연결의 싹, 전체 윤곽의 단서밖에 없었다. 그는 솟구

치는 아드레날린의 방해를 받아가며, 떠오른 생각이 녹아서 사라지기 전에 점과 점을 이으려고 분투했다.

그 젊은이가 대화한 상대는 40번 사일로였다. 그 청년은 17번의 통신 장치에 가 있었다. 연락을 한 상대가 다른 사일로 사람이라는 걸 몰랐다. 그래서 40번 사일로가 아니라 40층이라고 부르고, 거기서 무슨 일이 벌어지는 건지 궁금해했던 것이다. 이 정전, 이 연락 두절은 애나가 맡았던 사일로들과 똑같았다.

애나……

도널드는 서면에게 깨워달라고 했던 애나의 쪽지를 생각했다. 애나는 저 아래에 잠들어 있었다. 애나라면 어떻게 해야 할지 알 것이다. 도널드가 아니라 애나를 깨워서 책임을 맡겨야 했다. 그는 보고서와 종이를 다 그러모아서 서류철에 집어넣었다. 직원들이 엘리베이터를 타고 도착하기 시작했다. 주방에서 가공 달걀 냄새가 흘러나왔고, 바쁘게 움직이는 주방 인력들 덕분에 회전문이 그 향기를 더 퍼냈지만, 도널드는 허기를 잊고 말았다.

그는 벽 스크린을 올려다보았다. 현재 근무 중인 사람 중에 40번 사일로에 대해 아는 사람이 있을까? 아마 없을 것이다. 그들은 같은 내용을 연결하지 못했을 것이다. 서면과 다른 몇 명이 공황 사태를 일으키지 않으려고 당시의 사건을 비밀로 지켰다. 하지만 40번 사일로가 아직 존재한다면? 그들이 17번에 연락을 했다면? 애나는 마스터 시스템이 해킹당했었다고, 40번 사일로에서 그것을 해킹했다고 했다. 그들이 몇 개의 사일로로부터 1번 사일로를 차단한 후에 애나와 서면이 깨어나서 모든 것을 종료시켰다. 하지만 애나와 서먼이 종료시키지 못한 거라면? 만약 17번 도 파괴되지 않았다면? 17번이 아직 그 자리에 서 있는데, 청소부 가 그 분지 안으로 비틀거리며 들어갔다가 그 사일로를 발견한다 면······.

도널드는 갑자기 직접 보고 싶은 충동을 느꼈다. 보호복 따위는 팽개치고 밖으로 걸어 나가서 언덕 꼭대기까지 달려 올라가고 싶 었다. 그는 벽 스크린 앞을 떠나서 에어록으로 향했다.

서먼처럼 도널드도 애나를 깨워야 할지도 몰랐다. 애나를 무기 고에 둘 수도 있을 것이다. 지난번 근무를 해봤으니 청사진도 있 었다. 다만 이번에는 도와주리라 믿을 수 있는 사람이 하나도 없 었다. 그는 사람들을 깨우는 방법도 몰랐다. 하지만 그가 책임자 아닌가? 알고 싶다고 요구할 수는 있을 것이다.

그는 식당을 떠나서 사일로의 에어록에, 바깥의 열린 세계로 이 어지는 거대한 노란 문에 다가갔다. 바깥은 그들이 믿게 했던 것 만큼 나쁘지는 않았다. 단순히 도널드가 면역력이 있는 거라면 또 모르는 일이지만 말이다. 그의 핏속에는 냉동되어 있는 동안 그 의 몸을 보존해주는 기계들이 있었다. 어쩌면 그 기계들이 바깥에 서도 그를 살려줬을지 몰랐다. 그는 내부 에어록 문으로 다가가서 작은 구멍을 들여다보았다. 그 안에 있었던 기억이 갑작스럽고 맹 렬하게 되살아났다. 그는 서류철 두 개를 옆구리에 끼고 오래전에 바늘이 살을 파고들어 그를 잠재웠던 자리를 문질렀다. 저 밖에는 무엇이 있나? 먼지구름이 지나가자 유치장 창살 사이로 새어 나 온 불빛이 너울거렸고, 도널드는 문득 1번 사일로에 벽 스크린이 있다는 게 얼마나 이상한 일인지 깨달았다. 여기 있는 사람들은 그들이 세상에 무슨 짓을 했는지 알고 있었다. 그런데 왜 그들이 남겨두고 온 폐허를 보아야 한단 말인가?

만약…….

만약 그 목적이 다른 사일로와 같지 않다면 말이다. 사람들이 밖으로 나가지 못하게 하고, 이 행성이 그들에게 안전하지 않다고 계속 상기시켜주려는 게 아니라면. 생각해보면 1번 사일로의 사람들이 사일로들 너머에 대해 정말로 알고 있는 게 뭘까? 그런 상황에서 그 너머를 직접 보고 싶다는 희망을 어떻게 누군가가 품을 수 있을까?

74

도널드가 계획을 짜고 나서 요청할 용기를 내기까지 며칠이 걸렸고, 윌슨 박사가 약속 일정을 잡는 데 또 며칠이 걸렸다. 그 사이에 그는 에렌에게 40번 사일로가 관련되지 않았나 하는 의심에 대해 말했다. 이 단순한 추측으로 시작된 소동은 빠르게 사일로 전체를 집어삼켰다. 도널드는 뭘 하는 건지 제대로 이해하지도 못하면서 폭격 요청에 서명했다. 사일로 안에서 거의 사용되지 않은 층들, 도널드에게는 친숙했던 층들이 다시 깨어났다. 며칠 후, 그는 땅이 흔들리는 느낌을 받지 못했지만 다른 사람들은 느꼈다고 주장했다. 그는 천장이 흔들리면서 소지품에 내려앉은 먼지밖에 보지 못했다.

윌슨 박사와 만난 날, 그는 굳이 주요 냉동 수면 층으로 내려가서 암호를 시험해보았다. 그는 아직도 헐렁한 작업복과 다른 사람의 이름이 적힌 배지가 제공하는 가짜 신분을 다 믿지 않았다. 바로 전날만 해도 체육관에서 첫 근무 때 만났던 사람을 보았다. 그 후부터 그는 가슴을 펴고 걷는 대신 살금살금 걷게 되었다. 그래서 그는 얼어붙은 몸뚱이들이 있는 공간을 살금살금 걸어가서 조심스럽게 키패드에 암호를 입력했다. 빨간불이 켜지면서 경고음이 나리라 예상했지만, '비상 인력'이라는 표시 위 불빛이 녹색으로 바뀌고 찰칵 소리가 나며 문이 열렸다. 도널드는 혹시 누가 보지 않나 복도를 살피고는 문을 당겨 열고 안으로 들어갔다.

사용자가 적은 이 냉동 수면실은 다른 방에 비하면 아주 작은 크기였고 깊이도 한 층밖에 되지 않았다. 문 안에 선 도널드는 넓은 심냉동실이 어떻게 이 작은 방을 둘러싸고 있을지 그려볼 수 있었다. 여기는 보이지 않는 먼 곳까지 뻗어나간 거대한 벽에 붙은 혹 하나에 지나지 않았다. 그런데도 훨씬 더 귀중한 뭔가를 담고 있었다. 적어도 그에게는 그랬다.

그는 냉동 수면 장치 사이를 걸어가며 얼어붙은 얼굴들을 보았다. 이전 근무 때 서면과 여기에 같이 왔던 때를 기억하기도, 정확한 위치를 떠올리기도 힘들었지만 결국에는 찾아냈다. 그는 작은 화면을 확인하고 이름이 뭐라고 적혀 있든 상관없다고 생각했던 기억을 되살렸는데, 정작 그 화면에는 이름이 없고 번호만 있었다.

"안녕, 동생."

서리를 문질러 닦자 손가락 끝이 유리를 치는 소리가 울렸다. 그는 슬픈 마음으로 부모님을 떠올렸다. 샬럿은 들어가기 전에 이 장소와 서먼의 계획에 대해 얼마나 알았을까 궁금했다. 아무것도 몰랐다면 좋으련만. 샬럿에게는 도널드보다 잘못이 없다고 생각하고 싶었다.

그 얼굴을 보자 동생이 워싱턴에 찾아왔을 때의 기억이 되살아났다. 서먼의 선거운동에 동참하고 오빠를 보겠다고 귀한 휴가를 써버렸었다. 샬럿은 도널드가 워싱턴에 2년째 살면서도 박물관에 한 번도 가보지 않았다는 사실을 알고 닦달을 해댔다. 아무리 바쁘다 해도 용서할 수 없는 짓이라고 했다. "무료란 말이야." 그 이유만으로도 충분하지 않냐는 듯이 말했다.

그래서 둘이 같이 항공우주 박물관에 갔었다. 도널드는 들어가려고 기다리던 시간을 기억했다. 박물관 입구 바깥의 인도에 있던 태양계 모형도 기억났다. 내행성들은 몇 걸음씩밖에 떨어져 있지 않는데, 명왕성은 몇 블록을 가서 허시혼 미술관을 지나쳐야 할 만큼 떨어져 있었다. 말도 안 되게 멀었다. 지금, 얼어붙은 누이의 얼굴을 보니 그날의 기억이 똑같이 느껴졌다. 말도 안 되게 멀었다. 아주 작은 점 같았다.

그날 오후 늦게, 샬럿은 그를 끌고 홀로코스트 박물관에도 갔다. 도널드는 워싱턴에 살고부터 그곳에 가기를 피했다. 내셔널 몰을 피해 다닌 것과 같은 이유였을 것이다. 모두가 꼭 봐야 한다고 했다. "가봐야 해. 중요해." 그 사람들은 '강력하다'라거나 '잊을 수 없다' 같은 말을 했다. 가보면 인생이 바뀔 거라고도 했다. 그런 말을 하면서도 그 사람들의 눈은 그곳이 위험한 곳이라고 경고했다.

샬럿은 묵직한 두려움에 사로잡힌 그를 끌고 계단을 올랐다. 건물 자체도 상기시키기 위한 건축이었지만, 도널드는 그런 의미를 상기하고 싶지 않았다. 그때쯤 그는 〈규칙〉에서 읽은 내용을 잊는 데 도움이 될 약을 먹고 있었다. 세상이 언제라도 끝날 수 있다는 기분이 들지 않게 해주는 약이었다. 그는 그 건물에 담긴 것과 같은 야만은 과거에 묻혔다고, 다시는 또 벌어지거나 되풀이되지 않을 거라고 스스로를 타일렀다.

박물관 16주년 기념물로 제작한 음울한 표지판과 현수막들이 아직 걸려 있었다. 새로운 부속 건물이 들어섰고, 어린나무들을 끈과 받침목들이 버티고 있었으며 공기에선 부엽토 냄새가 났다. 그는 밖으로 나오면서 눈 위에 손을 올려 태양 빛을 가리던 관광객 한 무리를 보았던 기억이 났다. 바로 몸을 돌려 달아나고 싶었지만, 동생이 손을 잡고 있었고 매표소에 있던 남자가 벌써 미소를 지으며 쳐다보고 있었다. 그나마 늦은 오후라 오래 머물 수는 없어 다행이었다.

도널드는 관과 비슷한 수면 장치에 두 손을 얹고서 그날의 박물관을 떠올리고, 그때의 부엽토 냄새를 기억했다. 고문과 기아의 장면들이 있었다. 헤아릴 수 없이 많은 신발이 가득한 방이 있었다. 생명 잃은 눈을 크게 뜨고, 갈빗대와 사타구니를 드러낸 벌거벗은 몸뚱이들이 포개진 장면, 산더미같이 쌓인 사람들이 땅에 팬 구덩이 속으로 굴러떨어지는 장면들이 벽에 걸려 있었다. 도널드는 차마 볼 수가 없었다. 대신 불도저에 시선을 두고, 불도저를 몰던 남자를 보았다. 오므린 입술 사이에 담배를 문 차분한 얼굴,

흔들림 없이 집중하는 눈빛. 그 사람에게는 그냥 일이었다. 그 장면 어디에서도 어떤 위안도 찾을 수 없었다. 불도저를 모는 남자가 그 사진에서 가장 끔찍했다.

도널드는 어둠 속에서 동생을 놓치고, 그 소름 끼치는 전시에서 몸을 움츠리고 멀어졌다. 여기는 결코 되풀이되지 않을 끔찍함을 전시하는 박물관이었다. 아무런 예식도 없이, 완벽한 무관심으로 치러지는 대량 매장. 침착하게 샤워실로 행진해 들어가는 사람들.

그는 '죽음의 건축가들'이라는 새로운 전시에서 피난처를 찾으려고 했다. 익숙하고 질서 잡힌 것들이 있으리라 약속하는 듯한 청사진들을 보려고 했다 . 그러나 그곳에서 찾은 것은 살육의 도면이 벽지에 발린 폐소공포를 부르는 공간이었다. 그 전시라고 해서 다른 전시보다 소화해내기가 더 쉽지는 않았다. 벽 하나는 홀로코스트가 벌어진 이후에도 그 사실을 부정한 움직임을 설명했다.

증거로 청사진들을 보여주는 것, 그게 이 방의 목적이었다. 러시아인들이 포위망을 좁힐 때 미친 듯이 불태우고 없앤 과정에서 살아남은 청사진들이었고, 다수에 힘러의 서명이 들어가 있었다. 아우슈비츠의 설계도, 가스실들, 모든 것에 깔끔하게 라벨이 붙었다. 도널드는 박물관 안 다른 곳에서 본 것들에 비해 설계도가 기분 전환이 되기를 기대했으나, 유대인 제도공들이 설계에 강제로 참여했다는 사실을 알게 되었다. 그 사람들의 펜이 자기들 주위를 둘러싼 벽에 잉크를 더했다. 그들은 꾐에 넘어가서 미래에 자기들을 학대할 곳을 스케치했다.

도널드는 그 작은 방이 빙글빙글 도는 느낌에 약병을 찾아 더듬거렸던 일을 기억했다. 어떻게 그 사람들이 협력할 수 있었을까, 자기들이 뭘 그리는지 볼 수 있었을 텐데 어떻게 모를 수 있었을까 생각한 기억도 났다. 어떻게 그 설계도가 무엇을 위한 건지 모를 수가 있었냐고.

그는 눈을 깜박여 눈물을 밀어내면서 자신이 지금 어디에 서 있는지 깨달았다. 깔끔하게 줄 맞춰 늘어선 냉동 수면 장치들은 낯설었지만, 벽과 바닥과 천장은 친숙했다. 도널드가 이곳의 설계를 도왔다. 이곳은 도널드 때문에 존재했다. 그리고 도널드가 여기에서 나가려고, 도망치려고 하자 그들은 비명 지르고 발길질하는 그를 끌고 돌아왔다. 그는 스스로가 만든 벽에 갇힌 죄수였다.

바깥 키패드가 내는 삐삐 소리가 이런 심란한 생각들을 흩어놓았다. 도널드가 몸을 돌리자 거대한 철판이 어른 팔 길이 정도의 핀에 고정된 채 안쪽으로 움직였다. 이번 근무의 의사인 윌슨 박사가 들어왔다. 그는 도널드를 보고 얼굴을 찌푸리며 외쳤다. "선생님?"

도널드는 관자놀이에서 땀 한 방울이 흘러내리는 것을 느낄 수 있었다. 홀로코스트 전시의 기억 때문에 아직도 심장이 맹렬히 뛰었다. 내뿜는 입김을 선명히 볼 수 있는데도 몸이 따뜻했다.

"약속을 잊으셨습니까?" 윌슨 박사가 물었다.

도널드는 이마를 닦고 손바닥을 바지에 문질렀다. "아니, 아니에요." 그는 목소리를 떨지 않으려고 애썼다. "시간 가는 줄 몰랐을 뿐이에요."

윌슨 박사가 고개를 끄덕였다. "모니터로 보고 그럴 줄 알았습니다." 그는 도널드에게 제일 가까이 있는 수면 장치를 흘긋 보고 얼굴을 찌푸렸다. "아시는 분입니까?"

"흠? 아니에요." 도널드는 수면 장치에 대고 있던 탓에 차가워진 손을 물렸다. "같이 일했던 사람이죠."

"음, 준비되셨습니까?"

"그래요. 보충수업 고마워요. 내가 프로토콜을 복습해본 지가 좀 됐거든요."

윌슨 박사는 미소 지었다. "물론입니다. 네 번째 근무에 들어설 새 원자로 기술자가 준비되어 있습니다. 저희는 선생님을 기다리고 있어요." 그는 복도 쪽을 가리켰다.

도널드는 동생의 수면 장치를 토닥이고 미소 지었다. 샬럿은 수백 년을 기다렸다. 하루 이틀쯤 더 기다린다고 해될 것은 없으리라. 그리고 그때는 도널드가 어떤 것을 만드는 데 도움을 줬는지 알게 되리라. 둘이 같이 알아낼 것이다.

75

지미는 도저히 그 종이에 쓸 수가 없었다. 종이에 파묻혀 있기는 했지만, 가장자리에조차 뭔가 쓸 엄두를 내지 못했다. 그 페이지들은 신성불가침이었다. 그 책들은 너무 귀중했다. 그래서 그는 목에 건 열쇠와 '17'이라는 숫자가 붙은 서버의 검은색 패널을 이용해서 날짜를 셌다.

그는 17이 그의 사일로라는 사실을 배웠다. 그건 〈규칙〉 안쪽에 찍힌 숫자였다. 벽에 걸린 모든 사일로 지도에 붙은 라벨이기도 했다. 그는 이게 무슨 의미인지 알았다. 지미가 그의 세상에 혼자 남겨졌을지는 몰라도, 그의 세상이 유일한 세상은 아니라는 뜻이었다.

그는 밤마다 잠들기 전에 거대한 서버의 검은색 페인트를 긁어서 눈부신 은색 자국을 남겼다. 날짜 표시는 밤에만 했다. 아침에 표시한다는 건 섣부른 일 같았다.

그 '프로젝트'는 엉성하게 시작했다. 그에게는 그 표시들이 많이 쌓일 거라는 자신이 없었기에 기계 한가운데에, 너무 크게 표시하고 말았다. 두 달 만에 공간이 부족해지려 했고, 표시를 위에 덧붙여야 한다는 사실을 깨달은 그는 이미 해놓은 표시 전체를 쭉 긋고 서버 반대편으로 돌아가서 새로 시작했다. 그리고 이제는 작고 깔끔하게 표시했다. 엄마가 했던 것처럼 네 번 짧게 긋고 그 위에 사선을 긋고, 이런 표시를 나란히 여섯 개 반복하면 한 달이었다. 이런 줄이 열두 개가 된 후 남은 다섯 개를 더하면 1년이었다.

그는 마지막 세트에 마지막 표시를 하고 물러섰다. 1년을 표시하는 데 서버 한 면의 절반이 들었다. 1년이 지나갔다니, 서버들 아래 숨은 층에서 1년을 살았다니 믿기 힘들었다. 그는 계속 이럴 수는 없음을 알았다. 다른 서버에 모두 긁은 자국이 뒤덮이는 광경을 상상하면 참기 힘들었다. 아빠는 두 명인가, 네 명인가가 10년을 지낼 음식이 있다고 했었다. 두 명인지 네 명인지는 기억할 수가 없었다. 어쨌든 지미 혼자라면 최소 20년 치는 있다는 뜻이었다. 20년. 그는 서버 주위를 돌아서 서버 줄과 줄 사이 통로를 보았다. 끝에 거대한 은색 문이 있었다. 어느 시점에는 그 문으로 나가야 할 것이다. 나가지 않으면 미치고 말 것이다. 이미 그는 미쳐가고 있었다. 하루하루가 너무나 똑같았다.

그는 문으로 가서 반대쪽에서 무슨 소리가 들리나 귀를 기울였다. 조용했고, 원래도 가끔은 그랬지만, 그는 아직도 기억 속에 메아리치는 희미한 쿵쿵 소리를 들을 수 있었다. 지미는 숫자 네 개를 입력하고 밖을 내다볼까 생각했다. 반대쪽에 무엇이 있는지 볼 수 없다는 건 상상할 수 있는 최악의 기분이었다. 카메라 화면이 작동을 멈췄을 때, 지미는 기본적인 감각을 빼앗긴 기분이었다. 문을 열고 싶은 충동, 너무 오래 감고 있던 눈꺼풀을 살짝 들어 올리고 싶은 충동이 강렬했다. 날짜를 헤아린 지 1년이었다. 그 하루하루에서도 다시 분초를 헤아리며 지낸 지 1년. 소년은 그 이상을 헤아릴 수가 없었다.

그는 키패드를 놓아두었다. 아직은 아니었다. 바깥에 나쁜 사람들이, 들어오고 싶어 하는 사람들이 있었고 그들은 이 안에 무엇이 있으며 왜 이 층은 전기가 아직 들어오는지, 그가 누구인지 알고 싶어 했다.

"난 아무도 아냐." 지미는 대화할 용기가 있을 때는 그렇게 말했다. "아무도 아냐."

그런 용기가 자주 생기지는 않았다. 다른 무전기를 가진 남자들이 싸우는 소리를 듣기만 하는 데에도 용기가 필요했다. 그들의 다툼으로 그의 세상과 그의 머릿속을 채우고, 그들이 말싸움하고 누가 누구를 죽였는지 보고하는 소리를 듣는 데만도 용기가 필요했다. 어떤 집단은 농장에서 일하고, 또 어떤 집단은 광산에서 새어 나와서 기계부를 삼키고 있는 침수를 막으려 했다. 한 집단은 총을 가지고서 다른 사람들이 함께 짜낼 수 있었던 것들을 아무리 작은 조각이라도 빼앗았다. 한번은 여자 혼자 호출해서 도와 달라고 비명을 질렀지만, 지미가 어떤 도움을 줄 수 있겠는가? 지미의 계산으로는 바깥에 100명 이상이 이리저리 나뉘어서 싸우고 죽이고 있었다. 그러나 그것도 곧 멈출 것이다. 그래야 했다. 하루만 더 있으면. 1년만 더 있으면. 그들도 영원히 싸울 수는 없을 것이다. 그렇지 않은가?

아니, 싸울 수 있을지도 모른다.

시간이 이상하게 느껴졌다. 시간은 보인다기보다는 믿는 것에 가까웠다. 그는 시간이 흐르고 있다고 믿어야만 했다. 계단 불빛이 어두워지고 조명이 꺼져서 밤을 알리는 일은 없어졌다. 이제는 꼭대기 층으로 올라가서 햇빛을 보고 낮이라는 것을 알 수도 없어졌다. 그저 비명을 지를 만큼 느리게 지나가는 컴퓨터 화면의 숫자들로만 낮과 밤을 알 수 있었다. 같은 낮과 같은 밤처럼 보이는 숫자들. 하루가 지나갔음을 알려면 신경 써서 수를 세야 했다. 그런 계산만이 그가 살아 있음을 알게 해줬다.

지미는 자기 전에 서버들 사이로 추격전을 벌일까 생각했지만, 그건 이미 어제 했다. 먹을 통조림을 차곡차곡 정리할까 생각도 했지만, 이미 석 달 치 식사를 정리해두었다. 사격 연습, 책 읽기, 컴퓨터 가지고 놀기, 각종 잡일도 있었지만 하나도 재미있을 것 같지 않았다. 그냥 침대에 기어들어서 숫자가 내일임을 알려줄 때까지 천장을 보는 방법도 있었다. 다음에 뭘 할지는 그때 생각해도 되었다.

76

몇 주가 지나, 긁은 자국이 쌓이고, 지미의 목에 건 열쇠 끝은 닳았다. 또 아침이 오고, 그는 자면서 울었는지 눈 주위가 굳은 채로 깨어났고, 아침 식사로 복숭아 깡통과 파인애플 깡통을 들고 거대한 강철 문으로 향했다. 지미는 8번 서버에 등을 대고, 등뼈에 닿는 바쁘게 돌아가는 기계의 온기를 즐기면서 어깨에 건 총을 내렸다.

그 총을 이해하는 데에도 시간이 걸렸다. 아버지는 장전된 총을 들고 사라졌고, 총과 총탄이 든 상자들을 찾아냈을 때도 지미에게는 반짝이는 탄창을 기계에 집어넣는 방법이 수수께끼였다. 그는 그 일을 '프로젝트'로 삼았다. 아버지가 잡다한 집안일을 그렇게 풀곤 했었다. 지미는 어려서부터 아버지가 컴퓨터와 다른 전자 기기를 분해하고, 다시 짜 맞출 자리를 알 수 있게 깔끔한 패턴으로 모든 부품을 늘어놓는 모습을 보면서 자랐다. 나사 하나, 볼트 하나, 볼트에 다시 끼워 넣을 너트 하나 빼놓지 않고 꼼꼼하게 해야 했다. 지미도 소총을 그렇게 분해했다. 그리고 우연히 첫 번째 소총의 부품을 걷어차는 바람에 두 번째 소총까지 분해했다.

두 번째 소총을 분해하고 나자 탄약이 어디로 들어가고 어떻게 맞는지 보였다. 탄약이 들어가는 곳에 달린 스프링이 뻑뻑해서, 장전이 어려웠다. 나중에는 책이 가득 든 통 중에서 G에 있는 '총Gun' 항목을 읽고 나서 그것을 '클립'이라고 부른다는 사실을 알았다. 그러고도 그 물건이 어떻게 작동하는지 혼자 알아내는 데 몇 주가 걸렸고, 천장에 구멍이 하나 뚫렸다.

그는 총을 허벅지 위에 올려놓고, 과일 통조림을 넓은 개머리판에 올렸다. 파인애플이 그가 제일 좋아하는 과일이었다. 그래서 매일 먹었고, 선반에 남은 통조림이 줄어드는 모습을 슬프게 보았다. 그런 과일은 들어본 적도 없다 보니 그것도 책에서 찾아봐야 했다. 파인애플에 대해 읽고 나니 어지럽도록 책을 뒤져야 했다. '해변'을 찾고 나니 그다음에는 '바다'를 찾아야 했다. 바다는 규모 면에서 혼란스러웠다. 그다음에는 '물고기'도 찾아야 했다. 그날은 책을 탐구하느라 먹는 것도 잊었고, 무전기와 작은 매트리스가 놓인 방에는 펼쳐놓은 책과 빈 책 상자가 가득 널렸다. 그 책들을 다시 다 정리하는 데 일주일이 걸렸다. 그는 그 후로도 수없이 여러 번 그런 여행에 빠져들었다.

지미는 앞주머니에서 녹슨 깡통 따개와 제일 좋아하는 포크를 꺼내고, 복숭아 통조림을 열었다. 처음 칼날이 들어가면 속삭이는 듯한 공기 소리가 났다. 지미는 그런 소리가 나지 않으면 내용물을 먹지 말아야 한다는 사실을 익혔다. 그나마 그 교훈을 처음 배웠을 당시에는 아직 변기가 작동할 때라 다행이었다. 지미는 변기가 너무나 그리웠다.

그는 한 입 한 입을 음미하고 과일 물을 마시면서 복숭아 통조림을 해치웠다. 그 물도 마시는 게 맞는지 확신은 없었고, 라벨에도 적혀 있지 않았지만 그는 그 물을 제일 좋아했다. 이어서 파인애플 통조림과 깡통 따개를 집어 들고 슉 소리가 들리나 귀를 기울이는데, 거대한 강철 문의 키패드에서 삐 소리가 났다.

"조금 이른데." 그는 방문객들에게 속삭였다. 깡통을 옆에 내려놓고, 포크를 핥은 다음 다시 앞주머니에 넣었다. 그리고 총을 끌어안고 앉아서 문이 움직이는지 지켜보았다. 그 문이 조금만 열리면 총을 쏠 생각이었다.

문은 열리지 않았고, 키패드에 숫자를 입력하는 네 번의 삐 소리가 들리더니 잘못된 암호라는 의미의 윙윙 소리가 뒤따랐다. 지미는 상대가 다시 시도하는 동안 총을 꽉 쥐었다. 키패드 화면에는 숫자 네 개가 들어갈 자리밖에 없었다. 그렇다면 0을 다 포함할 경우 총 1만 개의 조합이 있다는 뜻이었다. 그 문은 잘못된 시도가 세 번 이어지면 다음 날까지 입력을 받지 않았다. 지미는 그 사실을 오래전에 알았다. 엄마가 가르쳐준 법칙 같긴 한데, 그건 불가능한 일이었다. 꿈속에서 가르쳐줬다면 모를까.

그는 또 한 번 키패드가 삐삐거리다가 윙윙대는 것을 들었다. 또 숫자 하나가 실패했으니, 시간이 다해간다는 뜻이었다. 암호는

12-18이었다. 지미는 그 숫자를 떠올렸다는 사실만으로 스스로를 욕했다. 손가락이 방아쇠에 놓여 있었다. 하지만 생각의 소리가 들릴 수는 없었다. 들으려면 소리 내어 말해야 했다. 자기 생각을 내내 듣다 보니 그것도 자꾸 잊게 됐다.

그날의 세 번째이자 마지막 시도가 시작되었고, 지미는 어서 파인애플을 먹고 싶어 조바심이 났다. 지미와 이 사람들은 매일 아침 이렇게 세 번의 시도를 하는 일과를 반복했다. 무섭기는 해도 그것이 지미가 매일 인간과 접촉하는 유일한 시간이었고, 그는 그 규칙성에 의존하게 되었다. 그는 서버를 등지고 앉아서 수학 계산을 해보았다. 아마 저들은 0000으로 시작해서 숫자를 올리고 있을 것이다. 하루에 세 번이면 406일째의 두 번째 시도면 정확한 암호를 누르게 될 터였다. 이제 한 달도 남지 않았다.

하지만 지미의 계산이 모든 것에 들어맞지는 않았다. 저들이 숫자 몇 개를 뛰어넘을 수도 있고, 0000이 아니라 다른 수부터 시작했을 수도 있으며, 무작위로 암호를 집어넣다가 행운이 따를 수도 있다는 두려움이 남아 있었다. 어쩌면 암호만이 문을 여는 방법이 아닐 수도 있었다. 그리고 지미는 아버지가 암호를 어떻게 바꿨는지에 관심을 두지 않았기 때문에, 암호를 더 큰 숫자로 바꿀 수도 없었다. 바꿀 수 있다 해도, 그래서 오히려 바깥의 사람들에게 더 유리해진다면? 혹시 저들이 9999에서 시작했을지도 모르지 않는가. 물론 저들이 이미 시도해본 암호이길 빌면서 더 작은 숫자로 바꿀 수도 있겠지만, 혹시 저들이 아직 시도하지 않은 숫자라면 어쩌나? 행동을 취했다가 우연히 저들을 들여놓는다면 아무것도 하지 않다가 죽느니만 못했다. 그리고 지미는 죽고 싶지 않았다. 그는 죽고 싶지 않았고, 누굴 죽이고 싶지도 않았다.

　다음 네 개의 수가 입력되는 동안 그의 두뇌는 그렇게 빙빙 돌았다. 키패드가 그날 세 번째이자 마지막으로 윙윙 소리를 내자, 그는 총을 쥔 손에 힘을 풀었다. 땀에 젖은 손바닥을 허벅지에 닦고, 파인애플을 집었다.

　"안녕, 파인애플." 그는 속삭이며 무릎 위로 고개를 구부리고, 주의 깊게 귀를 기울이며 깡통에 구멍을 뚫었다.

　파인애플이 대꾸하듯 속삭이는 소리를 냈다. 먹어도 안전하다는 소리였다.

77

지미는 인생의 본질은 식사와 배변의 연속이라는 사실을 배웠다. 그 사이사이에 수면도 섞여 있기는 했지만, 자는 데에는 노력이 별로 들어가지 않았다. 그는 변기 물이 내려가지 않고 나서야 이 엄청난 '세상의 법칙'을 배웠다. 변기 물이 내려가는 동안에는 아무도 배변에 대해 생각하지 않는다. 그러나 그 후에는 그 생각만 하게 된다.

지미는 서버실 구석, 문에서 최대한 먼 곳을 쓰기 시작했다. 소변은 싱크대에 눴는데, 수도에서 물이 나오지 않아서 냄새가 지독해지고 말았다. 수도가 멈추자 그는 물탱크를 이용했다. 〈규칙〉이 어느 페이지를 찾아서 어떻게 해야 하는지 알려줬다. 죽도록 지루한 책이었지만, 가끔은 쓸모가 있었다. 지미는 그게 요점이라고 생각했다. 그러나 물탱크의 물도 영원히 가진 않을 것이기에, 그

는 통조림 바닥에 남는 물을 최대한 마시기로 했다. 토마토 수프
는 싫었지만 매일 하나씩 마셨다. 소변이 밝은 오렌지색으로 변
했다.

지미가 어느 날 아침에 사과 통조림을 마지막까지 마시고 있
는데 바깥 남자들이 암호를 넣으러 왔다. 일이 너무 빠르게 벌어
졌다. 숫자 네 개를 넣었는데, 키패드가 삐 소리를 냈다. 윙윙대
지 않았다. 비명을 지르거나 성난 소리를 내지도 않았다. 삐 소리
였다. 그리고 오랫동안, 적어도 지미가 기억하는 한은 언제나 빨
간색이었던 불빛이 밝고 무서운 녹색으로 번쩍거렸다.

지미는 화들짝 놀랐다. 무릎 위에 올려놓았던 열린 복숭아 통조
림이 기울어져서 바닥에 떨어지고, 사방에 과일 물이 튀었다. 이
런 일이 일어나기엔 이틀이 빨랐다. 이틀.

거대한 강철 문이 소리를 냈다. 지미는 포크를 떨구고 허둥지둥
총을 잡았다. 안전장치를 풀었다. 엄지손가락에서 찰칵 소리가 나
고, 문에서는 탁 소리가 났다. 목소리들, 목소리들. 한쪽에서는 흥
분이, 한쪽에서는 두려움이 퍼졌다. 그는 총을 어깨에 대고 어제
연습을 해둘 걸 그랬다고 생각했다. 내일. 내일이라면 준비가 되
어 있었을 것이다. 그들은 예정보다 이틀 빨리 들어왔다.

문에서 소리가 났고, 지미는 혹시 하루나 이틀을 빼먹었나 생각
했다. 아파서 열이 올랐을 때가 있었다. 책을 읽다가 잠들어서 깨
어났을 때는 무슨 날인지 기억하지 못한 날도 있었다. 어쩌면 그
가 하루를 빼먹었는지도 모른다. 아니면 복도에 있는 사람들이 숫
자를 건너뛰었을지도 모른다. 문이 빠끔 열렸다.

지미는 준비가 되어 있지 않았다. 총을 쥔 손바닥이 미끄러웠고, 심장은 미친 듯이 뛰었다. 분명 예상하고 기다린 순간이었다. 너무나 열렬히 집중하면서, 너무나 열심히 기다려온 순간이었다. 마치 비닐봉지를 불고 또 불어서 눈앞에서 크고 얇게 늘어나는 모습을 지켜보며 금방이라도 터질 것을 알고, 알고, 알다가 마침내 그때가 오면 전혀 예상하지 않았던 것처럼 겁이 나는 그런 순간.

이것도 그런 순간이었다. 문이 더 열렸다. 반대편에 사람이 하나 있었다. 한 명이었다. 그리고 한순간, 아주 짧게 정지한 순간에 지미는 계획하며 보낸 1년과 공포의 달력을 다시 생각했다. 여기에 대화할 수 있는 사람이 있었다. 깡통 따개가 부러지면 번갈아가며 스크루드라이버와 망치를 들어줄 사람. 어쩌면 새로운 깡통 따개가 있을지도 모르는 사람. 아빠에게 그랬듯 '프로젝트 파트너'가 되어줄 수도 있을…….

얼굴. 성난 비웃음을 띤 남자 얼굴. 계획하고, 빈 토마토 깡통을 쏘고, 이명을 겪으며 재장전을 하고, 총신에 기름을 칠하고 책을 읽으면서 보낸 1년이 지나고 이제 문틈에 인간의 얼굴이 보였다.

지미는 방아쇠를 당겼다. 총신이 튀었다. 그리고 성난 비웃음이 뭔가 다른 것으로 변했다. 슬픔과 뒤섞인 놀라움으로. 남자는 쓰러졌지만, 또 다른 사람이 그 남자를 밀어내고, 손에는 검은 물건을 든 채 방 안에 뛰어들었다.

다시 한번 총신이 튀고 또 튀었고 지미는 굉음에 눈을 깜박였다. 세 발이었다. 총탄 세 발. 뛰어오던 남자는 계속 들어왔지만 그 얼굴에 똑같이 슬픈 표정이 떠올랐고, 그 표정도 겨우 몇 걸음 앞에서 무너지면서 사라졌다.

지미는 다음 남자를 기다렸다. 밖에서 큰 소리로 욕하는 목소리가 들렸다. 그리고 처음 쏜 남자는 아직 움직이고 있었다. 마치 총에 맞은 후에도 오래도록 춤을 추는 빈 깡통 같았다. 문이 열렸다. 바깥과 안이 이어졌다. 문을 연 남자가 고개를 들어 올리는데, 그 얼굴에는 슬픔보다 더 나쁜 뭔가가 있었고, 갑자기 아버지가 보였다. 아버지가 문 바로 앞에 누워서, 복도에서 죽어가고 있었다. 그리고 지미는 왜 그런지 몰랐다.

욕설이 희미해졌다. 복도에 있던 남자가 떠나고 있었고, 지미는 문이 삐 소리를 내고 불빛이 초록색으로 변한 후 처음으로 제대로 숨을 들이마셨다. 맥박도 뛰지 않았다. 그의 심장은 멈추지 않는 단 한 번의 긴 박동이었다. 진동하는 서버 내부 같은 단조로운 소리였다.

그는 마지막 남자가 슬금슬금 물러나는 소리에 귀를 기울였고, 지금이 문을 닫을 기회임을 알았다. 그는 일어나서, 생명 잃은 손 가까이 검은 총을 떨구고 서버실 안에 쓰러진 죽은 사람 주위를 돌아 달렸다. 총구를 내린 지미는 문에 어깨를 대고 밀어 닫으려다가 내일을, 아니면 그날 밤을, 아니면 다음 시간을 생각했다.

후퇴하는 남자는 이제 암호를 알았다. 그 암호를 알고 갔다.

"12-18." 지미는 속삭였다.

문밖으로 머리를 내밀고 재빨리 살폈다. 한 남자가 사무실 안으로 사라지는 모습이 잠깐 보였다. 초록색 작업복이 언뜻 보이고는, 말도 안 되게 길고 환한 빈 복도만 남았다.

문밖에서 죽어가던 남자가 신음하며 몸부림쳤다. 지미는 그 남자를 무시했다. 그는 연습한 대로 총을 팔에 받쳐 안았다. 작은 눈금들이 서로 정렬하여 사무실 문 가장자리를 겨냥했다. 지미는 저 바깥에 수프 깡통 하나가 있다고, 복도에 매달려 있다고 상상했다. 그는 숨을 들이마시고 기다렸다. 문지방 밖에서 신음하던 남자가 피 묻은 손바닥으로 바닥을 때리며 가까이 기어왔다. 지미의 머리 한가운데에 아픔이 느껴졌다. 기억을 가로지르는 오래된 흉터였다. 그는 복도 안 허공을 겨냥한 채로 어머니와 아버지를 생각했다. 그의 마음속 한쪽에서는 두 사람이 죽었으며, 어딘가로 떠나서 다시는 돌아오지 않는다는 사실을 알았다. 총신이 떨리자 눈금이 정렬에서 벗어났다.

발치에 있던 남자가 더 가까이 기어왔다. 신음이 식식대는 소리로 변했다. 지미가 내려다보니 그 남자의 입가에 붉은 거품이 맺혀 있었다. 지미보다 풍성한 턱수염이 피에 흠뻑 젖었다. 지미는 시선을 돌렸다. 그리고 소총을 겨눈 복도 공간을 지켜보며 숫자를 셌다.

32까지 셌을 때는 그의 부츠를 약하게 할퀴는 손가락들이 느껴졌다.

51까지 셌을 때, 비열한 수프 깡통처럼 머리통 하나가 나왔다.

지미는 손가락에 힘을 넣었다. 어깨를 걷어차는 듯한 반동이 오고, 복도 저편에서는 새빨간 꽃이 피었다.

그는 잠시 기다리고, 심호흡을 한 후, 그의 발목을 잡으려 드는 손에서 발을 치웠다. 그는 위험하게 열려 있던 문에 어깨를 대고 밀었다. 잠금장치가 윙 소리를 내고 벽 속 깊은 곳에서 철컹 소리가 났다. 그는 그 소리를 희미하게밖에 듣지 못했다. 그는 근처에 죽어가는 사람이 누워 있는 서버실에서 총을 떨구고 두 손에 얼굴을 묻었다. 서버실 안에서 사람이 죽어가는데. 지미는 울었고, 키패드는 행복하게 지저귀다가 조용해지더니, 또 하루가 오기를 끈기 있게 기다렸다.

78

윌슨 박사의 사무실 벽에는 눈에 익은 클립보드가 줄줄이 걸려 있었다. 도널드는 의식이라도 치르는 양 거기에 이름을 끄적였던 기억이 났다. 한번은 스스로의 심냉동을 승인하는 서류에 서명했던 기억도 났다. 지금 저 서류 양식에 서명한다는 생각을 하면 불편한 가책이 찾아왔다. 뭐라고 쓴단 말인가? 다른 사람 이름을 적으면 손이 떨릴 것이다.

사무실 한가운데에 놓인 빈 이동 침대를 보자 나쁜 기억이 되살아났다. 이동 침대에 씌워놓은 새 시트는 군대식으로 빳빳하게 각이 잡힌 채, 다음에 잠재울 사람을 기다리고 있었다. 윌슨 박사가 컴퓨터에서 다음에 깨울 사람을 확인하는 동안 두 의료보조원은 준비를 했다. 한 명은 따뜻한 물이 담긴 용기에 녹색 가루를 두 숟가락 넣고 저었다. 도널드는 그 음료 냄새를 방 반대편에서도 말을 수 있었다. 그 냄새를 맡자 뺨이 오그라들었지만, 그는 주의 깊게 그 가루를 어느 찬장에서 꺼냈는지, 몇 숟가락이나 넣었는지 기억해두고 떠오르는 대로 질문했다.

다른 의료보조원은 깨끗한 담요를 접어서 휠체어 등받이에 걸쳤다. 종이 가운도 있었다. 구급상자의 내용물이 나왔다가 다시 들어갔다. 장갑, 약, 거즈, 붕대, 테이프. 모든 일이 조용하고 효율적으로 이루어졌다. 도널드는 배식 레일 뒤에서 똑같이 습관적인 손놀림으로 아침을 차리던 사람들을 떠올렸다.

누구를 깨우는지 확인하기 위해 숫자를 큰 소리로 읽었다. 이 원자로 기술자도 도널드의 동생과 마찬가지로 하나의 숫자로, 격자망 안의 한 자리로, 스프레드시트의 한 칸으로 전락했다. 지어낸 이름이라고 더 낫지는 않았지만 말이다. 도널드는 문득 그의 바꿔치기가 얼마나 쉽게 이뤄질 수 있었는지 이해했다. 그는 그의 서명도 필요 없이 서류가 채워지고 상자에 들어가는 모습을 보았다. 이건 그가 무시해도 될 부분이었다. 도널드가 계획한 일에는 흔적이 남지 않을 것이다.

윌슨 박사가 앞장서서 문을 나섰다. 의료보조원들이 보급품을 쌓아놓은 휠체어를 밀고 따라갔고, 도널드가 맨 뒤를 따라갔다.

그들이 깨울 기술자는 2층 아래에 있었기에, 엘리베이터를 타야 했다. 의료보조원 한 명이 하릴없이 이제 근무 날이 사흘밖에 남지 않았다고 말했다.

"운 좋네." 다른 의료보조원이 말했다.

"그래, 그러니까 내 카테터는 편하게 끼워줘." 이 농담에는 윌슨 박사마저 웃었다.

도널드는 웃지 않았다. 그는 마지막 교대근무는 어떨까 생각하느라 바빴다. 아무도 다음 근무 이후까지는 많이 생각하지 않는 듯했다. 그들은 한 근무의 끝을 기대하고, 다시 근무하게 되는 것을 두려워했다. 같이 일하는 사람 모두가 다시 출마하기를 싫어하면서도 다음 임기까지 일하기는 바라던 워싱턴 생각이 났다. 도널드도 같은 함정에 빠졌었다.

엘리베이터 문이 열리고 싸늘한 복도가 또 하나 나타났다. 여기에는 교대근무 직원들이 가득한 방들이 있었다. 그러니까 이 사일로의 대기 인구 대다수가 똑같이 생긴 두 개의 층에 퍼져 있었다. 윌슨 박사가 앞장서서 복도를 걷더니 오른쪽 세 번째 문에 암호를 입력했다. 잠든 몸뚱이들이 가득한 방은 멀리, 사일로의 콘크리트 외피에 닿을 때까지 이어졌다. "스무 줄 가서 네 개째입니다." 박사가 손가락질하며 말했다.

그들은 문제의 수면 장치까지 갔다. 도널드가 해동 절차의 이 부분을 보기는 처음이었다. 다른 사람들을 재우는 일은 거들어봤어도, 누군가를 깨울 때 거들어본 적은 없었다. 빅터의 몸을 보관한 일은 아예 다르기도 했다. 그건 장례식이었으니까.

의료보조원들이 수면 장치를 둘러싸고 부산스럽게 일했다. 윌슨 박사는 제어반 옆에 무릎을 꿇고 멈칫하더니 도널드를 올려다보고 기다렸다.

"그렇죠." 도널드는 무릎을 꿇고 의사의 어깨너머로 과정을 지켜보았다.

"대부분 과정은 자동입니다." 의사는 소심하게 그 사실을 인정했다. "솔직히 제 자리에 훈련받은 원숭이를 앉힌대도 차이를 아는 사람이 없을걸요." 그는 도널드를 돌아보고는 암호를 입력하고 빨간 버튼을 눌렀다. "전 양치기님과 비슷합니다. 오직 뭔가가 잘못될 때를 대비해서만 여기 있는 거죠."

의사는 미소 지었다. 도널드는 웃지 않았다.

"뚜껑이 열릴 때까지 몇 분이 걸릴 겁니다." 의사는 디스플레이를 두드렸다. "여기 온도가 섭씨 31도까지 올라갈 겁니다. 이 불이 깜박이면 혈류에 주입합니다."

불이 깜박이고 있었다.

"뭘 주입한다는 겁니까?" 도널드가 물었다.

"나노 기기요. 냉동 과정은 평범한 인간을 죽입니다. 그래서 불법화됐을걸요."

평범한 인간. 도널드는 그러면 자신은 뭐가 된 걸까 생각했다. 그는 손바닥을 들어 올려 붉은 얼룩을 살폈다. 장갑 한쪽이 언덕을 굴러떨어졌던 것이 기억났다.

"28도." 윌슨 박사가 말했다. "30도가 되면 뚜껑이 풀립니다. 전 끝까지 기다리는 대신 그때쯤에 미리 다이얼을 다시 맞추는 편입니다. 그래야 잊지 않거든요." 그는 온도 표시 아래 다이얼을 돌렸다. "그래도 과정이 멈추지는 않습니다. 일단 시작하면 한쪽으로만 움직이거든요."

"뭔가가 잘못되면요?" 도널드가 물었다.

윌슨 박사는 얼굴을 찌푸렸다. "말씀드렸다시피, 그래서 제가 여기 있는 거죠."

"하지만 박사님에게 무슨 일이 생기면요? 아니면 박사님이 다른 곳으로 불려 간다면?"

의사는 생각에 잠겨서 귓불을 잡아당겼다. "그럴 경우에는 제가 올 수 있을 때까지 다시 재우라고 충고하겠습니다." 의사는 웃음을 터뜨렸다. "물론 제가 오기 전에 나노 기기가 잘못된 부분을 고칠 수도 있습니다. 다이얼을 돌려서 온도를 다시 낮췄다면, 뚜껑을 닫기만 하면 됩니다. 하지만 어떻게 그런 일이 발생할 수 있을지 모르겠군요."

도널드는 알았다. 그는 온도가 29도까지 올라가는 것을 지켜보았다. 두 의료보조원은 장치가 열리기를 기다리면서 준비 작업을 했다. 한 명은 담요와 종이 가운과 함께 수건을 준비했다. 구급상자는 열린 채로 휠체어에 놓여 있었다. 두 남자 다 파란 고무장갑을 꼈다. 한 명이 테이프를 하나 뜯어서 휠체어 손잡이에 걸어놓았다. 거즈 한 봉투도 미리 뜯어두었고, 쓴 음료수는 세게 흔들어두었다.

"그리고 제 암호를 넣어도 해동 과정이 시작되나요?" 도널드는 놓친 게 있을까 생각하며 물었다.

윌슨 박사는 쿡쿡 소리 내어 웃더니, 무릎에 두 손을 올리고 천천히 일어섰다. "선생님의 암호라면 에어록도 열리겠죠. 선생님에게 접속 권한이 없는 것도 있습니까?"

장갑을 당기는 소리가 났다. 잠금장치가 풀리면서 뚜껑에서 쉭 소리가 났다.

도널드는 '진실'이라고 대꾸하고 싶었다. 그러나 어차피 곧 진실을 알아낼 계획이긴 했다.

뚜껑이 살짝 벌어지고, 의료보조원 한 명이 마저 열었다. 안에는 잘생긴 젊은 남자가 누워 있었는데, 정신이 들면서 뺨이 씰룩거렸다. 의료보조원들이 작업에 착수했고, 도널드는 그 과정의 아무리 작은 부분이라도 다 기억하려 했다. 그는 위층에서 잠든 채로 그를 기다리고 있을 동생을 생각했다.

"일단 이 사람을 사무실까지 데리고 올라간 후에 활력징후를 확인하고 분석용 샘플을 채취할 겁니다. 혹시 로커 안에 보관된 물건이 있다면 의료보조원을 하나 보내서 가져오도록 하고요." 윌슨 박사가 말했다.

"로커?" 도널드는 카테터를 제거하고, 팔에서 바늘을 뽑는 과정을 지켜보았다. 수면 장치에 든 남자가 빨대로 음료를 빨아 먹으며 그 쓴맛에 얼굴을 찡그리는 사이, 테이프와 거즈가 붙었다.

"개인 소지품이요. 예전 근무 기간에 챙겨둔 물건은 뭐든지요. 그런 것들을 가져옵니다."

의료보조원들은 그 남자를 도와서 종이 가운을 입힌 후, 끙 소리를 내면서 김이 오르는 장치에서 남자를 들어 올렸다. 도널드는 구급상자를 치우고 휠체어를 잡았다. 앉는 자리에 이미 담요가 깔려 있었다. 그들이 그 남자를 앉히는 동안, 도널드는 침대 위에 놓여 있던 '교대근무' 봉투를 생각했다. 서면의 개인 물건이 들어 있었던 봉투. 애나의 메시지에도 그 봉투에 찍힌 것과 비슷한 숫자가 있었다. 그 메시지에 들어간 숫자는 날짜가 아니었다.

그러다가 퍼뜩 생각이 났다. 로켓이라는 것도 오타였다. R과 T가 키보드에서 가까우니 일어나기 쉬운 실수였다. 애나는 로커 번호를 말하려고 했던 걸까?

단서들이 맞아 들어가자 방 안의 한기도 가라앉았고, 순간이지만 동생을 깨우겠다는 생각도 잊혔다. 다른 잠자는 유령들이 그에게 속삭이며 마음을 흐리고 있었다.

79

도널드는 의료보조원 하나가 뒤에 남아서 수면 장치를 닦는 동안 비틀거리는 남자를 진단 사무실까지 데리고 올라가는 작업을 거들었다. 윌슨 박사가 샘플을 채취하는 모습은 굳이 보고 싶지 않았기에, 도널드는 가서 그 기술자의 소지품을 가져오겠다고 자원했다. 의료보조원이 사일로 중심부의 창고 층 하나로 가는 길을 알려줬다.

창고는 총 열여섯 개 층이 있었는데, 그것도 무기고를 뺀 수였다. 도널드는 엘리베이터를 타고 57층 창고로 가는 닳아 없어진 버튼을 눌렀다. 종잇조각에 원자로 기술자의 ID 번호가 적혀 있었다. 애나가 서먼에게 남긴 쪽지에 있었던 번호가 선명하게 떠올랐다. 그때는 날짜라고 생각했었다. 2039년 11월 2일이라고. 덕분에 쉽게 외웠다.

엘리베이터가 느려지다가 멈추고, 도널드는 문을 통과해서 어둠에 발을 들였다. 그는 벽에 줄줄이 붙은 조명 스위치를 손으로 쓸어내렸다. 오래된 변압기와 계전기들이 작동에 들어가는 멀고 먹먹한 탁탁 소리가 나면서 머리 위 전구들이 살아났다. 멀리 첫 번째 조명이 켜지고, 더 가까운 곳에 불이 들어오고, 오른쪽 불이 들어오면서 한 번에 한 조각씩 무작위로 드러나는 모자이크처럼 키 높은 선반들의 미궁이 차례차례 모습을 드러냈다. 로커들은 선반을 다 지나서 훨씬 안쪽에 있었다. 도널드는 마지막 전구에 불이 들어오는 동안 거기까지 가는 먼 여정을 시작했다.

밀봉된 플라스틱 통이 가득한 강철 선반이라는 절벽들이 그를 집어삼켰다. 통들이 그의 머리 위로 기울어지는 것 같았다. 위를 올려다보면 선반끼리 저 위에서 선로처럼 서로 만날 것 같기도 했다. 거대한 통이 놓일 자리들이 라벨도 없이 빈 채, 미래의 근무시간을 기다리기도 했다. 도널드와 애나가 지난번 근무 때 만든 보고서들도 다 이런 통 안에 담겨 있을 것이다. 40번 사일로와 그 주변에 있던 불운한 시설들에 관한 이야기도 보존하고 있을 것이다. 18번 사일로와 그들을 구하려는 도널드의 노력에 대해서도 이야기할 것이다. 어쩌면 도널드는 그런 노력을 그만두어야 할지도 몰랐다. 혹시 현재의 이 붕괴, 이 달아난 청소부야말로 사실 도널드 잘못이라면?

그는 날짜별, 사일로별, 이름별로 분류된 상자들을 지나쳤다. 선반들 사이에 샛길도 한 번씩 나 있었다. 좁다고는 해도 수레에 빈 종이와 공책들을 싣고 나갔다가 잉크 무게 이상을 더해서 가지고 돌아올 수 있는 넓이의 통로들이었다. 도널드는 폐소공포에서 겨우 한숨을 돌리고 선반들 사이를 떠나서 창고 끝의 벽을 찾았다. 얼마나 멀리 왔는지 뒤돌아보자, 조명이 한꺼번에 꺼지면서 엘리베이터까지 길을 찾아 나갈 수 없게 된 자신을 상상할 수 있었다. 갈증으로 죽을 때까지 비틀거리며 빙빙 돌기만 할지도 모르겠다. 그는 조명을 흘긋 올려다보고는 스스로가 얼마나 취약한지, 얼마나 전기와 빛에 의존하는지 깨달았다. 익숙한 공포가, 어둠 속에 묻힌다는 공포증이 그를 덮쳤다. 도널드는 잠시 로커 하나에 몸을 기대고 숨을 골랐다. 손수건에 대고 기침을 하면서 죽음은 최악이 아니라는 사실을 다시 일깨웠다.

공황 발작이 사그라들자 그는 엘리베이터까지 달려가고 싶은 충동과 싸우면서 줄지어 선 로커 사이로 들어갔다. 로커가 수천 개는 있을 게 분명했다. 상당수는 우체국 사서함처럼 작아서, 너비는 15센티미터 정도였고 깊이는 폭으로 보아 그의 팔 길이 정도일 것 같았다. 그는 애나의 쪽지에서 본 숫자를 혼자 중얼거렸다. 어스킨의 로커도, 빅터의 로커도 여기 어딘가에 있을 것이다. 그는 그 사람들에게 감춰둔 비밀이 있을까 궁금했고, 나중에 다시 와서 확인해보자고 생각했다.

로커 줄 하나를 따라가다 보니 로커 숫자가 점점 커졌다. 처음 두 개의 숫자는 애나의 숫자와 한참 멀었다. 그는 정확한 줄을 찾으려고 연결 통로 하나를 따라갔다가 43으로 시작하는 로커들을 보았다. 그의 ID 번호는 44로 시작했다. 아마 그의 로커도 이 근처에 있을 터였다.

도널드는 저도 모르게 그의 ID 번호를 향해 가면서도 그 로커는 비어 있으리라 상상했다. 그는 교대근무를 끝낼 때 다음 근무를 위해 아무것도 챙긴 적이 없었다. 숫자들이 예측 가능한 배열로 행진해나가더니 어느새 그는 그의 ID 번호, 정확히는 트로이의 ID 번호가 찍힌 작은 금속 문 앞에 서 있었다. 걸쇠는 없고, 버튼만 있었다. 혹시 지문 스캐너나 그와 동급의 편집증을 발휘해 마땅한 물건이 아닐까 걱정하며 손마디로 버튼을 눌렀다. 서먼이 이 남자의 로커를 들여다보는 모습을 누가 보면 뭐라고 생각할까? 속임수를 잊기는 쉬웠다. 그건 상원의원의 이름을 듣고 나서 도널드를 부르는 것임을 깨닫기까지 걸리는 약간의 지연과도 비슷했다.

부드러운 한숨 소리와 함께 로커가 살짝 열리더니, 오래 사용하지 않은 경첩이 삐걱거렸다. 그 소리를 듣자 도널드는 그 아래에 있는 모든 것이, 그러니까 여기 있는 온갖 통과 로커들이 전부 공기가 들어가지 않게 보호받는다는 사실을 떠올렸다. 좋은 공기, 평범한 공기 말이다. 그들이 숨 쉬는 공기마저도 침식을 일으켰고, 부식성의 산소와 다른 굶주린 분자 같은 보이지 않는 것들로 가득했다. 좋은 공기와 나쁜 공기 사이의 차이라고는 그 효과가 얼마나 빠른가밖에 없었다. 사람들이 그 차이를 알기에는 너무 빨리 살고 죽을 뿐이었다.

그나마 예전에는 그랬지. 도널드는 생각하면서 로커 안에 손을 넣었다.

놀랍게도, 그 로커는 비어 있지 않았다. 안에는 서먼의 봉투와 비슷하게 주름지고 진공 포장된 비닐봉투가 하나 있었다. 다만 그 봉투 위에는 '교대근무'가 아니라 '유산'이라고 찍혀 있었다. 그는 안에 든 익숙한 갈색 바지와 빨간색 셔츠를 볼 수 있었다. 그 옷을 보자 기억이 그를 두드렸다. 예전에 그였던 남자, 예전에 그가 살았던 세상이 생각났다. 도널드는 공기를 빼내어 밀도가 높아진 봉투를 꽉 쥐고서 빈 통로 이쪽저쪽을 보았다.

왜 이런 물건을 보관해둔 걸까? 도널드가 여기 왔을 때와 똑같은 옷을 입고 지하에서 나갈 수 있게 하려고? 시대에 뒤진 옷을 입고, 손으로 가린 눈을 껌벅이면서 비틀비틀 걸어 나가는 죄수처럼? 아니면 여기에서는 저장이 폐기와 같은 것이어서일까? 여기 바로 위에 있는 두 층 전체가 재활용이 안 되는 쓰레기를 무쇠처럼 밀도 높은 정육면체로 뭉쳐서 천장까지 쌓아놓는 데 쓰였다. 달리 어디에 쓰레기를 넣겠는가? 땅속에 구멍을 파서? 그들이 땅속 구멍에 살고 있었다.

도널드는 그런 생각을 하면서 플라스틱 지퍼를 더듬어 봉투를 열었다. 희미하게 진흙과 풀 냄새가, 지나간 나날의 향기가 빠져나왔다. 봉투를 더 열자 공기가 안으로 들어가면서 옷이 부풀어 올랐다. 옛날 옷으로 갈아입고, 예전 세상이 사라지지 않은 척하고 싶은 충동이 일었다. 그러나 그는 그 봉투를 다시 로커에 집어넣기로 결정했다. 그런데 그때 노란색 광채가 그의 시선을 끌었다.

도널드는 옷 옆으로 손을 집어넣어 결혼반지를 잡았다. 반지를 꺼내다 보니 바지 안에 딱딱한 물건이 느껴졌다. 그는 반지를 손바닥에 올려놓고 다시 손을 넣어 더듬더듬 옷 주름을 만져가며 확인했다. 그날 주머니에 뭐가 있었더라? 알약은 아니었다. 그건 넘어졌을 때 잃어버렸다. ATV 열쇠도 아니었다. 그건 애나가 빼앗았다. 집 열쇠와 지갑은 재킷 안에 있었고, 땅속의 오리엔테이션까지 따라오지도 못했다…….

그의 핸드폰. 도널드는 바지 주머니에서 핸드폰을 찾아냈다. 그 무게감이, 플라스틱 껍데기의 곡선이 손에 딱 맞았다. 그는 봉투를 로커 안에 돌려놓고, 결혼반지를 작업복 주머니에 넣고, 오래된 핸드폰의 전원 버튼을 눌렀다. 물론 방전되어 있었다. 오래전에 죽었다. 헬렌을 잃은 그날에도 제대로 작동하지 않았었다.

도널드는 습관대로 핸드폰을 주머니에 넣었다. 세월도 건드리지 못한 습관이었다. 주머니에서 반지가 만져져서 꺼낸 그는 그것이 아직 손가락에 맞는지 확인해보고, 아내를 생각했다. 헬렌을 생각하니 믹이 생각나고 둘이 자식을 두었다는 사실도 생각이 났다. 슬픔과 역겨움이 뒤엉켰다. 그는 옷을 로커 깊숙이 밀어 넣고 문을 닫은 후, 반지를 빼내어 오래된 핸드폰과 함께 주머니에 넣었다. 그리고 몸을 돌려 애나의 로커를 찾으러 갔다. 아직 기술자의 소지품도 찾아야 했다.

두 사람의 로커를 찾는 동안 뭔가가, 어떤 연결 고리 같은 것이 신경에 거슬렸지만 정확히 무엇인지는 알아낼 수가 없었다.

한쪽으로 창고 한 구역이 아직 전등이 꺼진 채 어둠 속에 묻혀 있었고, 도널드는 40번 사일로와 이전 근무 기간에 퍼져나가던 어둠을 생각했다. 그곳에서 일어나는 일이 무엇인지는 몰라도 에렌이 끝장을 냈다. 폭탄이 터지면서 이 1번 사일로의 머리 위 파이프에 쌓인 먼지가 다 떨어졌다. 그리고 이제 도널드의 마음속 깊은 곳이 가동되면서 관련성을 더 찾아냈다. 애나에 대한 생각. 왠지 자신의 로커에 이끌려 간 이유. 그는 주머니에 든 핸드폰을 잡으면서, 애나가 지난번에 깨어났던 이유를 떠올렸다. 애나의 전문 분야가 무선 시스템과 해킹이었다는 것이 기억났다.

멀리서 전등 하나가 팟 소리를 내며 꺼졌고, 도널드는 어둠이 죄어드는 느낌을 받았다. 여기엔 그를 위한 것이 없었다. 지독한 기억과 끔찍한 깨달음을 제외하고. 조각이 맞아 들어가면서 심장이 쿵쾅거렸다. 정말이지 믿고 싶지 않은 진상이 드러나려고 했다. 폭탄이 떨어지던 날, 그의 핸드폰은 제대로 작동하지 않았다. 그래서 헬렌과 연락할 수가 없었다. 그리고 그 전에는 믹에게 연락이 닿지 않던 순간이 계속 있었다. 그래서 도널드와 애나 둘만 있어야 했던 여러 밤이…….

그리고 이제 그들은 이 사일로에 둘만 남았다. 믹은 마지막 순간에 도널드와 자리를 바꿨다. 도널드는 작은 아파트에서 나누었던 대화를 기억했다. 믹이 그곳을 구경시켜주고, 어느 방으로 데리고 내려가서 그곳에 있는 자신의 모습을 기억하라고, 그게 믹이 원한 일이었다고 했었다.

도널드는 손바닥으로 로커를 때렸다. 쾅 소리에 입에서 나오는 욕설 소리가 묻혔다. 여기에서 냉동과 해동을 거듭하며 꾸준히 미쳐가는 사람은 믹이었어야 했다. 그 대신 믹은 종종 놀리던 도널드의 가정적인 삶을 훔쳐 갔다. 그리고 도널드는 그 과정을 도왔다.

도널드는 로커에 등을 대고 미끄러져 앉았다. 손수건을 찾아서 기침을 하며, 친구가 헬렌을 위로하는 모습을 상상했다. 그 두 사람의 자식과 손주들을 생각했다. 사람을 죽이고 싶은 분노가 끓어올랐다. 그동안 내내 헬렌에게 가지 못한 자신을 탓했건만. 내내 도널드가 놓친 삶을 꾸렸다고 헬렌과 믹을 탓했건만. 그게 다 애나가 한 짓이었다. 애나가 그의 삶을 난도질해놓았다. 그녀가 한 짓이었다. 그녀가 그를 여기로 데려왔다.

80

도널드는 꿈을 꾸는 것처럼 다른 두 로커에 든 물건을 꺼냈다. 무감각한 채로 엘리베이터를 타고 윌슨 박사의 사무실로 돌아가서 원자로 기술자의 소지품을 내려놓았다. 윌슨 박사에게 그날 밤에 수면을 도와줄 약을 부탁하고는, 알약이 어디에서 나오는지 주의 깊게 봐두었다. 윌슨이 샘플을 가지고 실험실로 향하자 도널드는 수면제 알약을 더 꺼냈다. 그 알약을 빻은 다음, 가루약 두 숟가락을 더해서 쓴 음료를 제조했다. 계획은 따로 없었다. 로봇처럼 자동으로 행동이 이어졌다. 그의 삶에는 끝내버리고 싶은 잔인함이 있었다.

심냉동실로 향했다. 이것저것이 실린 휠체어를 밀고 간 그는 어렵지 않게 그녀의 수면 장치를 찾아냈다. 도널드는 손가락으로 기계 표면을 더듬었다. 베일지도 모른다는 듯 조심스럽게 그 매끄러운 표면을 만졌다. 그녀의 몸을 이런 식으로 만졌던 기억이 났다. 매번 두려워하며, 온전히 굴복하지도 온전히 놓지도 못했었다. 그 느낌이 좋으면 좋을수록 아프기도 했다. 모든 애무가 헬렌에 대한 모욕이었다.

그는 손가락을 떼어내고, 상상 속의 출혈을 막듯이 반대쪽 손으로 그 손가락을 잡았다. 애나 가까이에 있으면 위험했다. 저 단단한 껍데기 반대편에 애나의 알몸이 있는데, 그는 그 뚜껑을 열려고 했다. 도널드는 드넓은 심냉동실을 둘러보았다. 꽉 차 있건만 완전히 혼자였다. 윌슨 박사는 한동안 실험실에 있을 것이다.

도널드는 그 수면 장치 끝에 무릎을 꿇고 암호를 입력했다. 마음속 작은 부분은 그 암호가 통하지 않기를 빌었다. 이건 너무 큰 힘이었다. 생명을 주거나 빼앗을 수 있는 힘이라니. 그러나 패널에서는 삐 소리가 났다. 도널드는 손을 안정시키고, 아까 보았던 대로 다이얼을 돌렸다.

나머지는 기다림이었다. 온도가 올라가고, 그의 분노는 사그라들었다. 도널드는 음료를 꺼내어 흔들었다. 다른 모든 것이 제자리에 있는지 확인했다.

뚜껑이 쉭 소리를 내면서 열리자, 도널드는 그 틈에 손을 넣고 마저 들어 올렸다. 안으로 손을 집어넣어 조심스럽게 애나의 팔에 꽂힌 바늘에서 관을 제거했다. 바늘에서 걸쭉한 액체가 새어 나왔다. 그는 끝에 달린 플라스틱 밸브가 어떻게 작동하는지 이해하고 액체가 떨어지지 않을 때까지 돌렸다. 휠체어 등받이에 걸친 담요를 펼쳐서 그녀의 몸을 감쌌다. 그녀의 몸은 이미 따뜻했다.

수면 장치 안쪽 표면에서 서리가 뚝뚝 떨어져서 홈통 역할을 하는 작은 수로에 모였다. 그는 담요가 그녀보다는 그 자신을 위한 것이었음을 깨달았다.

애나가 움직였다. 도널드는 그녀의 눈꺼풀이 파르르 떨리자 그 이마에 흘러내린 머리카락을 걷어냈다. 그녀의 입술이 벌어지더니, 수십 년의 잠이 묻어나는 조용한 신음을 내뱉었다. 도널드는 그 뻑뻑함이 어떤 느낌인지, 관절마다 깊이 얼어붙은 한기가 어떤 것인지 알았다. 애나에게 이런 짓을 하기 싫었다. 자신이 당한 일도 싫었다.

"천천히 해." 그는 애나가 덜덜 떨리는 팔다리로 허공을 더듬기 시작하자 말했다. 그녀는 이쪽저쪽으로 힘없이 고개를 돌리며 무슨 말인가를 중얼거렸다. 도널드는 그녀를 부축해 앉히고 몸을 덮은 담요를 다시 정리했다. 구급상자와 보온병이 놓인 휠체어는 옆에 가만히 놓여 있었다. 도널드는 그녀를 들어 올려 그 의자에 앉히려 하지 않았다.

깜박이며 이리저리 움직이던 시선이 마침내 도널드에게 내려앉았다. 그리고 알겠다는 듯이 가늘어졌다.

"도니……."

그는 그 목소리를 들었을 뿐 아니라 그 입술이 부르는 이름을 읽었다.

"날 찾아왔구나." 그녀가 속삭였다.

도널드는 그녀가 떠는 모습을 지켜보았다. 등을 문지르거나 끌어안고 싶은 충동을 눌렀다.

"몇 년도야?" 애나가 입술을 빨면서 물었다. "때가 됐어?" 그녀의 두 눈은 이제 크게 뜨여 두려움을 비췄다. 녹아내린 서리가 뺨 위로 미끄러졌다.

도널드도 이런 식으로, 꾸던 꿈 때문에 머릿속이 흐린 채 깨어났던 기억이 났다. "진실을 말할 시간이야. 당신이 내가 여기 있는 이유 맞지?"

애나는 안개에 싸인 정신으로 멍하니 그를 보았다. 그녀의 눈이 씰룩이는 모습, 메마른 입술이 벌어져 있는 모습으로 알 수 있었다. 사람들이 도널드를 깨웠을 때마다, 같은 짓을 당했을 때마다 겪어서 잘 아는 정보처리 지연이었다.

"맞아." 애나는 아주 살짝 고개를 끄덕였다. "아버지는 절대로 우리를 깨우지 않았을 거야. 심냉동은……." 속삭이는 목소리. "당신이 와줘서 기뻐. 올 줄 알았어."

담요에서 손이 하나 빠져나오더니 몸을 일으키려는 듯 수면 장치 가장자리를 잡았다. 도널드는 그녀의 어깨에 한 손을 얹었다. 그리고 몸을 돌려 휠체어에 놓인 보온병을 잡았다. 그녀의 손을 수면 장치 가장자리에서 떼어내고, 그 손에 음료를 들려줬다. 그녀는 반대쪽 팔을 담요에서 꺼내어 보온병을 무릎에 놓았다.

"이유를 알고 싶어." 그는 말했다. "왜 날 여기로 데려왔어? 이 장소 말이야." 그는 냉동 수면 장치들을, 죽음을 저지하는 이 부자연스러운 무덤들을 둘러보았다.

애나는 그를 응시했다. 그리고 보온병과 빨대를 찬찬히 보았다. 도널드는 그녀의 팔을 놓고 주머니에 손을 넣어서 핸드폰을 꺼냈다. 애나가 핸드폰으로 관심을 옮겼다.

"그날 무슨 짓을 한 거야?" 그는 물었다. "당신이 날 헬렌과 떼어놓았지, 맞지? 그리고 설계안을 마무리하려고 만났던 밤에도, 믹이 회의를 놓칠 때마다, 그것도 당신이었지."

애나의 얼굴에 그림자가 미끄러졌다. 깊고 어두운 감정이 드러났다. 도널드는 강경한 저항, 강철 같은 결단, 부정을 기대했다. 그러나 애나는 슬퍼 보이기만 했다.

"너무 오래전이네." 애나는 고개를 저으며 말했다. "미안해, 도니. 하지만 너무 오래전 일이야." 그녀의 시선은 위험을 기대하기라도 하는 듯 도널드 너머 문을 향해 날아갔다. 도널드가 뒤를 돌아보았지만 아무것도 없었다. "여기에서 나가야 해." 애나의 쉰 목소리는 약하고 멀었다. "도니, 우리 아버지, 그 사람들이 협정을 맺어서……."

"난 당신이 무슨 짓을 했는지 알고 싶어. 말해."

애나는 고개를 흔들었다. "믹과 내가 한 일은……. 도니, 그때는 그게 옳은 일 같았어. 미안해. 하지만 당신에게 해줘야 할 다른 이야기가 있어. 더 중요한 거야." 그녀의 목소리는 작고 조용했다. 그녀는 입술을 핥고 빨대를 보았지만, 도널드는 그 팔을 붙들었다. "아빠가 당신이 심냉동에 있는 동안 나를 한 번 더 깨워서 근무시켰어." 그녀는 고개를 들고 그를 똑바로 보았다. 그녀는 이를 부딪치면서 생각을 그러모았다. "그리고 내가 알아냈는데……."

"그만." 도널드는 말했다. "지어낸 이야기는 그만해. 거짓말도 그만해. 진실만 말해."

애나가 시선을 돌렸다. 경련이, 아주 큰 떨림이 그녀의 온몸을 훑었다. 머리카락에서는 김이 올랐고, 갑자기 열려버린 냉동장치 표면에 맺힌 물방울이 빠르게 떨어졌다.

"이럴 운명이었어." 그녀가 말하는 모습에, 그를 보지 않으려고 하는 모습에 자백이 담겨 있었다. "이럴 운명이었던 거야. 당신과 내가 함께해야 했어. 우리가 이걸 지었어."

도널드의 마음에는 새로운 분노가 끓어올랐다. 그의 두 손이 애나의 손보다 더 떨렸다.

애나가 몸을 내밀었다. "당신이 그곳에서 혼자 죽는다는 생각을 하면 견딜 수가 없었어."

"난 혼자가 아니었을 거야." 그는 앙다문 잇새로 말했다. "그리고 당신에겐 그런 걸 결정할 권리가 없어." 그는 두 손으로 수면 장치 가장자리를 잡고 손마디가 다 하얗게 되도록 힘을 줬다.

"이 말은 꼭 들어야 해." 애나가 말했다.

도널드는 기다렸다. 어떤 설명이나 사과가 있을까? 그녀는 그에게서 그녀의 아버지가 남겨놓은 얼마 안 되는 것마저 빼앗았다. 서먼은 세상을 파괴했고, 애나는 도널드의 세상을 파괴했다. 그는 애나가 꼭 해야 한다는 말이 무엇인지 기다렸다.

"아버지가 협정을 맺었어." 애나의 목소리가 힘을 얻었다. "우리를 절대 깨우지 않았을 거야. 우린 여기에서 나가야 해. 당신 도움이 필요해……."

또 이런 식이다. 그녀는 그를 파괴했다는 사실에 신경도 쓰지 않았다. 도널드는 격분이 가라앉는 것을 느꼈다. 분노는 그의 온몸으로 흩어졌다. 분노는 그의 일부였고, 강력하기는 하지만 파도처럼 왔다가 물러날 뿐, 오래 버틸 만큼 강하지는 못해서 한숨 소리를 내며 부서져 내리는 쇄도였다.

"마셔." 그는 애나의 팔을 부드럽게 들어 올리며 말했다. "그러고 나면 말할 수 있겠지. 내가 당신을 어떻게 도울지 말할 수 있을 거야."

애나는 눈을 깜박였다. 도널드는 빨대에 손을 뻗어 애나의 입술에 갖다 댔다. 그에게 무슨 말이든 해서 혼란에 빠뜨리고, 그녀가 덜 공허하고 덜 외로울 수만 있다면 그를 이용할 그 입술에. 이제 그녀의 거짓말은 충분히 들었다. 독은 이제 충분했다. 그녀의 말을 듣는다는 건 독니에 혈관을 내어주는 것과 같았다.

애나의 입술이 빨대를 물고, 음료를 빨아들이면서 뺨이 홀쭉해졌다. 탁한 녹색 액체가 빨대를 타고 올라갔다.

"너무 쓰다." 그녀는 첫 모금을 삼키고 나서 속삭였다.

"쉬잇." 도널드는 말했다. "마셔. 당신에겐 이게 필요해."

애나는 마셨고, 도널드는 그녀를 위해 보온병을 들고 있었다. 애나는 마시면서 사이사이 그에게 여기에서 나가야 한다고, 안전하지 않다고 말했다. 그는 맞장구를 치고 빨대를 다시 물려줬다. 애나가 바로 위험이었다.

아직 음료가 남아 있는데 그녀가 눈을 크게 뜨고 혼란스러운 얼굴로 그를 보았다. "왜…… 졸린 거야?" 애나가 물었다. 애나는 눈을 뜨고 있으려고 애쓰면서 천천히 눈을 깜박였다.

"당신은 날 여기 데려오지 말았어야 했어." 도널드는 말했다. "우리는 이렇게 살 운명이 아니었어."

애나가 한 팔을 들어 올리더니, 손을 뻗어 도널드의 어깨를 잡았다. 깨달음이 그녀를 사로잡은 것 같았다. 도널드는 수면 장치 가장자리에 앉아서 한 팔로 그녀를 끌어안았다. 애나가 그에게 기대어 허물어지는 동안 그는 그들의 첫 키스를 떠올렸다. 대학 시절, 술을 너무 많이 마신 애나는 도널드의 동호회 회관 소파에서 그에게 머리를 기대고 잠들었다. 그리고 도널드는 파티 소리가 시끄럽다가 마침내는 잦아들 때까지 밤새도록 그대로, 그녀에게 내어준 팔이 무감각해지도록 그렇게 앉아 있었다. 다음 날 아침에 깨어났을 때는 애나가 먼저 일어났다. 그녀는 미소 지으며 고맙다고 했고, 도널드를 수호천사라고 부르며 입을 맞췄다.

그게 아주 오래전 같았다. 영겁이 흐른 것 같았다. 삶을 이렇게 오래 끌어서는 안 되는 거였다. 그러나 도널드는 그날 밤에 애나가 내던 숨소리를 어제 일처럼 기억했다. 지난번 근무 때 한 침대를 같이 쓰면서, 그에게 머리를 기대고 자던 그녀를 기억했다. 그러다가 바로 그 순간, 그녀가 마지막으로 급작스럽게 떨리는 숨을 들이마시는 소리를 들었다. 헉하는 소리. 그녀의 몸이 잠시 굳었고, 차갑고 떨리는 손톱이 그의 어깨를 파고들었다. 그리고 도널드는 그 손에서 천천히 힘이 빠질 때까지, 애나 서먼이 마지막 숨을 내뱉을 때까지 그녀를 안고 있었다.

81

통조림이 뭔가 잘못되고 있었다. 처음에는 지미도 확신하지 못했다. 몇 달 전에 비트 깡통에 생긴 작은 갈색 얼룩을 보고서도 아무 생각을 하지 않았다. 이제는 점점 더 많은 깡통에 그런 얼룩이 뒤덮였다. 그리고 내용물에서도 조금 다른 맛이 났다. 그 부분은 그의 상상일 수도 있었지만, 배가 전보다 자주 아픈 것은 분명했고 덕분에 서버실에서는 지독한 냄새가 났다. 그는 대변용 구석자리 근처에 가기가 싫었다. 그쪽에는 파리가 들끓고 있었다. 그런데 피하려면 점점 더 그곳에서 먼 데서 배변해야 했다. 결국에는 사방에 똥을 싸게 될 테고, 파리들은 지미가 싸는 속도만큼 빨리 변을 치우지 못했다.

나가야 한다는 건 알았다. 최근에는 복도에서 어떤 움직임도 들리지 않았고, 아무도 문을 열려고 하지 않았다. 그러나 한때는 감옥처럼 느껴졌던 방이 이제는 세상에서 유일하게 안전한 장소 같았다. 그리고 예전에는 나가고 싶었지만 이제는 나간다는 생각을 하면, 배 속이 흐물흐물해졌다. 그는 정해진 일과밖에 몰랐다. 다른 일을 한다는 건 미친 짓 같았다.

그는 준비하기를 '프로젝트' 삼아서 이틀을 미뤘다. 제일 좋아하는 소총을 분해해서 모든 부품에 기름칠을 하고 다시 조립했다. '깡통 맞히기' 게임에서 실패하거나 작동하지 않는 경우가 극히 드물었던 행운의 탄약 상자가 있었기에, 탄창 두 개를 비우고 전부 마법의 탄환으로 채워 넣었다. 여벌 작업복은 팔 부분을 다리 부분과 묶고 목 부분을 조여 배낭으로 바꿨다. 앞쪽 지퍼를 내리면 딱 좋은 가방이 됐다. 그는 이 배낭에 소시지 통조림 두 개, 파인애플주스와 토마토주스 각각 두 개씩을 채웠다. 그렇게 오래 나가 있을 것 같지는 않았지만 또 모를 일이었다.

그는 가슴팍을 두드려서 목에 열쇠가 걸려 있는지 확인했다. 열쇠가 떨어지는 일은 없었지만, 그는 습관적으로 가슴팍을 두드려서 확인했다. 흉골에 남은 자줏빛 멍 자국을 보면 너무 자주 그러는 듯했다. 그는 앞주머니에 포크 하나와 녹슨 스크루드라이버 하나를 넣었다. 드라이버는 깡통을 비집어 열기 위해서였다. 정말이지 새 깡통 따개를 찾아야 했다. 깡통 따개와 손전등에 넣을 배터리를 찾는 것이 제일 우선순위였다. 전력은 그동안 딱 두 번만 꺼졌지만, 두 번 다 그는 무서운 어둠 속에 갇혔다. 그리고 손전등이 작동하는지 내내 확인하다 보니 배터리가 닳아버렸다.

그는 턱수염을 긁으면서 또 무엇이 필요할까 생각했다. 물탱크에 물이 많이 남지 않았는데, 바깥에서 찾을 수도 있으니 몇 년 된 빈 물병 두 개를 더해 넣었다. 그러자니 방을 좀 뒤져야 했다. 저장고 구석에 쌓인 빈 깡통 언덕 뒤쪽을 헤집었더니 파리 떼가 그를 괴롭히면서 가만 좀 놔두라고 외쳐댔다.

"알았어, 알았다고." 그는 파리 떼에게 말했다. "그만 날아가."

지미는 혼자만의 농담에 웃음을 터뜨렸다.

그는 주방에서 끄트머리를 부러뜨린 큰 식칼도 하나 집어서 배낭에 넣었다. 이틀째가 되어 겨우 떠날 용기가 생겼을 때는 출발하기에는 시간이 너무 늦었다는 결론을 내렸고, 총을 한 번 더 분해했다가 기름칠을 하면서 아침에는 꼭 나가겠다고 다짐했다.

그날 밤에 지미는 잠을 잘 자지 못했다. 혹시 말하는 사람이 있을까 봐 무전기는 켜두었는데, 치직거리는 소리를 듣다 보면 거대한 강철 문으로 바깥 공기가 새어 들어오는 꿈을 꿨다. 한 번 이상 헉헉대며 깨어났다가 다시 잠들기 힘들어하기도 했다.

아침이 오자 그는 카메라 화면을 확인했지만, 카메라들은 여전히 작동하지 않았다. 복도라도 볼 수 있으면 좋을 텐데. 화면에는 어둠만 보였다. 그는 바깥엔 아무도 없다고 스스로를 타일렀다. 그러나 곧 그가 있게 될 것이다. 밖으로 나갈 테니까. 밖으로.

"괜찮아." 그는 스스로에게 말했다. 기름 냄새 나는 소총을 잡고, 대충 만든 가방을 들었다. 그러고 보니 비상시에는 그 배낭을 옷으로 입을 수도 있겠다는 생각이 들었다. 그래야 한다면 말이다. 그는 좀 더 웃고 나서 사다리로 향했다.

"가자, 가자." 그는 사다리를 오르면서 스스로를 부추겼다. 휘파람을 불어보려고 했고, 평소에는 휘파람을 꽤 잘 불었는데 지금은 입이 말라 있었다. 그는 휘파람 대신 부모님이 불러주던 노래를 흥얼거렸다.

가방과 총이 무거웠다. 팔꿈치에 가방과 총을 매단 채로는 사다리 꼭대기에 있는 뚜껑을 열기가 힘들었다. 그래도 그는 결국 문을 열었다. 고개를 내밀고 잠시 서버들의 부드러운 진동 소리를 음미했다. 몇 대는 내부가 바쁘다는 듯이 작게 찰칵거리는 소리도 냈다. 지난 몇 년간 그는 혹시 어떤 비밀이라도 있나 싶어 대부분의 서버 뒷면을 열어서 안을 들여다보았는데, 하나같이 아빠가 만들던 컴퓨터 속과 비슷하기만 했다.

높은 기계 탑 사이를 걸으려니 그의 변 냄새가 그를 반겼다. 누굴 반기는 방법은 이런 게 아니라는 생각을 했다. 검은 서버들이 내뿜는 열기 탓에, 냄새는 지독해지기만 했다.

그는 거대한 강철 문 앞에 서서 망설였다. 지미의 세계는 매일 쪼그라들었다. 처음에는 이 두 층, 그러니까 검은 기계들이 있는 방과 그 아래의 미로에서 편안히 지냈다. 그러다가 아래에서만 편안함을 느꼈다. 그 후에는 어두운 통로와 높은 사다리마저 무서워졌다. 그리고 곧 침대들이 놓인 뒷방과 희한한 냄새가 나는 저장고도 꺼리게 되었고 결국에는 무전기 잡음이 늘상 들려오는 컴퓨터 책상 옆 침대에서만 안전하다고 느끼게 되어버렸다.

그리고 이제 그는 아버지가 끌고 들어왔던 문 앞, 직접 세 남자를 죽인 자리에 서서 넓어지려는 세상에 대해 생각했다.

키패드로 뻗는 손바닥이 축축했다. 마음속 일부는 바깥 공기가 독이 아닐까 걱정했지만, 아마 그동안에도 같은 공기를 마셨을 테고 바깥에서도 사람들이 몇 년 동안 살았으며 무전기에 대고 가끔 말하기도 했다. 그는 처음 두 개의 숫자, 12층에 해당하는 수를 입력하고 나서 다음 두 개의 숫자를 생각했다. 18. 지미는 집에 가서 다른 옷으로 갈아입고, 화장실 변기를 쓰는 상상을 했다. 어머니가 부모님 침대에 앉아서 그를 기다리는 모습을 그려보았다. 어머니가 두 팔을 교차하여 누운 채 뼈만 남은 모습이 보였다.

1을 누르려던 손이 덜덜 떨리다가 4를 누르고 말았다. 그는 두 손을 허벅지에 닦으면서 키패드가 윙윙대기를 기다렸다. "바깥엔 아무도 없어." 그는 스스로에게 말했다. "아무도 없어. 나 혼자야. 나 혼자."

어째선지 이 말이 마음을 달래주었다.

그는 다시 학교가 있던 층수를 입력하고, 집이 있던 층수를 입력했다.

키패드가 삐 소리를 냈다. 문에서 소리가 나기 시작했다. 그리고 지미 파커는 한 걸음 물러섰다. 그는 학교와 친구들을 생각했고, 한 명이라도 아직 살아 있을까 궁금했다. 누구든 아직 살아 있을까. 그는 소총 끈에 손가락을 걸어 머리 위로 넘겨서 어깨에 멨다. 문이 철컹 소리를 내며 열렸다. 이제 당기기만 하면 됐다.

82

복도에서는 삶과 죽음의 흔적이 그를 기다리고 있었다. 타일에 까 맣게 남은 고리 모양의 탄흔과 흩어진 잿가루가 오래전 총에 맞 은 시체 자리를 표시했다. 강철 문 바깥쪽은 긁힌 자국이 즐비했 고 우그러진 자국도 많았다. 우그러진 자국을 보니 '깡통 맞히기' 를 하다가 빗맞았을 때, 단단한 강철에 총탄이 튀었을 때가 생각 났다. 지미는 발치의 바닥에 남은 얼룩, 얼룩덜룩한 갈색 자국을 보고 그곳에서 죽어가던 남자를 떠올렸다. 그는 이런 삶과 죽음의 흔적들로부터 눈을 돌리고 복도에 발을 디뎠다.

　그는 문을 당겨 닫으려다가 멈칫했다. 지미는 혹시 암호가 바깥 에서는 통하지 않으면 어쩌나 생각했다. 문이 잠겼는데 다시 들어 갈 수가 없다면? 키패드를 확인해보니 누군가가 벽에서 뜯어내려 고 했던 듯, 강철판 주변에 구멍이 파여 있었다. 지난 몇 년간 얼마나 많은 사람들이 절박하게 안으로 들어가고 싶어 했는지 일깨워주는 흔적이었다. 그 점을 생각하니 나오고 싶어 했던 게 미친 짓같았다.

그는 더 걱정하기 전에 문을 닫아버렸고, 톱니가 돌아가면서 잠금장치가 벽 안으로 미끄러져 들어가자 심장이 살짝 내려앉았다. 속이 빈 텅 소리가 났다. 돌이킬 수 없음을 나타내는 소리였다.

지미는 심장이 목구멍에서 쿵쾅대는 기분으로 키패드에 달려들었다. 세 개의 복도 전체에서 남자들이 달려오고, 그들의 머리 위에서 피가 얼어붙는 비명과 요란한 총성이 울리는 기분이었다…….

지미가 암호를 입력하자 문이 윙 소리를 내며 열렸다. 그는 손잡이를 밀고 집 안 공기를 몇 번 들이마셨다…….. 그러다가 뜨거운 서버에 데워진 배설물 냄새에 구역질을 했다.

복도에서 달려오는 사람은 없었다. 그에겐 새 깡통 따개가 필요했다. 작동하는 변기도 찾아야 했다. 넝마가 되지 않은 작업복도 필요했다. 숨도 쉬어야 했고 다른 통조림과 물도 찾아야 했다.

지미는 마지못해 문을 다시 닫았다. 그리고 방금 키패드를 확인했으면서도 다시는 안으로 돌아가지 못할 거라는 두려움이 되돌아왔다. 톱니가 닳아버렸을 것이다. 밖에서 넣는 암호는 하루에 한 번, 1년에 한 번만 통할 것이다. 마음속 일부는, 강박관념에 사로잡히면 암호를 백번 확인하더라도 여전히 다음번에는 작동하지 않을 거라고 걱정할 수 있다는 사실을 알았다. 언제까지 확인하더라도 만족하지 못할 것이다. 그는 귓가에 울리는 심장 뛰는 소리를 들으면서 억지로 문에서 몸을 떼어냈다.

복도는 환하고 밝았다. 지미는 소총을 몸에 바짝 붙이고 조용히 사람들이 뒤집어놓은 사무실들을 지나쳐 걸었다. 수명이 다해가는 조명 기구 하나가 징징대는 소리, 바람을 내보내는 통풍구 아래쪽 책상에 놓인 종이 한 장이 팔랑거리는 소리 말고는 모든 것이 조용했다. 보안문 앞에는 사람이 없었다. 지미는 야니를 떠올리고, 바깥 층계에 사람이 가득한 모습을 상상하며, 청소용 보호복을 입은 남자 하나가 군중들을 밀치고 허우적대던 모습을 기억해낸 후 살금살금 다가갔지만, 문을 열고 밖을 보니 층계참은 텅 비어 있었다.

어둡기도 했다. 초록색 비상등만 켜져 있었다. 지미는 녹슨 경첩이 요란하게 삐걱대지 않도록 천천히 문을 닫았다. 발치의 쇠살대 위에 뭔가가 있었다. 지미는 부츠로 툭 건드려보았다. 팔뚝만한 길이에 양쪽 끝이 우둘투둘한 하얀 원통이었다. 뼈였다. 서버 옆, 그의 배설물 무더기 근처에 끌어다 놓은 채로 썩어 없어진 남자 덕분에 알아볼 수 있었다.

지미는 언젠가는 자신의 뼈도 그렇게 드러나리라는 날카로운 확신을 느꼈다. 그게 오늘일 수도 있었다. 그는 절대로 서버실 아래 튼튼한 작은 집으로 돌아가지 못할 것이다. 그런데 그 생각이 예전만큼 무섭지 않았다. 열린 공간에 나와 있다는 갑작스러운 자극, 계단의 서늘한 공기와 초록색 불빛, 심지어는 다른 인간의 유해마저도 갇혀 지내던 시간 동안의 폐소공포를 밀어내고 갑작스러우면서도 반가운 후련함을 안겼다. 예전에는 갇혀 지내던 우리 같았던 사일로의 모든 층이 이제는 거대한 바깥세상이 되었다. 여기는 무한한 죽음과 기회의 희망이 있는 땅이었다.

83

대단한 계획도 없고, 진짜 방향성도 없었지만 이끌린 곳은 위쪽이 었다. 손전등 배터리가 닳아가고 있었기에 층과 층을 조심스럽게 탐사해야 했다. 더듬더듬 한 아파트에 들어간 그는 변기를 찾아서 속을 비웠고, 물이 내려가지 않는다는 사실에 낙심했다. 싱크대도 물이 나오지 않았다. 변기 옆에 달린 물 분사기도 마찬가지였기 에, 그는 캄캄한 어둠 속에서 침대 시트를 이용해야 했다.

그는 올라가기 시작했다. 집이 있던 층 바로 아래, 19층에는 잡 화점이 있었다. 그곳에 배터리가 있나 확인해볼 생각이었는데, 지 금쯤 가장 쓸모 있는 물건은 다 소모됐을 것 같기는 했다. 그래도 의류 구역에는 작업복이 있을 것이다. 그건 확실했다. 계획이 저 절로 만들어졌다.

계단의 진동 때문에 바뀌기 전까지는.

지미는 걸음을 멈추고 발소리에 귀를 기울였다. 위에서 오고 있었다. 머리 위, 중앙 기둥을 한 굽이만 돌면 다음 층계참이 튀어나와 있었다. 그쪽이 아래 층계참보다 가까웠다. 그래서 그는 달렸다. 소총은 임시 배낭에 묶어놓은 주전자에 부딪혀 덜그럭대고, 디딤판을 밟는 부츠는 어색하게 쿵쾅거렸다. 혼자가 아니라는 사실이 무섭기도 하고 안심이 되기도 했다.

그는 다음 층계참 문을 잡아당겨서 열었다가, 작은 틈만 남기고 다시 닫았다. 그는 그 문에 뺨을 붙이고 문틈으로 밖을 내다보며 귀를 기울였다. 발소리가 점점 커졌다. 지미는 숨을 멈췄다. 그림자 하나가 난간을 잡은 손에서 삑삑 소리를 내며 날 듯이 지나가고, 또 한 그림자가 위협을 외쳐대며 바싹 따라갔다. 둘 다 흐릿하게밖에 보이지 않았다. 그는 그 소리가 사라질 때까지 낯설고 고요한 복도 끝 어둠 속에 남아 있었고, 타일 위를 기어서 다가오는 것들을 느낄 수 있었다. 긴 손톱이 달린 손들이 새까만 어둠을 뚫고 다가와서 그의 길고 헝클어진 머리카락에 얽혔고, 정신 차리고 보니 지미는 다시 흐릿한 녹색의 비상등이 켜져 있는 층계참에 돌아와서 무엇을 믿어야 할지 모른 채 숨을 헐떡이고 있었다.

어쨌든 그는 혼자였다. 설령 주위에 사람들이 살아 있다 해도, 찾아낼 수 있는 사람이라곤 그를 쫓아오는 사람 아니면 죽일 사람뿐이었다.

그는 발소리가 들리나 더 주의 깊게 귀를 기울이고, 진동을 확인하려고 난간에 한 손을 올린 채 다시 위로 향하여 32층의 정수처리장을 지나고, 31층의 흙 농장을 지나고, 26층의 하수처리장을 지나 녹색 불빛을 따라서 잡화점으로 빙글빙글 올라갔다. 계단을 오르자 다리 근육에 열기가 돌았는데, 좋은 의미에서였다. 그는 친숙한 지표들, 사용한 흔적이 쌓이고 전선과 파이프가 얽혀 있는 전생 속의 지층들을 지나쳤다. 세상은 그의 기억만큼이나 녹슬어 있었다.

잡화점에 도착해보니, 쏟아진 선반 아래 깔린 누군가의 유해 말고는 거의 텅 비어 있었다. 선반 아래로 빠져나온 부츠는 작아서, 여자 아니면 아이 같았다. 부츠와 바지 밑동 사이 틈에는 하얀 발목뼈가 보였다. 선반 아래로 그 사람 옆에 갇힌 물건들도 있기는 했지만, 지미는 그 물건들을 조사하고 싶지 않았다. 그는 배터리나 깡통 따개가 있나 다른 선반에 흩어진 물건들을 뒤졌다. 장난감과 장신구와 쓸모없는 물건들은 있었다. 지미는 그 물건들에 많은 그림자가 드리워진 것을 감지했다. 그는 손전등을 아끼고 어둠 속을 살금살금 빠져나갔다.

예전 아파트를 뒤져도 별 쓸모는 없었다. 이제는 집처럼 느껴지지도 않았다. 마음속에 지미가 이름 붙일 수 없는 슬픔이, 부모님을 실망시켰다는 느낌이 있었다. 마음 한중간에 예전에 얼음을 빨 때 느끼던 것 같은 오래된 아픔이 존재했다. 지미는 아파트를 떠나서 계속 올라갔다. 여전히 위쪽에서 그를 부르는 느낌이 있었다. 그리고 학교까지 나선을 반 굽이만 올라가면 될 때가 오자 비로소 그게 무엇인지 알았다. 먼 과거가 그에게 손을 뻗고 있었다. 모든 일이 시작된 그날. 그가 어머니를 마지막으로 본 기억이 있고, 그의 뒤죽박죽 머릿속에서 아직 친구들이 앉아 있는 교실. 만일 그가 그곳에 남았더라면, 그때로 다시 돌아가서 책상에 앉아 있다가 그 사건들을 다시 한번 겪는다면 모든 게 다르게 풀리련만.

84

지미는 손전등을 계속 켠 채 교실로 향했다. 과거로 돌아갈 길이 없다는 사실은 금세 보였다. 그곳, 교실 한가운데에 그의 예전 배낭이 놓여 있었다. 깔끔하게 맞춰져 있던 줄이 부러진 뼈처럼 끊기고, 책상 몇 개는 비뚤게 놓여 있었으며 지미는 마음속으로 친구들이 뛰쳐나가는 모습을 볼 수 있었다. 친구들이 택한 경로를 볼 수 있었고, 친구들이 문으로 쏟아져 나가는 모습을 볼 수 있었다. 다들 가방을 가지고 나갔다. 지미의 가방만 남아서 시체처럼 가만히 놓여 있었다.

한 걸음 들어가서 손전등으로 교실 안을 밝히자, 피어슨 선생님이 책에서 눈을 들고 미소 지으며 아무 말도 하지 않는 느낌이 들었다. 바버라는 문 바로 옆 책상에 앉아 있었다. 지미는 가축우리를 보러 갔던 현장학습 시간에 바버라의 손을 잡았던 일을 기억했다. 돌아오는 길, 너무나 많은 동물의 기묘한 냄새를 맡고, 창살 사이로 손을 넣어 모피와 깃털과 뚱뚱하고 털 없는 돼지들을 쓰다 듬은 후의 일이었다. 지미는 그때 열네 살이었고, 그 동물들의 무언가에 신이 났거나 그 경험 때문에 달라졌다. 그래서 바버라가 나선 계단을 돌아 올라오는 급우들 맨 끝에 처져서 그에게 손을 뻗었을 때, 그는 그 손을 빼내지 않았다.

그때의 오랜 접촉은 '있을 수도 있었던 일'의 맛보기였다. 그는 손가락 끝으로 바버라의 책상 표면을 쓸어 먼지 위에 자국을 남겼다. 가장 친한 친구였던 폴의 책상은 흐트러진 책상 사이에 있었다. 그는 모두가 한꺼번에 교실을 나갔는데 어머니 때문에 지미만 앞서서 출발했다는 사실을 보여주는 책상 틈을 걸어서 교실 한가운데, 외따로 놓인 그의 가방 옆에 섰다.

"난 완전히 혼자야." 그는 말했다. "나 혼자뿐이야."

입술이 말라서 서로 달라붙어 있었다. 말을 하자 처음 입을 여는 것처럼 입술이 떨어졌다.

가방에 다가가보니 엉망이 된 것을 알 수 있었다. 그는 무릎을 꿇고 덮개를 젖혀 열었다. 엄마가 그의 점심 도시락을 싸는 데 몇 번이고 이용했던 비닐 조각이 있었지만, 도시락은 오래전에 사라졌다. 콘바 두 개와 오트밀 브라우니 하나였지. 어떤 것은 이렇게 기억하면서 어떤 것은 전혀 기억나지 않는다는 게 놀라웠다.

그는 더 가져갈 것이 있긴 했나 생각하며 가방 깊숙이 손을 넣었다. 아버지가 만들어준 계산기는 아직 있었고, 열세 살 생일에 삼촌에게 받은 유리 병사 인형도 있었다. 그는 천천히 옷 조각으로 만든 가방에 담아둔 모든 것을 예전 배낭으로 옮겼다. 지퍼가 뻑뻑하긴 해도 아직 작동했다. 그는 가방 대용으로 쓴 작업복을 살펴보다가, 지금 입은 옷보다 더 낡았다는 결론을 내리고 그 자리에 버렸다.

지미는 일어서서 손전등으로 혼란을 훑으며 방 안을 조사했다. 칠판에 누군가가 남겨놓은 표시가 보였다. 빛을 비춰보았더니 '씨발'이라는 말만 몇 번이고 몇 번이고 적혀 있었다. 씨발씨발씨발씨발…… 이어지는 글자처럼 보였다.

지미는 피어슨 선생님의 책상 안쪽에서 칠판지우개용 걸레를 찾아냈다. 딱딱하게 굳어 있었지만, 그래도 글자는 지워졌다. 그 뒤에는 얼룩만 남았고, 지미는 학급 앞에서 칠판에 글자를 쓰던 행복한 날들을 떠올렸다. 글쓰기 과제도 기억이 났다. 피어슨 선생님이 한번은 그의 시를 칭찬한 적도 있었는데, 아마 그냥 친절하게 한 말이었을 것이다. 그는 입술을 축이고, 쟁반에 담긴 오래된 분필 조각을 찾아내어 뭐라고 쓸까 생각했다. 학급 앞에 서 있다고 긴장될 게 없었다. 아무도 보고 있지 않았다. 그는 정말로 완전히 혼자였다.

'나는 지미.' 그는 손전등이 기묘한 후광을, 흐릿한 빛의 고리를 비추는 가운데 칠판에 썼다. 분필 조각은 칠판에 닿을 때마다 따각따각 소리를 냈다. 사이사이 끼익거리며 신음하기도 했다. 그 소리가 친구 같았고, 그는 혼자 됨에 대한 시를 썼다. 지나간 나날들이 남긴 기계적인 행동이었다.

유령들이 지켜본다. 유령들이 지켜본다. 그들은 내가 홀로 거니
는 모습을 지켜본다.

시체들이 웃는다. 시체들이 웃는다. 그들은 내가 타고 넘으면
조용해진다.

부모님은 사라졌다. 부모님은 사라졌다. 그들은 내가 집에 오기
를 기다리고 있다.

마지막 줄은 미심쩍었다. 지미는 써놓은 시에 불빛을 비췄다.
별로 좋은 시 같지는 않았다. 더 쓴다고 나아지진 않겠지만, 그래
도 그는 더 썼다.

사일로는 텅 비었다. 사일로는 텅 비었다. 구덩이부터 가장자리
까지 죽음으로 가득 찼다.

내 이름은 지미였다. 내 이름은 지미였다. 하지만 이젠 아무도
나를 부르지 않지.

나는 혼자이고, 유령들이 나를 지켜본다. 그리고 고독은 나를
강하게 만든다.

마지막 부분이 거짓말인 줄은 알지만, 이건 시니까 상관없
었다. 지미는 칠판에서 물러서서 깜박이는 손전등 불빛으로 그 시
를 살펴보았다. 단어들이 옆으로 기울고 아래로 내려갔으며, 윗줄
보다 아랫줄이 더 처졌고, 글자는 문장이 끝날 때마다 점점 작아
졌다. 칠판에 글을 쓸 때면 늘 그랬다. 크게 쓰기 시작했다가 갈수

록 글씨가 작아지곤 했다. 그는 턱수염을 긁으면서 이 사실이 그에 대해 뭘 말해줄까, 무엇을 예고해주는 걸까 생각했다.

그는 써놓은 내용도 잘못된 부분이 많다고 생각했다. 다섯 번째 줄, 아무도 그를 지미라고 부르지 않는다는 말은 거짓이었다. 맨 위에 나는 지미라고 써놓지 않았던가. 그는 아직 스스로를 지미라고 생각한다는 뜻이었다.

그는 분필 쟁반 안에 남아 있던 뻣뻣한 걸레를 집어 들고 시 앞에 서서, 맞지 않는 줄을 지우려 했다. 그런데 뭔가가 그를 막았다. 고치려다가 시를 더 나쁘게 만들지 모른다는 두려움, 한 줄을 지웠다가 그 자리에 넣을 좋은 말이 떠오르지 않을 거라는 두려움 때문이었다. 이것은 그의 목소리, 억누르기엔 너무 드문 목소리였다.

지미는 피어슨 선생님의 시선을 느꼈다. 학우들의 시선을 느꼈다. 지미가 칠판에 적힌 문제를 연구하는 동안 유령들이 지켜보고 있었고, 시체들은 웃고 있었다.

해답이 떠올랐을 때는 올바른 장소에 도착했을 때나, 점과 점을 이었을 때 느끼는 친숙한 떨림이 함께 찾아왔다. 지미는 손을 뻗어 지저분한 걸레로 칠판을 때리고 맨 처음에 쓴 부분을 지웠다. '나는 지미'라는 말이 하얀 얼룩과 자욱하게 떨어지는 가루 속에 사라졌다. 그는 걸레를 치우고 그 자리에 진실을 쓰기 시작했다.

'나는 고독'이라고 쓰려고 했다. 그 말의 울림이 좋았다. 시적인 느낌이 들었고 의미가 가득했다. 하지만 시가 그렇듯, 단어에도 자기 생각이 있었다. 심층 의식이 끼어들었고, 그는 다른 말을 쓰고 말았다. 그는 고독이라는 말을 쉽고 간단하게 줄였다. 그는 가방을 움켜쥐고, 그 방과 옛 친구들을 뒤로하고 떠났다. 남은 것은 시 한 편과 기억할 이름, 그가 그곳에 있었다는 흔적뿐이었다.

'나는 솔로.'

그리고 쓰이지 못한 말들의 유령처럼 분필 가루가 허공에 떨어졌다.

85

1번 사일로, 2345년

도널드는 빈 휠체어를 밀고 윌슨 박사의 사무실로 돌아갔다. 팔걸이에 걸친 축축한 담요가 타일 위에 끌렸다. 그는 무감각했다. 그날 아침에만 해도 생명을 빼앗는 게 아니라 주겠다는 꿈을 꾸었건만. 그가 한 행위가 스며들기 시작했고, 도널드는 침을 삼키고 숨을 쉬기가 힘들어졌다. 그는 복도에 멈춰 서서 스스로가 무엇이 되어버린 건지 점검했다. 알지 못하는 건축가. 죄수. 꼭두각시. 사형집행인. 그는 다른 사람의 옷을 입고 있었다. 그 변모가 무서웠다. 눈에 눈물이 고였고, 그는 화를 내며 그 눈물을 닦아냈다. 헬렌과 믹을 생각하고, 도널드가 빼앗긴 삶을 생각하기만 하면 됐다. 그 순간으로 이어지는 모든 일, 그 사일로에서 깨어난 도널드로 이어지는 모든 일이 다른 사람 짓이었다. 그는 팔꿈치와 무릎에 달려 있던 실이 끊어지는 것을 느낄 수 있었다. 그는 빈 휠체어를 원래 있을 곳으로 밀고 돌아가는 실 끊어진 꼭두각시 인형이었다.

도널드는 휠체어를 세우고 브레이크를 걸었다. 주머니에서 플라스틱 약병을 꺼내고 한두 개 더 훔칠까 생각했다. 잠들기가 어려울까 두려웠다.

약병은 빈 약병이 가득한 찬장 안으로 돌아갔다. 도널드는 가려고 몸을 돌리다가 이동 침대 한가운데에 놓인 쪽지를 보았다.

이걸 잊으셨네요.
윌슨

그 쪽지는 얇은 서류철에 붙어 있었다. 도널드는 원자로 기술자의 소지품과 함께 그 서류철도 윌슨 박사에게 건넸던 기억이 났다. 다른 두 로커까지 갔던 일이 흐릿해졌다. 기억할 수 있는 것이라곤 핸드폰을 꽉 잡았고, 조각들이 맞아 들어가고, 애나가 믹과 서먼을 조종해서 마지막에 말이 안 되는 바꿔치기를 꾀했음을 깨달았다는 것뿐이었다. 딸이 아버지의 귀에 대고 속삭여야지만 일어날 수 있는 일이었다. 그렇게 그의 삶은 강탈당했다.

그 서류철은 애나가 아버지에게 보내는 메시지에서 언급한 로커 안에 있었다. 지금은 중요하지 않아 보였다. 도널드는 윌슨 박사의 쪽지를 구겨서 재활용 통에 던져 넣었다. 그리고 비틀비틀 침대까지 돌아가서 잠을 청할 생각을 하며 서류철을 잡았다. 그러나 어느새 그는 서류철을 열고 있었다.

안에는 종이가 한 장 들어 있었다. 오래된 종이였다. 누렇게 변한 데다, 세월이 흐르면서 조금씩 떨어져 나간 가장자리가 들쭉날쭉했다. 여백도 없이 타이핑이 되어 있고 그 아래에 다섯 개의 서명이 있었는데, 매우 화려한 필적과 절제된 필적이 뒤섞여 있었다. 문서 맨 위에는 굵은 글자로 이렇게 적혔다. 'RE:협정.'

도널드는 문 쪽을 보았다. 몸을 돌려 컴퓨터가 놓인 작은 책상으로 가서, 키보드 옆에 서류철을 놓고 앉았다. 애나가 아버지에게 보낸 메시지에도 제목에 긴급을 붙여서 같은 말이 적혀 있었다. 그게 무슨 의미인지 알아내려고 그 메시지를 열 번도 넘게 읽었다. 그리고 그 메시지에 적힌 숫자가 그를 이 서류철로 인도했다.

사일로들의 〈협정〉이라면 익숙했다. 모든 시설이 규칙을 지키게 만들고, 티켓으로 인구를 조절하고, 벌금부터 청소까지 형벌을 지시하는 통치 문서였다. 하지만 이건 그 〈협정〉이라기에는 너무 짧았다. 그보다는 미 의회 시절에 보던 메모와 비슷했다.

도널드는 읽었다.

모두에게,

앞서 열 개 시설이면 우리의 목적에 충분할 것이고, 1세기라는 기간이면 정화도 충분히 이루어지리라 논의했었지요. 예산 운영에도 익숙하고, 전투 계획이 첫 발포 이후 얼마나 무익해지는지도 잘 아는 이 협정 구성원들이라면, 드러난 사실들이 우리의 전망을 바꿔놓았다는 사실에 아무도 놀라지 않을 겁니다. 우리는 이제 30개 시설과 2세기라는 기간을 예상합니다. 기술팀이 지금의 진전이면 2세기도 실현 가능하다고 장담하는군요. 이 수치는 한 번 더 재고를 거칠 수 있습니다.

또 지난번 회의에서는 여분으로 두 개 시설을 E-Day까지 남기자는 논의가 있었습니다(아니면 시설 하나는 예비로 남겨둘 수 있겠냐고도 했지요). 이는 현명하지 못하다고 여겨졌습니다. 두 개 이상의 달걀이 부화할 위험을 허용하느니 달걀 하나에 바구니를 다 담는 게 낫습니다. 이 문제가 점점 심한 논쟁을 부르고 있으니, 그만 원래 〈협정〉에 대한 이 수정 조항에 모든 설립원의 서명을 받아서 법으로 받아들여야 합니다. 제가 책임지고 E-근무를 맡아 레버를 당기겠습니다. 가장 최근 모델에서 장기적인 생존 전망은 42퍼센트입니다. 놀라운 진전이에요, 모두.

V

도널드는 서명을 두 번째로 훑어보았다. 미 의회에서 본 수많은 메모와 법안 덕분에 이미 알고 있던 서먼의 간단한 서명이 있었다. 또 하나는 어스킨의 서명일 듯했다. 하나는 으스대며 걷던 오클라호마 주지사 찰스 로즈 같았다. 나머지는 판독할 수 없었다. 날짜는 없었다.

그는 내용을 한 번 더 읽었다. 서서히 이해가 갔다. 처음에는 의혹이 가득했지만, 점점 확신이 찾아왔다. 예전 근무 때 보고 기억해둔 목록이 있었다. 사일로들의 순위 목록. 18번은 거의 맨 위에 있었다. 그래서 빅터가 그 사일로를 구하려고 그렇게 애를 썼던 것이다. 이 메모에서 빅터가 말하는 결정, 레버를 당긴다는 말. 그가 서면에게 보낸 편지에서도 여기에 대해 뭐라고 말을 했던가? 자살하기 전에 남긴 유서에서? 빅터는 시간이 갈수록 자신이 그런 결정을 내릴 수 있을지 자신이 없어졌던 거다.

'달걀 하나에 바구니를 다 담는다.' 원래 속담은 '바구니 하나에 달걀'이었다. 도널드는 의자에 등을 기댔고, 윌슨 박사의 탁상등 전구 하나가 깜박거렸다. 전구들은 그리 오래 지속되지 않았다. 전구는 늘 꺼졌지만, 여분이 있었다.

'달걀 하나.' 둘 이상이 부화하게 두면 그들은 서로에게 무슨 짓을 할 것인가?

그 목록.

도널드가 그 모든 것을 그토록 쉽게 짜 맞춰낸 것은 사실 이미 알고 있어서였다. 언제나 알고 있었다. 어떻게 다른 길이 있겠는가? 이 개자식들에겐 사일로에 사는 사람들을 모두 풀어줄 계획이 없었다. 그렇다. 오직 하나의 사일로만 자유를 얻을 수 있다. 바깥 언덕에서 수백 년이 흐른 후에 만나면 사람들이 서로에게 무슨 짓을 할 줄 알고? 도널드가 이 사일로들을 설계했다. 마음속으로는 언제나 알고 있었어야 했다. 자신이 죽음의 건축가라는 사실을.

그는 그 목록을, 사일로들의 순위를 생각했다. 중요한 건 목록 꼭대기에 있는 사일로뿐이었다. 하지만 순위는 어떻게 측정할까? 얼마나 독단적인 결정인가? 하나만 빼고 모든 달걀을 학살하다니. 어떤 희망을 품고서? 어떤 계획을 갖고서? 한 사일로 안에 사는 사람들 사이의 차이와 다툼은 극복할 수 있다는 희망인가? 그러면서 사일로와 사일로 사이의 차이는 너무 클 거라고?

도널드는 덜덜 떨리는 손에 대고 기침을 했다. 이제 애나가 하려던 말을 이해했다. 그리고 이젠 너무 늦었다. 답을 얻기엔 너무 늦어버렸다. 이게 삶과 죽음을 무시하는 곳에서 그가 잊어버린 삶과 죽음의 방식이었다. 누굴 깨울 수도 없었다. 혼란과 슬픔뿐이었다. 그의 유일한 협력자는 사라졌다.

하지만 깨울 수 있는 사람이 하나 더 있었다. 처음부터 깨우고 싶었던 사람. 죽은 자를 일으켜 세우는 이 능력, 이건 중대한 힘이었다. 도널드는 〈협정〉의 진정한 의미를, 세상을 파괴하려고 공모한 미친 자들 사이에 이루어진 이 협정이 무엇인지를 깨닫고 몸을 떨었다.

"자살 협정이야." 그는 속삭였고, 사방에서 사일로의 콘크리트 벽이 조여왔다. 달걀 껍데기처럼 그를 에워쌌다. 결코 부화할 일 없는 달걀이다. 여기야말로, 이 독사 굴이야말로 가장 위험한 곳이며 그들이 존재하는 한 어떤 세상도 안전할 수 없을 테니까. 구명정에 태운 여자와 아이들은 오직 1번 사일로의 남자들이 묵묵히 교대근무를 계속하게 만들 수단이었다. 하지만 그들은 모두 물에 빠져 죽을 예정이었다. 한 명도 남기지 않고 모두.

86

솔로가 언젠가 사일로의 심연으로 내려가야겠다는 계획을 세운 것은 아니었다. 그냥 자연스레 그렇게 됐다. 그는 수년 동안 양방향을 다 탐색하고, 다른 사람들이 싸우는 소리가 들리면 숨었다가 나중에야 그들이 남긴 난장판을 보았지만, 그런 조우도 점점 드물어졌기에 탐색은 갈수록 대담해졌다. 그를 아래로 끌어당긴 것은 중력과 절망만이 아니라 호기심이었다. 그리고 그것이 혼자 지내던 그의 나날을 끝냈다.

그는 이동하면서 쓰레기 더미를 뒤졌다. 121층에서는 하층부 농장과 그곳에 살았던 사람들의 흔적을 발견했다. 이전에는 이렇게 멀리 와본 적이 없었다. 초창기에 살아남은 사람들은 전선과 임시 파이프들로 농장을 만들어놓았다. 솔로는 웃자란 덤불 속에서 당근과 비트를 챙겼고, 유령들이 지켜본다는 기분이 들어 그곳을 떠났다. 밖으로 나간 그는 자신이 전설 속의 '공급부', 너무나 많은 무전기 잡담의 주제였던 그곳에 얼마나 가까운지 깨닫고 더 깊이 내려갔다. 공급부는 풍요의 땅이었다. 무전기 속 사람들은 그렇게 말했다. 배터리와 깡통 따개가 있을 거라는 생각이 그를 잡아끌었다.

공급부의 문은 잠겨 있었다. 솔로는 자신을 보는 시선을 느끼면서 입구에 몸을 웅크리고 차가운 강철 문에 귀를 갖다 댔다. 진동은 들릴 뿐만 아니라 느껴지기도 했다. 마치 어딘가 먼 곳에 있는 사일로의 폐가 씨근대고 덜거덕거리는 것처럼 멀었다. 그는 다시 문을 열어보았다. 꿈쩍도 하지 않았다. 바깥에는 눈에 띄는 잠금 장치가 없었고, 한 손으로 잡아서 당길 만한 크기의 표준 손잡이뿐이었다.

솔로는 계단으로 후퇴했다. 두 손으로 난간을 살짝 잡고 귀를 기울였다. 그는 열심히 들으려 했다. 마침내 귓가에 스스로의 맥박 소리가 들렸다. 바로 그럴 때가 가장 잘 들리는 순간이었다.

유령은 없었다. 난간의 진동도 없었다. 그는 소총을 점검하고, 안전장치가 풀려 있는지 확인한 다음 어깨에 바싹 갖다 댔다. 그리고 양문 사이, 손잡이가 만나는 지점을 겨눴다. 그곳에 깡통이 있다고 상상하고, 깡통을 걷어찬다고 상상할 뿐 사람 몸은 보지 않으려 했다. 솔로가 어찌나 방아쇠를 가볍고 느리게 당겼는지, 총탄이 총신에서 튀어나갈 때 스스로도 놀랄 정도였다. 총성이 사일로 위아래에 요란하게 울려 퍼졌다. 커다란 탕 소리가 난 후에 울린 메아리만 열 번이 넘었다. 솔로는 다시 한번 총을 겨누고 쏘았다. 세 번째도 쏘았다. 탕. 탕. 그는 사방에서 유령들이 몸을 웅크리겠다고 생각했다. 그는 솔로였지만, 소총은 그에게 시끄러운 동행이 되어주었다.

그는 소총 끈을 목에 걸고 문을 당겨보았다. 한쪽 문이 살짝 움직였다. 솔로는 뒤로 물러서서 문을 걷어찼다. 바깥쪽으로 당겨여는 문이긴 했지만, 뭔지는 몰라도 계속 버티는 장애물에 충격을 더하기 위해서였다. 다음에 다시 당겨보니 드득거리는 소리가 나면서 문이 열렸다. 문에서 우수수 떨어진 잔해가 계단참을 굴렀다. 문 안쪽에 난 구멍들이 바깥쪽에 난 구멍보다 훨씬 컸고, 겉이 벗겨진 금속은 환하게 반짝였다. 솔로가 손가락을 빨면서 깨달았다시피, 만졌을 때 날카롭기도 했다.

총성이 요란하게 울리고 난 후에 겪는 공급부 안의 정적은 강력했다. 솔로는 벽 끝에서 끝까지 이어지는 카운터로 다가갔다. 카운터가 꽉 차 있지 않아서 아래로 기어들 수 있는 곳이 있었다. 그러다가 금속 경첩이 보였고, 윗면을 들어 올려 접으면 걸어서 사이를 통과할 수 있다는 사실을 알았다.

카운터 안쪽에는 온갖 물건이 흩어진 키 큰 선반과 통로들이 있었다. 솔로는 긁는 소리를 들었다고 생각했지만, 바깥문 한쪽이 스프링 달린 경첩에 의지하여 서서히 닫히는 소리일 뿐이었다. 그는 발끝으로 잔해 속을 걸으며 등에 진 소총을 빼냈다. 만약에 대비해서.

선반에 놓인 통들은 이미 다 누가 헤집어놓았다. 상당수는 그냥 없어졌다. 일부는 뒤집혀서 내용물을 바닥에 흘려놓았다. 솔로의 눈에 공급부는 볼트와 나사 상점이나 마찬가지였다. 기계로 만든 금속들, 그러니까 리벳과 너트와 볼트와 와셔와 후크와 경첩들이 가득 든 통이 여럿 있었다. 그는 작은 와셔 통에 손을 넣어서 한 움큼을 집어 올린 후, 손가락 사이로 흘렸다. 좌르륵 소리가 났다.

통로를 더 걸어가자 부품 크기가 커졌다. 펌프들과 여러 길이의 파이프들, 파이프를 둘로 나누거나 구부러지게 하거나 끝을 막는 데 쓰이는 부속품이 가득한 통들이 있었다. 솔로는 마음속에 무엇이 어디에 있는지 기억해두었다. 이 부품들로 시작할 수 있는 온갖 놀라운 프로젝트를 생각했다.

선반 통로를 다 걷고 나니 양방향으로 이어지는 복도가 나왔는데, 복도 양쪽으로 문들이 있었다. 복도 저편은 어두웠다. 그는 앞 주머니에서 손전등을 꺼내어 약한 빛줄기로 어둠을 비췄다. 선반 어딘가에 배터리가 있나 찾아봐야 할 테지만, 이 복도가 왠지 그를 잡아끌었다. 뭔가가 잘못됐다. 바닥에 쓰레기가 있었는데, 토마토 냄새가 났다. 그것도 통조림 토마토였다. 덩굴에 달린 것 같은 단내가 아니라, 보존 소스처럼 단 냄새가 나는 종류.

그는 몸을 굽혀 버려진 깡통을 집어 들었다. 뚜껑에 빨간 토마토 페이스트가 붙어 있었다. 손가락으로 찍어보니 며칠이 지났을 때처럼 굳은 게 아니라 아직 물기가 있었다. 솔로는 손가락을 혀에 대보았다. 그 맛에 감각이 철렁하고, 신경에 충격이 왔다. 그는 소총을 꽉 쥐고 끈을 머리 위로 벗겨내어, 개머리판을 어깨에 댔다. 손전등과 총의 손잡이를 같은 손으로 든 채, 총신을 손전등 위에 올렸다. 총신이 천장을 비추는 빛기둥을 둘로 가르고, 그의 머리 위에 짙은 그림자를 남겼다.

솔로는 조준선을 복도 안쪽으로 돌리고 귀를 기울였다. 손전등이 흔들렸다. 그는 숨을 죽이고 있는 듯한 복도를 살금살금 걸었다.

시험 삼아 열어본 손잡이는 하나같이 잠겨 있지 않았다. 방아쇠에 손가락을 올린 채 문을 밀어서 열면, 열리는 방마다 그림자만 가득했다. 전원이 켜지지 않은 채 대기 중인 기계들이 있었다. 자르고 용접하는 기계들, 모양을 만들고 있는 기계들은 하나같이 오렌지색 녹이 슬었다. 그 기계들은 솔로의 손전등 불빛이 춤을 출 때만 모습을 드러냈다. 아주 짧은 순간은 그 기계들이 어둠 속에서 두 팔을 올리고 달려들 태세로 선 남자처럼 보였다. 이 방들 뒤쪽에는 문이 더 있었다. 창고로 이루어진 미궁이었다. 사방에 쓰레기가 흩어져 있었다. 최초의 탈출이 남긴 증거는 그 후에 일어난 생존 싸움의 흔적 속에서 사라졌다.

어느 방에서는 이상한 냄새가 났다. 뜨거운 전기장치 같았고, 그의 소총이 탄피를 떨군 후에 나는 냄새 같기도 했다. 그 방은 벽이 다 새까맣게 타 있었다. 어둠이 손전등 불빛을 삼켰다. 그는 계단에서부터 볼트와 나사가 가득한 키 큰 선반들을 통과해 들어오는 희미한 녹색 비상등 불빛을 한참 뒤로하고 다음 문으로 이동했다.

복도 저편에서 으스스한 빛이 퍼졌다. 열린 문에서였다. 솔로는 무슨 소리를 들었다고 생각했다. 숨소리를 죽이고 기다렸다. 속삭임 하나 없이 그의 심장박동 소리만 들렸다. 아마 아무것도 아닐 것이다. 그는 예전에 이 사일로에 살았던 수천 명을 생각했다. 얼마나 많은 수가 그처럼 살아남았을까? 얼마나 많은 수가 농장의 남은 부분을 돌보고, 나이프로 깡통 안쪽을 긁으며, 녹 자국을 조심해가면서 바닥에 남은 영양분을 파낼까? 어쩌면 이제는 그 혼자 남았을지도 몰랐다. 오직 솔로만.

다음 문에서 희미한 빛이 새어 나왔다. 솔로는 부츠에서 나는 소리에 짜증을 내며 조심스럽게 다가가서 총신 끝으로 문을 가볍게 밀어 열었다. 그는 멀리서 사람을 쏘고, 그 사람의 가슴팍에서 피가 뿜어져 나오는 모습을 보던 게 어떤 기분이었는지 기억했다. 또 배터리가 말썽인지 손전등이 깜박거렸다. 솔로는 소총을 놓고 불빛이 깨어날 때까지 손전등을 허벅지에 때렸다. 그리고 불빛이 어디에서 나오는지 찾으려고 방 안을 보았다.

쐐기 모양의 빛 조각이 바닥에서 올라왔다. 빛나는 원에서 갈라진 한 조각. 다른 손전등 렌즈였다.

솔로는 이 우연한 발견에 얕은 숨을 들이마셨다. 그는 깡통과 쓰레기들을 흩트려놓으며 서둘러 걸어가서 손전등 옆에 쪼그려 앉았다. 그는 가지고 있던 손전등을 꺼서 주머니에 밀어 넣고, 다른 손전등을 집어 들었다. 밝게 빛났다. 그는 신이 나서 그 등으로 방 안을 비췄다. 그가 찾던 물건이었다. 그냥 배터리만이 아니라 새 손전등까지 얻다니 더 좋았다. 조심하고 아끼기만 하면 안에 든 배터리가 몇 년은 갈 것이다. 하지만 실수로 계속 켜놓았다가는 며칠밖에 가지 않을 것이다.

며칠.

솔로는 등에 찬물을 맞은 것 같았다. 사방의 어둠이 가까이 몰려들었다. 그는 그림자들 속에서 상상 속의 소곤거림을 들었고, 손에 잡힌 손전등은 따뜻했다. 집어 들 때부터 따뜻했던가?

그는 일어섰다. 부츠에 차인 빈 깡통이 요란하게 달그락거렸다. 솔로는 자신이 얼마나 큰 소동을 일으키고 있는지, 이 어둡고 죽은 장소에 얼마나 많은 빛과 생명을 가지고 들어왔는지 깨달았다. 그는 총을 어깨에 대고 문 쪽으로 뒷걸음질 쳤다. 사방에서 다가오는 손들이 느껴졌다. 그의 살에 박히려 드는 추레한 이들의 긴 손톱이…….

그는 달아나려고 몸을 돌리다가 손전등을 떨어뜨릴 뻔했다. 소총이 문설주를 때리고 그의 손가락을 눌렀다. 소총이 발사되면서 깜깜한 복도에 눈이 멀 듯한 섬광이 번득이고, 세상이 끝나는 듯한 굉음이 울렸다. 그리고 솔로는 뛰고 있었다. 계단 불빛이 조금씩 흘러드는 선반들 쪽으로 뛰었다. 상상 속의 유령들이 뒤쫓아오는 가운데 달아날 뿐, 그의 놀란 마음속에 솔로야말로 그곳에 살던 사람들에게 공포를 줬다는 진실은 설 자리가 없었다. 그가 흔들고 있는 밝고 환한 새 손전등 덕분에 다른 누군가는 그가 뒤에 남긴 총성의 메아리와 암흑 속에 남겨졌다는 사실은.

87

그는 두려움의 대가로 두 번째 손전등을 얻고는, 공급부로부터 달아나서 더 깊은 곳으로 향했다. 128층에서는 방광을 비우려고 어느 아파트에 들렀는데, 그의 방광은 겁먹을 때마다 가득 차는 것 같았다. 그 아파트의 휑한 매트리스에서 잠시 쉴까 생각도 했지만, 아직 밤이 아닌 것 같았다. 그저 아드레날린이 가라앉으면서 졸릴 뿐이었다.

층계참으로 돌아간 그는 선택지를 고려했다. 그는 사일로에 남은 것을 거의 다 보았다. 솔로와 유령들뿐이었다. 머릿속에는 무엇이 어디에 있는지에 대한 쪽지가 수없이 많았고, 식량이 가득한 두 번째 농장도 발견했으며, 112층에서 물 저장고도 찾아냈고, 총을 이용해서 문을 열기도 했다. 여전히 깡통 따개는 없었지만, 스크루드라이버와 망치로 열 수는 있었다. 아래로 내려갈수록 상황이 나아졌기에, 그는 계속 그 방향으로 갔다.

열 층 넘게 내려가자 온도가 정말로 떨어지기 시작했다. 공기가 싸늘하고 습해졌고, 숨을 내뿜으면 구름이 피어났다. 136층에는 비상용 소방 호스가 녹슨 작은 보관장에서 풀려 나온 채 그대로 놓여, 층계참 위에 엉켜 있었다. 끄트머리에서 물이 뚝뚝 떨어졌고, 솔로는 더 깊은 곳 어딘가에서 작은 종소리처럼 물방울이 떨어지며 내는 충격음을 들을 수 있었다. 거의 끝에 다 왔다. 심층부였다. 전에는 심층에 가본 적이 없었다.

그는 그 소방 호스로 물통을 채웠다. 원래는 밸브를 살짝만 돌려도 거센 물줄기가 쏟아졌을 것이다. 솔로는 이 호스 밸브를 다 열고 나서도 층계참에 엉킨 호스를 들어 올려 물을 짜내서 겨우 반 통을 채웠다. 몇 모금 마셔보고는 호스 재질 때문에 나는 쓴맛에 얼굴을 찌푸린 후, 물통 뚜껑을 돌려 닫았다. 물통은 배낭에 매달린 채 전날 집을 떠난 이후 모아들인 잡동사니와 부딪쳐 쟁그렁거렸다. 소총도 있다 보니 짐이 많았다.

솔로는 난간 너머로 사일로 바닥을 보았다. 미끄러운 상태로 반짝이는 심층 바닥. 솔로가 기계부에 대해, 그러니까 나선 계단을 마지막까지 돌고 나서 그 아래에 있는 층들에 대해 아는 거라곤 전력과 공기가 기계부에서 온다는 것뿐이었다. 아직 전력도 공기도 있었으니, 사람들이 있을지도 몰랐다. 솔로는 조심스럽게 소총을 잡았다. 과연 자신이 사람들을 다시 보고 싶은지는 알 수 없었다.

그는 부츠 소리를 울리며 몇 굽이를 더 내려갔다. 난간에 귀를 대고 있는 사람이라면 누구라도 그가 내려가는 소리를 들을 것이다. 그 생각을 하니 두 팔에 소름이 끼쳤다. 솔로는 난간에 바싹 붙어서 앞에 보이는 난간 꼭대기에 코를 붙이고서 그가 내려가는 소리에 귀 기울이는 사람 1만 명을 상상했다. 끊이지 않는 나선을 이루며 그의 모든 움직임에 동조하는 실체 없는 머리통들을.

"꺼져라, 유령들." 그는 속삭였다. 그리고 만약에 대비하여 안쪽 난간을 끌어안았다. 기둥 근처에서는 발소리가 덜 시끄러웠다. 퍼뜩 오래전 계단 위에 공간이라곤 없었던 때가, 사람들이 사방에서 밀려들어 숨 쉬기도 힘들었고 어머니가 자신을 두고 가라며 소리치던 때가 떠올랐다. 솔로는 다시 열여섯 살이 된 기분이었다. 그때는 닦아낼 수 있던 눈물이 이제는 턱수염 속으로 사라진 것만 빼면 그는 다시 열여섯 살이었다. 언제나 열여섯 살일 것이다.

부츠가 차가운 물을 첨벙 밟았다. 솔로는 흠칫 놀라서 난간을 잡은 손을 놓쳤다. 균형을 잡으려고 애쓰면서 미끄러지다가 한쪽 무릎을 꿇었더니, 물이 가랑이까지 적셨다. 소총이 어깨에서 흘러내렸고, 가방도 젖었다.

그는 욕을 하면서 힘겹게 일어섰다. 소총 총신에서 물이 뚝뚝 떨어졌다. 액체 총탄이 쏟아지는 셈이었다. 젖은 작업복은 얼어붙도록 차가워져서 피부에 달라붙었다. 솔로는 눈물이 가득 고인 눈을 비비고, 잠깐이지만 혹시 발치에 고인 이 물이 다 그동안 고인 그의 눈물일까 생각했다.

"멍청하긴." 그는 말했다. 멍청한 생각이었다. 아마 작동하지 않는 변기에서 빠져나온 물일 것이다. 아니면 그 변기들에서 내려간 물인데, 이제는 기계공들이 여기에서 물을 걸러내어 상층으로 다시 돌려보내지 못해 고였을 것이다.

그는 한 계단을 다시 올라가서 흔들리던 수면이 천천히 고요해지는 모습을 지켜보았다. 이게 위에서 보았던 반짝이는 바닥이었다. 탁한 수면 위, 존재하는 모든 색채가 들어간 듯한 형형색색의 막 속을 들여다보니 나선 계단이 계속 어두운 물속으로 뻗어 내려갔다. 사일로가 물에 잠겨 있었다.

솔로는 물과 난간이 만나는 곳을 지켜보며 혹시 물이 계속 올라오는지 보려 했다. 혹시 올라온다 해도 솔로가 알아보기에는 느린 속도인 모양이었다.

137층 문 한쪽이 솔로가 일으킨 파도에 앞뒤로 흔들렸다. 물은 137층 층계참에서 60센티미터 정도 올라와 있었다. 문 안쪽으로도 그 정도 높이였다. 그는 사일로 전체에 물이 차고 있다고 생각했다. 몇 년이 걸려서 이 정도 높이까지 올라왔는데, 계속 올라갈까? 34층에 있는 그의 집까지 물이 차려면 얼마나 걸릴까? 꼭대기까지 차는 데는 얼마나 걸리고?

천천히 물에 잠기는 생각을 하자 솔로의 입에서 기묘한 소리가 흘러나왔다. 슬프게 낑낑대는 듯한 소리였다. 그의 옷에서 떨어진 물방울은 왔던 곳으로 돌아갔고, 솔로는 다시 그 낑낑대는 소리를 들었다. 그의 입에서 나온 소리가 아니었다.

그는 몸을 쭈그리고 앉아서 물이 찬 137층을 들여다보며 귀를 기울였다. 맞다. 누군가가 우는 소리였다. 그 소리는 물에 잠긴 층 안에서 흘러나왔고, 솔로는 자신이 혼자가 아님을 알았다.

88

어린아이 소리 같았다. 솔로는 물속을 내려다보았다. 그 층 안으로 들어가려면 물을 헤치고 걸어야 했다. 머리 위에 켜진 흐릿한 녹색 불빛 덕분에 세상이 유령처럼 창백했다. 공기는 차가웠고, 물은 더 차가웠다.

그는 계단을 몇 개 더 올라가서 무거운 배낭을 젖지 않은 디딤판 위에 내려놓았다. 계단이 넓어지는 바깥쪽을 향해 놓았다. 그리고 계단에 총을 덜그럭대며 몸을 낮췄다. 작업복 밑동은 다 젖은 상태였다. 그는 작업복을 종아리에 말아 올리고, 부츠 끈을 풀기 시작했다.

울음소리가 또 들리나 귀를 기울였는데, 들리지 않았다. 혹시 그가 상상 속의 뭔가 때문에, 조금이라도 신경을 기울이면 바로 사라져버릴 또 다른 유령 때문에 물과 추위를 무릅쓰려는 걸까.

그는 부츠에 들어간 물을 쏟아내고 옆에 놓았다. 양말도 벗었다. 양말에 뚫린 구멍으로 커다란 발가락이 나와 있었다. 그는 양말을 비틀어 짠 다음, 물기가 마르도록 난간에 널었다.

가방은 수면으로부터 네 계단 위에 두었다. 그 위치를 걱정할 정도로 물이 빨리 올라가지는 않았다. 사실 솔로가 도착한 후 조금도 수면이 올라간 것 같지 않았다. 그는 다시 한번 문 쪽을 보고, 물 높이에 주목하고, 자신이 안에 갇힌 사이에 물이 확 밀려 올라가는 상상을 했다. 솔로는 부르르 몸을 떨었다. 추워서는 아니었다. 아기 우는 소리가 또 들린 것 같았다.

이제 그는 아기를 가질 만한 나이였다. 계산도 해보았다. 가끔 해보는 계산이었다. 그가 스물여섯 살이었나? 스물일곱 살이었나? 일깨워줄 사람도 없이 생일이 지나갔다. 달콤한 빵도, 촛불도 없이, 그저 촛불이 꺼지듯 빨리 지나가기만 했다. "빨리 끄렴." 어머니는 그렇게 말하곤 했다. 아버지는 지미가 촛불을 불기 위해 몸을 앞으로 기울일 때까지 기다렸다가 불을 붙였다. 아주 잠깐 불이 붙었다가 밀랍만 데우고 꺼진 가족용 양초는 다음 생일의 주인공인 아버지가 치우곤 했다.

그는 바보 같은 전통이라고 생각했다. 하지만 가족마다 그 밀랍의 양만큼 많은 생일을 누린다고 여겨졌다. 파커 집안의 초는 몇 세대를 거치고도 아직 반도 줄어들지 않았다. 지미는 초를 빨리 불어 끄기만 하면 영원히 살 수 있다고 생각했었다. 지미도, 지미의 부모님도 영원히 살 거라고. 하지만 조금도 사실이 아니었다. 솔로는 혼자였다가 죽을 테니, 그 양초 이야기는 거짓말이었다.

그는 물속에 발을 들이고, 차가움에 반쯤 무감각해진 발로 문을 향해 걸어갔다. 층계참 난간을 떠받친 지지대들 주위로 수면에 뜬 색색의 막이 빙빙 돌고 뒤섞이며 흘러갔다. 솔로는 멈춰 서서 층계참 위를 보았다. 사일로 바닥에서 이렇게 높은 곳인데도 물이 콘크리트 벽까지 뒤덮은 모습을 보다니 이상했다. 여기에서 난간 너머로 떨어지면 물이 바닥까지 떨어지는 속도를 늦춰줄까? 아니면 저기 저 쓰레기 조각처럼 수면 위를 까닥거리게 될까? 그는 가라앉을 거라고 생각했다. 이전에 그가 들어가본 제일 깊은 물은 욕조 물이었고, 그때는 바닥에 앉을 수 있었다. 이 순간 그는 종아리까지 물속에 들어가 있었다. 보이지 않는 틈에 발이 빠져서 죽을지 모른다는 두려움 때문에 그는 조심스럽게 발을 끌고 걸었다. 발이 점점 차가워지는 와중에도 발바닥 아래 쇠살대를 느끼려고 애썼다. 쇠살대 아래에서 은빛의 무엇인가가 번득이는 것 같았지만, 그는 그저 물에 비친 자신의 모습이거나 수면에 뜬 금속성의 광택이 출렁이는 거라고 생각했다.

"이럴 가치가 있어야 할 거다." 그는 복도 저편에 있는 아기 유령을 향해 말했다.

유령의 답에 귀를 기울였지만, 아기는 이제 울지 않았다. 문 너머의 빛도 캄캄해졌기에, 그는 앞주머니에서 손전등을 꺼내어 켰다. 잔물결이 빛의 기둥을 받아 퍼져나갔다. 빛의 파도가 천장에 널뛰는 모습이 어찌나 아름답고 넋을 빼는지, 차가운 물도 잊을 정도였다. 아니면 이젠 발에 차가움조차 느껴지지 않았거나.

"여보세요?" 그는 외쳤다.

그의 목소리가 메아리쳐 돌아왔다. 복도 저편에 손전등을 비춰 보니, 복도가 세 방향으로 갈라져 있었다. 두 개의 길은 마치 한 바퀴를 돌아서 계단 반대쪽에서 만나기라도 하려는 듯 구부러졌다. 바큇살 모양으로 생긴 층이었다. 솔로는 웃었다. '자전거Bicycle는 B로 시작하지.' 그는 자전거 항목을 떠올리고, 바큇살이라는 말이 어디에서 왔는지 깨달았다. 옛날 말이 어떻게 전해졌는지 깨닫다니 마법 같은 발견이었…….

울음소리…….

이번엔 확실했다. 그게 아니면 그가 정말로 미쳐가고 있거나. 솔로는 몸을 빙글 돌리고 손전등으로 구부러진 복도 쪽을 겨눴다. 그리고 기다렸다. 정적. 복도 벽을 때리는 잔물결의 속삭임. 그는 다리를 밀어낼 때마다 새로운 파도를 일으키면서 그 소리가 들린 쪽으로 향했다. 유령처럼 떠갔다. 발에 감각이 없었다.

여기는 아파트가 있는 주거 층이었다. 하지만 물이 스며드는데 왜 여기에 산단 말인가? 그는 공동 휴게실 바깥에 멈춰 서서 손전등으로 고여 있는 어둠 주머니들을 없앴다. 방 한가운데에는 탁구대가 있었다. 물에게 쫓기기라도 한 듯한 녹 자국이 강철 다리를 타고 올라갔다. 썩어가는 초록색 탁자의 휘어진 표면에는 아직도 탁구채가 놓여 있었다. '초록색은 풀의 색깔이야.' 솔로는 생각했다. 〈유산〉은 그가 세상을 다르게 보도록 만들었다.

뭔가가 종아리에 부딪혀서 솔로는 화들짝 놀랐다. 불빛을 아래로 향하자 발치에 떠 있는 고무 쿠션이 보였다. 그는 쿠션을 밀어내고 철벅거리며 다음 문으로 걸어갔다.

공동 주방이었다. 그는 넓은 식탁과 의자가 잔뜩 놓인 배치를 알아보았다. 의자는 대부분 쓰러져서 반쯤 잠겨 있었다. 의자가 뒤집힌 자리에는 다리만 몇 개 수면 위로 올라왔다. 구석에 스토브가 두 개 있고, 벽 하나를 차지한 찬장이 있었다. 그 방은 캄캄했다. 계단 불빛도 이렇게 멀리까지는 거의 닿지 않았다. 솔로는 배터리가 죽으면 더듬더듬 나가야겠다고 생각했다. 옛날 손전등이 아니라 새 전등을 들고 왔어야 했는데.

울음소리. 이번에는 더 크게 들렸다. 가까웠다. 그 방 안 어딘가에 있었다.

솔로는 손전등을 휘저었지만, 한 번에 모든 구석을 다 볼 수는 없었다. 찬장과 조리대들. 그러다가 움직임을 본 것 같았다. 불빛을 약간 뒤로 물렸더니, 조리대 하나에서 뭔가가 움직였다. 그것은 곧장 뛰어올랐고, 조리대 위 열린 찬장에 매달리면서 발톱 긁는 소리를 냈다. 털투성이 꼬리를 휘저으며 검은 그림자가 어둠 속으로 사라졌다.

89

고양이라니! 살아 있는 생물이었다. 그가 두려워하지 않아도 되고, 그에게 해를 끼칠 수도 없는 생물. 솔로는 물속을 철벅철벅 걸으면서 외쳤다. "야옹아, 야옹야옹." 예전 아파트와 같은 복도에 살던 꼬리 없는 고양이를 울타리 안에 몰아넣으려 했던 이웃들이 떠올랐다.

뭔가가 찬장 안을 뒤지고 있었다. 닫혀 있던 찬장 문 하나가 덜거덕거리며 열렸다가 탁 소리를 내며 닫혔다. 그는 손전등을 겨눌 때마다 한 번에 한 곳밖에 볼 수 없었다. 정강이에 뭔가가 스쳤다. 불빛을 아래에 비춰보자 물 위에 뜬 쓰레기와 파편들이 보였다. 찍 소리에 이어 첨벙 물보라가 튀었다. 손전등으로 수색해보니 V자 물결을 남기며 헤엄치는 쥐 같았다. 솔로는 이제 그 방에 더 있고 싶지 않았다. 그는 몸을 떨며 빈손으로 팔을 문질렀다. 고양이가 찬장 안에서 요란한 소리를 냈다.

"이리 와, 야옹아." 그는 아까보다 힘없는 목소리로 말했다. 그는 앞주머니에 손을 넣어 식량으로 먹는 단백질 바를 하나 꺼내어 이로 포장을 뜯었다. 퀴퀴한 한 입을 뜯어내어 씹으면서 나머지를 앞으로 내밀었다. 사일로가 죽은 지 12년이었다. 그는 고양이가 얼마나 사는지, 어떻게 이 고양이는 이렇게 오래 살았는지 궁금했다. 그리고 뭘 먹은 걸까? 아니면 늙은 고양이들이 새로운 고양이를 낳았을까? 이건 새로운 고양이일까?

맨발이 물속에 있는 뭔가를 스쳤다. 불빛이 반사되어 알아보기는 힘들었는데, 뒤이어 하얀 뼈가 수면 위로 올라왔다가 다시 가라앉았다. 그의 발목 주위에 누군가의 유해가 흩어져 있었다.

솔로는 그냥 쓰레기를 본 척했다. 그는 시끄러운 찬장에 손을 뻗어, 손잡이를 당겨 열었다. 어둠 속에서 쉭 소리가 났다. 고양이가 더 뒤로 물러나면서 깡통들과 썩어가는 상자들이 움직였다. 솔로는 퀴퀴한 단백질 바 한 조각을 뜯어내어 선반에 올려놓고 기다렸다. 방구석에서 또 끼익 소리가 났다. 물이 가구를 때리는 소리였다. 찬장 안은 조용했다. 그는 동물을 놀래지 않으려고 손전등 불빛을 아래로 내렸다.

눈동자 두 개가 까닥거리는 불빛처럼 다가왔다. 그 두 눈은 작은 영원처럼 솔로에게 고정되었다. 그는 혹시 추위 때문에 발이 떨어져 나갈 수도 있나 진지하게 생각하기 시작했다. 눈동자가 더 가까워지더니 아래쪽으로 방향을 바꿨다. 검은 고양이였다. 젖은 그림자 같은 색깔에, 기름처럼 반드르르했다. 고양이가 씹자 단백질 바 조각이 부서지는 소리가 났다.

"착한 야옹이구나." 그는 발치에 흩어진 뼈를 무시하고 속삭였다. 그리고 단백질 바를 또 한 조각 뜯어내어 내밀었다. 고양이가 한 걸음 물러섰다. 솔로는 먹을 것을 선반 가장자리에 두고, 고양이가 이번에는 더 빨리 달려드는 모습을 지켜보았다. 다음 조각은 그의 손바닥에 놓은 채로 받아먹었다. 솔로는 마지막 조각을 내밀고, 고양이가 받아먹으려고 왔을 때 두 손으로 잡으려 했다. 그랬더니 이 녀석이, 그를 해치지 않으리라 생각했던 이 동반자가 그의 팔을 꽉 붙들고 그의 살에 발톱을 박았다.

솔로는 비명을 지르며 두 손을 들어 올렸다. 손전등이 허공을 빙글빙글 돌았다. 고양이가 사라지면서 첨벙 소리가 났다. 째지는 소리와 식식대는 소리, 시끄러운 소음이 들리고 솔로는 흐릿한 불빛을 찾아 물속을 더듬었지만, 불빛은 한 번, 두 번 깜박이다가 그를 어둠 속에 남기고 사라졌다.

솔로는 무작정 물속을 더듬다가 단단한 원통 모양을 잡고는, 다리가 엉덩이와 맞아 들어가는 울퉁불퉁한 부분을 만졌다. 그는 역겨워하며 뼈를 떨어뜨렸다. 그렇게 뼈를 두 개는 더 집어 든 다음에야 손전등을 찾아냈지만, 이미 수명은 다한 뒤였다. 어쨌든 손전등을 집어 드는데 미친 듯한 첨벙첨벙 소리가 다가왔다. 두 팔은 불이 붙은 듯 아팠다. 마지막 불빛이 돌고 있을 때 팔에 피가 나는 것도 보았다. 다음 순간 뭔가가 그의 다리에 닿더니, 정강이에 몸을 붙이고, 그의 허벅지에 발톱을 박았다. 망할 놈의 고양이가 식탁 다리처럼 그를 타고 오르고 있었다.

솔로는 그 발톱을 떼어내려고 불쌍한 고양이에게 손을 뻗었다. 흠뻑 젖은 고양이는 손전등보다 크지도 않은 것 같았다. 고양이는 그의 품에서 벌벌 떨더니, 불평하듯 야옹거리면서 젖지 않은 작업복에 몸을 문질렀다. 그리고 그의 앞주머니를 킁킁대기 시작했다.

솔로는 한쪽 팔뚝을 가슴에 대고 설 자리를 만들어서 고양이를 받쳐 안고, 주머니에 손을 넣어서 단백질 바를 하나 더 꺼냈다. 방 안은 칠흑같이 캄캄했다. 귀가 아플 정도로 어두웠다. 그는 포장을 뜯고 단백질 바를 가만히 들고 있었다. 작은 앞발이 그의 손을 감싸더니, 오독거리는 소리가 들렸다.

지미는 미소 지었다. 그는 이제 솔로가 아닌 채로, 가구와 오래된 뼈에 부딪혀가면서 문이 있으리라 생각하는 방향을 향해 걸었다.

90

1번 사일로, 2345년

도널드의 아파트는 동굴로 탈바꿈했다. 쪽지들이 색 바랜 뼈처럼 흩어져 있고, 서류철들의 사체가 벽을 장식했으며, 더 많은 쪽지가 담긴 상자들이 갓 죽인 사냥감처럼 아카이브에서 올라오는 동굴이었다. 몇 주가 지나갔다. 복도를 쿵쾅거리던 발소리가 줄어들었다. 도널드는 혼자 유령들과 지내면서 자신의 도움으로 만든 건축물의 목적을 천천히 짜 맞췄다. 전체가 드러날 때까지 도면을 축소시키다 보니 완전한 그림이 보이기 시작했다.

그는 분홍색이 된 천 조각에 기침을 하고 나서 새롭게 발견한 물건을 다시 들여다보았다. 예전에 무기고에서 발견했던 지도, 모든 사일로가 담겨 있고 각 사일로에서 바깥쪽으로 나가는 선이 한 점에서 만나는 지도였다. 여기에 많은 수수께끼 중 하나가 남아 있었다. 그 문서에는 '씨앗'이라는 라벨이 붙어 있었는데, 거기에 대해 다른 자료를 하나도 찾을 수가 없었다.

도널드는 애나가 속삭이는 소리를 들을 수 있었다. 애나는 그에게 뭔가를 말하려고 했었다. 서면의 계정에 들어 있던 쪽지는 도널드에게 남긴 거라고 말하려고 했다. 이제는 확실히 알았다. 그녀는 여자였기에 결코 깨어나지 못할 것이었다. 그래서 도널드가, 도널드의 도움이 필요했다. 도널드는 최근 근무에서 이 모든 사실을 짜 맞춘 그녀의 모습을, 혼자 겁에 질리고 친아버지를 무서워하게 되어 기댈 사람이 없어진 그녀를 상상했다. 그래서 그녀는 아버지의 권력을 빼앗아서 도널드에게 맡기고, 그의 위치를 다른 남자와 맞바꾼 후, 자기를 깨우라는 쪽지를 남겼다. 그런데 도널드는 그녀에게 어떻게 했던가?

문 두드리는 소리가 났다.

"누구세요?" 묻는 목소리가 도널드 자신의 것 같지 않았다.

문이 살짝 열렸다. "에렌입니다. 18번에서 호출이 왔습니다. 그림자가 준비됐답니다."

"잠시만요."

도널드는 손수건에 대고 기침을 했다. 그는 천천히 몸을 일으키고, 오래된 접시가 담긴 쟁반 두 개를 타 넘어 화장실로 갔다. 방광을 비우고, 물을 내린 후에 거울에 비친 모습을 살펴보았다. 그는 세면대 가장자리를 붙잡고 거울에 비친 자신을 보며 얼굴을 찡그렸다. 머리는 산발이었고 턱수염이 자라려고 했다. 반쯤 미친 사람 같았는데, 그래도 사람들은 여전히 그를 믿었다. 그러니 그 사람들이 더 미친 셈이었다. 도널드는 시들어가는 미소를 지으며,

아무도 도전하지 않는다는 이유만으로 계속 책임자 자리에 남아 있었던 미치광이들의 오랜 역사를 생각했다.

경첩이 삐걱이고 에렌이 문 안으로 머리를 집어넣었다.

"갑니다." 도널드는 세면대 가장자리에는 피 묻은 손자국을, 걸어간 자리에는 발자국을 남기면서 보고서를 밟고 걸어갔다.

"지금 그 그림자와 연락 중입니다." 에렌은 복도에서 말했다. "매무새를 다듬고 싶으십니까?"

"아니요. 괜찮습니다." 도널드는 문 앞에 서서 이번 회의가 무엇을 위해서였나 기억하려고 애썼다. 취임식이었다. 그건 기억이 났는데, 취임식은 게이블 몫이라고 생각했다. "그런데 내가 왜 필요하죠?" 그는 물었다. "이런 일은 책임자가 수행해야 하지 않나요?" 도널드에겐 첫 번째 교대근무 당시 사일로 책임자로서 그런 의식을 맡았던 기억이 있었다.

에렌이 뭔가를 입에 넣고 씹으며 고개를 저었다. "그게 말입니다, 안에서 그렇게 많은 문서를 읽고 계시니 〈규칙〉도 살짝 복습하실 수 있을 텐데요. 지난번에 읽어보신 후로 바뀐 모양입니다. 교대근무 중인 최고위 직원이 의식을 완료하게 되어 있습니다. 보통은 그게 저인데……."

"내가 깨어났기 때문에, 나인 거군요." 도널드는 문을 당겨 닫았다. 두 사람은 복도를 걷기 시작했다.

"맞습니다. 사일로 책임자들은 근무가 거듭될수록 하는 일이 적어지고 있어요. 좀…… 문제가 있었거든요. 하지만 제가 같이 앉아서 대본을 다 끝내실 수 있도록 돕겠습니다. 아, 그리고 조종사들이 언제 근무를 끝내는지 알고 싶어 하셨죠. 마지막 한 명이 지금 잠드는 중입니다. 저 아래는 깨끗하게 정리하고 있습니다."

도널드는 이 말에 기운을 차렸다. 그동안 기다려온 말이었다. "그러면 무기고는 비었겠군요?" 그는 기쁨을 숨기지 못하고 물었다.

"그렇습니다. 비행 요청은 더 없으니까요. 애초부터 드론을 쓰는 걸 좋아하지 않으신 건 압니다."

"맞아요, 맞아." 도널드는 모퉁이를 돌면서 손을 내저었다. "정리가 끝나면 무기고 접근을 제한하세요. 나 말고는 아무도 들어가지 못하게 해야 합니다."

에렌이 걸음을 늦췄다. "선생님만입니까?"

"내가 근무하는 동안에는요." 도널드는 말했다.

그들은 복도에서 손가락을 이리저리 얽어서 커피 석 잔을 들고 가는 게이블을 지나쳤다. 게이블은 미소 지으며 고개를 살짝 숙였다. 도널드도 사일로 책임자 시절에 사람들에게 커피를 가져다 주던 기억이 났다. 지금은 그게 사일로 책임자가 하는 일 전부에 가까웠다. 도널드로서는 자신의 첫 근무 탓도 있다는 생각을 할 수밖에 없었다.

에렌이 목소리를 낮췄다. "저 친구 뒷이야기는 아시죠?" 그는 또 뭔가를 한 입 물고 씹었다.

도널드는 뒤를 돌아보았다. "누구, 게이블이요?"

"네. 몇 근무 전까지만 해도 작전부였는데요. 신경쇠약이 왔어요. 심냉동을 시키려고 했죠. 당시 당직 의사가 이야기해서 강등으로 끝냈습니다. 우린 너무 많은 사람을 잃고 있었고, 그 때문에 교대근무도 중복되기 시작했거든요." 에렌은 멈춰서 또 한 입을 물었다. 익숙한 향기가 났다. 에렌은 도널드의 시선을 알아차리고 뭔가를 내밀었다. "베이글 드실래요? 막 구웠습니다."

도널드도 냄새를 맡을 수 있었다. 에렌이 한 조각을 뜯어냈다. 아직 따듯했다. "이걸 만들 수 있는 줄은 몰랐는데요." 그는 베이글 조각을 입에 넣으며 말했다.

"새 요리사가 막 근무를 시작했거든요. 이번 요리사는 그동안 온갖 재료를 시험했어요. 그래서……."

도널드는 나머지 이야기를 듣지 않았다. 그는 추억을 씹었다. 워싱턴의 어느 서늘한 날, 헬렌이 개를 데리고 서배너에서부터 내 내 운전해서 찾아왔던 시간. 그들은 벚꽃이 피기엔 일주일 이르지만, 여기저기에 색색의 점처럼 꽃망울이 있는 링컨 기념관 주위를 걸었다. 그러다가 멈춰 서서 맡은, 갓 구워서 아직 따듯한 베이글과 커피 냄새…….

"이건 끝내세요." 도널드는 에렌의 남은 베이글을 가리키며 말했다.

"네?"

그들은 통신실로 이어지는 복도 모퉁이에 다 온 상태였다. "이 요리사가 실험을 더 해선 안 됩니다. 정해진 메뉴만 내도록 해요."

에렌은 어리둥절한 것 같았지만, 잠시 망설이다가 고개를 끄덕였다. "네, 알겠습니다."

"여기에선 좋은 결과가 나올 수가 없어요." 도널드는 설명했다. 그리고 에렌은 더 열심히 동의했지만, 정작 도널드는 자신이 그토록 혐오하던 사람들처럼 생각하기 시작했음을 깨달았다. 에렌의 얼굴에 얇게 실망이 내려앉았고, 도널드는 갑자기 지시를 취소하고 싶은 충동, 그 남자의 어깨를 잡고 대체 그놈들은 무슨 생각을 한 거냐고, 어쩌자고 이 모든 비참함과 고통을 일으킨 거냐고 묻고 싶은 충동을 느꼈다. 그들은 당연히 추억의 음식을 먹고, 떠나온 나날에 대해 이야기해야 마땅했다.

그러나 그는 아무 말도 하지 않았고, 두 사람은 불편하고 조용하게 복도를 계속 걸었다.

"우리 사일로 책임자 중에 상당수가 작전부 출신입니다." 에렌이 잠시 후에 화제를 다시 게이블로 돌렸다. "아시다시피 저는 처음 두 번 근무할 때까지 통신원이었고요. 저와 교대한 사람, 지난번 근무 기간에 작전부 책임자였던 사람은 의료부 출신이었죠."

"그러면 정신과 의사가 아니군요?" 도널드는 물었다.

에렌은 웃음을 터뜨렸고, 도널드는 자기 머리를 날려버린 빅터를 생각했다. 이건, 이 장소는 오래가지 않을 것이다. 복도 중앙에 깨진 타일들이 있었다. 대체할 수 없는 타일들. 가장자리 쪽은 상태가 훨씬 나았다. 그는 통신실 바깥에 멈춰 서서 몇 세기나 된 공간의 마모 상태를 살폈다. 벽에는 손 높이와 어깨높이에 쓸린 자국이 남아 있었고, 다른 곳에는 그보다 흠이 적었다. 도처의 바닥에 남은 이동 경로가 사람들이 어디를 걸었는지 보여줬다. 이곳에 있는 사람들과 마찬가지로 마모 상태도 고르게 분배되지 않았다.

"괜찮으십니까?" 에렌이 물었다.

도널드는 손을 들어 올렸다. 통신실 안에 있는 사람들이 그를 기다리고 있었다. 그러나 그는 건축가가 구조물이 오래가게 설계하는 방법에 대해 생각하고 있었다. 미적분학을 동원하여, 구조물 전체에 가해지는 평균적인 힘과 사용 빈도를 계산하고, 모든 기둥과 리벳이 자기 몫의 하중을 짊어지게 한다. 그걸 다 합치면, 그 결과로 만들어진 건물은 허리케인이나 지진도 견디고, 수많은 부츠가 오가는 하중도 버틸 수 있다. 그러나 진짜 스트레스와 긴장은 컴퓨터가 시뮬레이션한 허리케인만큼 친절하지 않았다. 그 계산 속에서도 감춰진 바람은 강철봉과 목재를 내던졌고, 그런 철봉이나 목재가 부딪치는 곳은 폭탄이 터지는 셈이었다. 복도 중앙이 더 많은 압박을 견뎌내야 하듯, 어떤 사람들은 최악의 근무 기간에 일할 것이다.

"저희를 기다리고 있는 것 같은데요."

도널드는 쓸린 자국에서 눈을 돌려 에렌을, 반짝이는 눈으로 베이글 냄새를 풍기며, 머리카락에는 색채가 풍성하고, 입 끝이 살짝 올라간 모습이 희망의 흉터 같은 흐릿한 미소를 자아내는 젊은 이를 보았다.

"그래요." 도널드는 에렌에게 통신실로 들어가라고 손짓하고 뒤따라 들어갔다. 다른 모두와 마찬가지로 복도 중앙을 밟으면서.

91

도널드는 에렌이 옆 의자에 털썩 앉아서 헤드셋을 끼는 동안 대
본을 숙지했다. 소프트웨어가 그들의 목소리를 가려서, 특징 없
는 똑같은 목소리로 바꿔줄 것이다. 바깥의 사일로 책임자들은 누
군가가 근무 기간을 끝내고 다른 사람과 교대하는 때를 알 필요가
없었다. 그들이 알기에는 언제나 같은 목소리, 같은 사람이었다.

당직 통신원이 머그잔을 들어 올려 한 모금 마셨다. 도널드는
그 머그잔에 마커로 써놓은 글씨를 볼 수 있었다. '우리가 넘버원'
이었다. 도널드는 누가 썼는지는 모르지만 혹시 사일로 이야기일
까 생각했다. 통신원은 머그잔을 내려놓고 손가락을 빙빙 돌려서
도널드에게 시작을 알렸다.

도널드는 마이크를 덮고 목을 가다듬었다. 멀리서 누군가가
헤드셋을 끼고 통신선 반대쪽에 대고 말하는 소리를 들을 수 있

었다. 처음 절반은 대본대로 따라가야 했다. 도널드는 그 대본을 거의 다 기억했다. 에렌이 옆으로 몸을 돌리고 켕기는 듯 베이글을 먹어치웠다. 통신원이 엄지를 들어 올리자, 에렌은 도널드에게 영광을 돌렸다. 그리고 도널드는 이 일을 끝내고 빈 무기고로 내려가자는 생각밖에 할 수 없었다.

"이름." 그는 마이크에 대고 말했다.

"루카스 카일입니다." 대답이 돌아왔다.

도널드는 헤드셋에서 읽어낸 기록 그래프가 뛰어오르는 모습을 보았다. 그는 순위가 거의 바닥인 사일로의 책임자 자리를 이어받을 이 사람에게 안타까움을 느꼈다. 가망이 없어 보이기만 했는데, 여기서 도널드는 뭐라도 하는 척하고 있었다. "IT부에서 그림자로 지냈겠지." 그는 말했다.

잠깐 멈칫했다가. "그렇습니다."

대답하는 청년의 체온이 올라갔다. 도널드는 디스플레이로 볼 수 있었다. 통신원과 에렌은 쪽지를 비교하면서 뭔가를 가리키고 있었다. 도널드는 대본을 확인했다. 모두가 답을 아는 쉬운 질문들이 열거되어 있었다.

"사일로에 대한 자네의 최우선 의무는?" 그는 대사를 읽었다.

"〈규칙〉을 지키는 겁니다."

생체 반응이 튀어 오르자 에렌이 한 손을 들었다. 반응이 가라앉자 그는 도널드에게 계속하라는 신호를 보냈다.

"그 무엇보다 우선으로 지켜야 하는 것은?" 소프트웨어가 도와준다고는 해도 도널드는 목소리를 밋밋하게 내려고 했다. 그래프 하나가 뛰어올랐다. 도널드의 생각은 그의 공간에서, 그러니까 그의 것이라고 생각하게 된 그 무기고에서 조종사들이 떠났다는 소식으로 흘러갔다. 이 업무를 끝내고 나면 알람을 맞출 것이다. 오늘 밤으로. 오늘 밤.

"〈생명〉과 〈유산〉입니다." 그림자가 답을 읊었다.

도널드는 갈피를 놓쳤다가, 잠시 후에 다음 대사를 찾았다. "우리가 정말 소중하게 여기는 그 생명과 유산을 보호하려면 무엇이 필요하지?"

"희생이 필요합니다." 그림자는 잠시 멈칫했다가 말했다.

통신 책임자가 도널드와 에렌에게 통과 신호를 보냈다. 공식적인 데이터 기록은 끝났다. 이제는 비교를 위해 대본에서 벗어나야 했다. 도널드는 무슨 말을 해야 할지 몰랐다. 그는 에렌이 이어받기를 기대하며 고갯짓을 했다.

에렌은 못 한다고 반박하려는 듯 잠깐 마이크를 가렸다가, 어깨를 으쓱였다. "보호복 연구실에서는 시간을 얼마나 보냈지?" 에렌은 앞에 놓인 모니터를 들여다보며 그림자에게 물었다.

"많이 보내지는 못했습니다. 버나…… 어, 제 상사가 나중에 연구실 시간을 배정해줄 겁니다. 아시겠지만……."

"그래. 알고 있다." 에렌은 고개를 끄덕였다. "아래층 문제는 어떻게 되어가나?"

"저는 전반적인 진행 상황만 듣고 있습니다만, 괜찮은 것 같습니다." 도널드는 그림자가 목청을 가다듬는 소리를 들었다. "그러니까, 진전이 있고 오래지 않아서 끝날 듯합니다."

긴 침묵. 심호흡 소리. 파형이 느긋해졌다. 에렌은 도널드를 슬쩍 보았다. 통신원은 손가락을 흔들어서 계속하라고 했다.

도널드에게는 질문이 하나 있었다. 스스로의 후회에 기반을 둔 질문. "자네라면 뭔가 다르게 했겠나, 루카스?" 그는 물었다. "처음부터?"

모니터에 빨간 선이 치솟았고, 도널드는 자기 체온이 올라가는 것을 느꼈다. 너무 정곡을 찌르는 질문을 했는지도 모르겠다.

"아닙니다." 젊은 그림자는 말했다. "모두 '규칙' 대로였습니다. 모두 잘 통제되고 있습니다."

통신 책임자가 제어반에 손을 뻗더니 모두의 헤드셋 마이크를 끄고 말했다. "생체반응이 경계선으로 나옵니다. 불안이 급등하는데요. 좀 더 압박할 수 있을까요?"

에렌은 고개를 끄덕였다. 그 반대편에 앉은 통신원은 어깨를 으쓱이고 '넘버원' 머그잔으로 커피를 한 모금 마셨다.

"우선은 진정부터 시키세요." 통신 책임자가 말했다.

에렌은 도널드를 돌아보았다. "축하해주신 다음에 감정을 끌어낼 수 있나 보시죠. 안정시킨 다음에 비트세요."

도널드는 망설였다. 모든 게 너무 인공적이고 조작하는 느낌이었다. 그는 억지로 침을 삼켰다. 마이크가 다시 켜졌다.

"자네가 18번 사일로의 통제와 운영을 맡을 후임자다." 그는 자신이 이 가엾은 청년에게 하고 있는 짓에 슬퍼하며, 딱딱하게 말했다.

"감사합니다." 그림자는 안심한 것 같았다. 파형이 마치 방파

제를 만난 파도처럼 무너져 내렸다.

이제 도널드는 이 청년을 압박할 방법을 짜내야 했다. 통신 책임자의 손짓은 도움이 되지 않았다. 도널드는 벽에 붙은 사일로 지도를 보았다. 그는 헤드폰 줄을 끌며 일어나서 X 표가 되어 있는 사일로 몇 개를 보고, '12'라는 숫자가 붙은 사일로를 보았다. 이 청년이 막 맡은 일의 심각성을 생각하고, 그 일에 무엇이 수반되는지를, 다른 사일로에서 지도자들이 기대를 저버리는 바람에 얼마나 많은 사람이 죽었는지를 생각했다.

"내 일에서 가장 고약한 게 뭔지 아나?" 도널드는 물었다. 통신실에 있는 모두가 그를 쳐다보는 것이 느껴졌다. 도널드는 다른 젊은이를 승인하던 첫 근무 때로 돌아갔다. 사일로 하나를 폐쇄하던 첫 근무 때로.

"그게 뭡니까?" 목소리가 물었다.

"여기 앉아서 이 지도에 그려진 사일로를 보고 그 위에 붉은 선으로 X 표를 긋는 거지. 그게 어떤 기분일지 상상할 수 있나?"

"잘 모르겠습니다."

도널드는 고개를 끄덕였다. 그는 정직한 대답을 환영했다. 그는 12번에서 사람들이 쏟아져 나가 황량한 풍경에서 죽는 모습을 지켜보던 기분을 기억했다. 그는 눈을 깜박여 눈물을 밀어냈다. "자식 수천 명을 한꺼번에 잃는 부모 같은 기분이라네."

세상은 심장이 한두 번 뛰는 동안 정지해 있었다. 통신원과 통신부 책임자 둘 다 모니터를 노려보며 틈을 찾고 있었다. 에렌은 도널드를 지켜보았다.

"그렇게 잃지 않으려면 자식에게 잔인해야 해." 도널드는 말했다.

"알겠습니다."

파형이 부드러운 파도처럼 고동치기 시작했다. 통신 책임자가 도널드에게 엄지를 들어 보였다. 이 정도면 충분히 보았다. 청년은 통과했고, 이제는 정말로 의식이 끝났다.

"작전명 '50개의 세계 질서'에 들어온 것을 환영하네, 루카스 카일." 에렌은 도널드에게서 진행을 넘겨받아 대본을 읽었다. "자, 질문이 한두 개 있다면 대답해줄 수 있겠군. 짧게 묻도록."

도널드는 이 부분을 기억했다. 그가 관여한 대본이었다. 그는 갑자기 지친 기분으로 의자에 등을 기댔다.

"하나 있습니다. 그건 중요하지 않다는 말을 들었고, 왜 그런지도 이해하지만, 그래도 답을 안다면 여기에서 제가 맡을 일이 수월해지리라 생각합니다." 청년은 말을 멈췄다. "혹시……?" 그래프에 새로이 빨간 선이 치솟았다. "이 모든 일이 어떻게 시작된 겁니까?"

도널드는 숨을 멈췄다. 방 안을 둘러보았지만, 다른 사람은 다들 여느 질문이나 마찬가지라는 듯이 모니터만 보고 있었다.

에렌이 답하기 전에 도널드가 반응했다. "얼마나 간절히 알고 싶은 건가?"

그림자는 숨을 들이마셨다. "꼭 알아야 하는 건 아닙니다만, 우리가 어떤 일을 해냈는지, 어떤 일에서 살아남았는지 알았으면 좋겠습니다. 그게 제게, 우리에게 목적을 부여한다고 느끼기 때문입니다."

"이유가 곧 목적이지." 도널드는 말했다. 이것이 그가 연구하면서 배워가는 교훈이었다. "말해주기 전에, 자네가 어떻게 생각하는지 먼저 듣고 싶군."

그는 그림자가 침을 삼키는 소리를 들었다고 생각했다. "제 생각을 말입니까?" 루카스가 물었다.

"누구에게나 견해가 있지." 도널드는 말했다. "자네에게는 없다는 건가?"

"우리가 예상한 일이었다고 생각합니다."

도널드는 감탄했다. 이 청년이 답을 알면서 단순히 확인받고 싶어 한다는 느낌이 들었다. "그럴 가능성도 있지." 그는 동의했다. "생각해보게……." 그는 어떻게 표현해야 가장 잘 맞을지 생각했다. "온 세상에 오직 50개의 사일로밖에 없고, 여기 우리가 있는 곳은 세상의 아주 작은 구석에 불과하다고 한다면 말이야."

도널드는 모니터에서 말 그대로 이 청년이 생각하는 모습을 볼 수 있었다. 데이터가 뇌파의 심장박동처럼 오르내렸다.

"그렇다면 우리뿐이었다는……." 모니터에서 거칠게 튀어 오르는 선. "아는 사람이 우리뿐이었다는 뜻이겠지요."

"훌륭해. 그렇다면 왜 그랬을까?"

도널드는 화면에서 싸우고 있는 선들을 기록해두고 싶었다. 다른 사람이 사라져가는 제정신을 붙들고 있는 모습, 사라져가는 의혹을 붙잡는 모습을 지켜보니 마음이 담담해졌다.

"그건…… 우리가 알았던 게 아니군요." 통신선 너머에서 부드럽게 숨을 들이켜는 소리가 났다. "우리가 한 일이었어요."

"그래." 도널드는 말했다. "이제 자네도 알았군."

에렌이 도널드를 돌아보고 마이크를 가렸다. "이만하면 충분하고도 남습니다. 저 녀석은 통과했어요."

도널드는 고개를 끄덕였다. "시간이 다 됐군, 루카스 카일. 새로운 임무 배정을 축하하네."

"고맙습니다." 모니터에 마지막 흔들림이 보였다.

"아, 그리고 루카스?" 도널드는 그 청년이 별들을 바라보기를, 꿈을 꾸기를, 위험한 희망으로 머리를 채우기를 무척이나 좋아한다는 사실을 떠올리고 말했다.

"네?"

"앞으로는 발아래에 집중하라고 말하고 싶군. 별들을 관찰하는 일은 그만두라고, 알았나? 우린 대부분의 별이 어디에 있는지 알고 있어."

92

지미는 대수학을 잘 몰랐지만, 입을 둘 먹이려면 입 하나의 두 배 이상이 필요했다. 그럼에도 불구하고 평소의 반도 힘들게 느껴지지 않았다. 그 변화는 자신이 아닌 무엇인가를 부양하는 게 얼마나 기분이 좋은지와 관계가 있을 것이다. 고양이가 무언가 먹는 모습을 보고 그를 편하게 대하는 모습을 보는 만족감 덕분에 그는 식사를 즐기고 더 자주 바깥 여행을 하게 되었다.

그래도 시작은 엉망이었다. 구출된 후의 고양이는 잘 놀랐다. 지미는 두 층 위에서 찾아낸 수건으로 몸을 닦았는데, 그 후에 고양이의 물기도 닦았더니 미친 듯이 굴었다. 그 과정이 좋기도 하고 싫기도 한지, 뒹굴었다가 지미의 손을 때리기를 반복했다. 일단 털이 마르자 고양이는 젖었을 때의 두 배로 커졌다. 그래도 여전히 처량하고 굶주려 있었다.

지미는 어느 매트리스 아래에서 콩 통조림을 찾아냈다. 많이 녹슬지도 않았다. 그는 스크루드라이버로 그 깡통을 열고, 발이 녹으면서 전기가 통하듯 찌릿거리는 가운데 한 번에 미끄러운 콩 줄기 하나씩을 고양이에게 먹였다.

콩을 먹은 후부터 고양이는 지미가 어딜 가든 따라다니며 다음엔 뭘 찾아내는지 보려고 했다. 덕분에 식량 사냥이 주린 배와의 끝없는 싸움이 아니라 즐거운 과정이 되었다. 즐거웠지만, 일이 많기도 했다. 지미는 다시 부츠를 신고, 고양이는 소리 없이 뒤따르다가 가끔은 앞서기도 하면서 둘이 같이 계단을 올라갔다.

지미는 고양이의 균형감을 믿어도 된다는 사실을 일찍 익혔다. 처음 몇 번인가 고양이가 바깥쪽 난간 받침대에 몸을 문지르고, 심지어 계단을 오르며 아예 몸을 비틀어 난간 밖으로 나갔다가 돌아왔을 때 지미는 심장마비로 쓰러질 뻔했다. 고양이는 죽고 싶거나, 그저 떨어지는 게 뭔지를 모르는 것 같았다. 그러나 곧 그는 고양이를 믿게 되었고 그러면서 고양이도 그를 믿기 시작했다.

그리고 첫날 밤, 하층 농장에서 방수포를 뒤집어쓰고 웅크린 지미가 예전에는 숨어 있는 다른 사람들이 낸다고 오해했던 펌프와 조명이 딸깍이는 소리에 귀를 기울이는 사이, 고양이는 그의 팔 아래 몸을 밀어 넣고, 지미가 두 다리를 굽힐 때 생기는 배 주름에 몸을 만 채로 느슨한 받침대에 놓인 펌프처럼 달각거리는 소리를 내기 시작했다.

"너도 외로웠구나?" 지미는 속삭였다. 자세가 불편해졌지만 움직이고 싶지 않았다. 목에 쥐가 나기는 했어도 배 속 깊은 곳에 있던 다른 긴장감이, 사라지기 전까지는 있는 줄도 몰랐던 긴장감이 사라졌다.

"나도 외로웠어." 그는 동물이 옆에 있으니 얼마나 말을 많이 하게 되는지에 놀라면서 고양이에게 조용히 말했다. 자기 그림자에게 말을 걸면서 사람인 척하는 것보다 나았다.

"그거 좋은 이름이다." 지미는 속삭였다. 사람들이 고양이에게 어떤 이름을 붙이는지는 몰랐지만, '그림자'도 괜찮았다. 안 그래도 그림자들 사이에서 그 고양이를 찾아내지 않았던가. 어둠 조각 하나가 지미를 따라온 것 같았다. 그리고 그날 밤, 둘은 농장 깊은 곳에서 딸깍거리는 펌프와 똑똑 떨어지는 물소리, 윙윙대는 벌레 소리와 지미가 이름 붙이고 싶지 않은 온갖 이상한 소리를 들으며 잠들었다.

그것도 몇 년 전의 일이었다. 지금은 〈유산〉의 책등에 고양이 털과 수염이 같이 모였다. 지미는 뱀에 대해 읽으면서 수염을 다듬었다. 수염을 한 줌 잡고, 턱에서 멀리 들어 올린 후에 뭉툭한 날로 쳐내자 가위에서 삐걱삐걱 소리가 났다. 잘라낸 털 대부분은 빈 깡통에 떨궜다. 나머지는 종이 사이에 흘러내렸다. 쓸데없는 구두점이 잔뜩, 등을 구부리고 그의 품 아래를 이리저리 걸으면서 문장을 뛰어넘고 있는 고양이 털과 뒤섞였다.

"난 책을 읽으려고 하거든." 지미는 불평했다. 그러나 그는 가위를 내려놓고 충직하게 고양이의 목부터 꼬리까지를 쓰다듬었고, '그림자'는 지미의 손바닥에 등을 붙였다. 야옹거리더니 심장이 터질 것 같은 그릉그릉 소리를 내면서 더 쓰다듬으라고 졸랐다.

작은 발톱이 쥐어지며 작은 주먹이 되어 구렁이 사진을 찔렀고, 지미는 고양이를 바닥으로 내렸다. '그림자'는 발을 허공에 들어 올리고 누워서 주의 깊게 지미를 지켜보았다. 그건 함정이었다. 지미가 녀석의 배를 문지를 수 있는 건 딱 한순간뿐이고, 그러고 나면 고양이는 갑자기 마음을 바꾸어 그의 손목을 공격하곤 했다. 지미는 고양이들을 썩 잘 이해하지 못했지만, 고양이 항목은 열 번 넘게 읽었다. 한 가지 마음에 안 드는 사실은 고양이가 인간만큼 오래 살지 못한다는 것이었다. 그는 그날에 대해 생각하지 않으려고 했다. 그날이 오면 그는 다시 솔로로 돌아갈 텐데, 지미인 쪽이 훨씬 좋았다. 지미는 말을 더 많이 했다. 솔로는 미친 생각을 하는 사람, 난간 너머를 빤히 보는 사람, 심층을 향해 침을 뱉고는 침방울이 맹렬한 속도로 떨어지면서 떨리다가 산산이 갈라지는 모습을 지켜보는 사람이었다.

"심심해?" 지미는 '그림자'에게 물었다.

'그림자'는 심심하다는 듯이 쳐다보았다. 배고플 때 짓는 표정과 비슷했다.

"탐험하러 갈까?"

고양이의 귀가 씰룩였다. 그 정도면 충분한 신호였다.

지미는 다시 꼭대기 층을 확인하기로 했다. 모든 게 암울해진 이후 그곳에는 한 번밖에 가지 않았고, 그때도 엿보기만 했었다. 혹시 사일로 안에 아직 쓸 만한 깡통 따개가 있다면 그곳에 있을 것이다. 찾아내면 딱딱한 스크루드라이버와 씨름하고 거칠게 뜯어낸 뚜껑에 손을 베는 일도 끝이다.

그들은 점심을 먹은 후에 출발해 농장에서 잠깐 쉬었다. 구내식당에 도착해보니 고요하기만 했고 계단에서 비추는 녹색 빛을 받고 있었다. '그림자'는 언제나처럼 대담하게 혼자서 마지막 계단을 올라갔다. 지미는 곧장 주방으로 향했다가, 약탈 후의 폐허만 발견했다.

"깡통 따개는 누가 다 가져갔을까?" 그는 '그림자'에게 말했다.

그러나 '그림자'는 그곳에 없었다. '그림자'는 안쪽 벽으로 달려가서 흥분한 듯 굴고 있었다.

지미는 배식 대기열 뒤를 따라 움직이며, 평소에 쓰던 포크를 바꾸고 싶은 마음에 포크를 뒤적이다가 그 울음소리를 들었다. 넓은 구내식당 쪽을 보았더니 '그림자'가 닫힌 문에 몸을 비벼대고 있었다.

"조용히 해." 지미는 '그림자'에게 외쳤다. 저 고양이는 그렇게 소란을 피우면 말썽만 생긴다는 사실을 모른단 말인가? 그러나 '그림자'는 듣지 않았다. 지미의 마음이 약해질 때까지 야옹야옹하면서 발톱으로 그 문을 긁고 몸을 쭉 뻗었다. 지미는 대체 무슨 난리인지 보려고 서둘러 넘어진 의자와 구부러진 식탁들의 미궁을 뚫고 갔다.

"먹을 거야?" 그는 물었다. '그림자'가 난리를 치면 거의 언제나 먹을 것이었다. 동행이 자석처럼 식량에 이끌리는 덕분에 지미도 먹을 것을 찾기가 편했다. 문으로 다가간 그는 손잡이에 걸린 밧줄의 잔해를 보았다. 세월이 흘러 너덜너덜해져 있었다. 손잡이를 돌려보니 잠겨 있지 않았다. 그는 문을 열었다.

그 문 안은 어두웠고, 계단 꼭대기처럼 비상등이 켜져 있지도 않았다. 지미가 손전등을 찾는 사이 '그림자'가 허공에 꼬리를 획획 흔들면서 벌어진 문 사이로 사라졌다.

손전등이 켜지는 순간, 놀라서 내는 쉭 소리가 들렸다. 문을 통과하려던 지미의 한쪽 발이 멈칫하고, 손전등 불빛이 생명 잃은 눈동자로 올려다보는 얼굴에 떨어졌다. 문에 기대어 있던 시체들이 움직이고, 팔 하나가 그의 발 위로 툭 떨어졌다.

지미는 비명을 지르며 뒤로 넘어졌다. 그는 핏기 없는 살찐 손을 걷어차며 '그림자'를 불렀고, 녀석은 털을 바짝 곤두세우고 날카로운 소리를 지르며 문밖으로 나왔다. 지미의 혀에서는 금속 맛이 났고, 문을 닫으려고 허둥지둥 일어섰을 때 아드레날린이 솟구쳤다. 그는 축 늘어진 팔을 집어 들어 다시 안으로 밀어 넣었다. 손에 닿은 옷은 허물어지고, 그 아래 온전한 살은 스펀지 같았다.

지미가 본 마지막 풍경은 열린 입과 구부러진 손가락들이었다. 아침에 죽은 것처럼, 문을 향해 손을 뻗으면서 서로를 타고 넘어 기어가던 그대로 얼어붙은 시체의 산이었다.

문이 딸깍 소리를 내며 닫히자, 지미는 그 문에 식탁과 의자들을 밀어붙였다. 지미가 벌벌 떨며 턱수염 속에서 욕을 하고 거대한 식탁 더미를 만들어 그 위에 의자를 더 던져 올리는 동안 '그림자'는 뱅글뱅글 맴을 돌았다.

"역겨워, 역겨워, 역겨워." 그는 아직도 털을 가라앉히지 않은

'그림자'에게 말했다. 시체 더미를 막으려고 쌓은 바리케이드를 살피면서 그 정도면 적당하기를, 너무 많은 유령을 내보낸 게 아니기를 빌었다. 문고리에서는 낡은 밧줄 조각이 흔들거렸고, 지미는 누군지는 몰라도 이 사람들을 막아낸 사람에게 감사했다.

"가자." 지미가 말하자 '그림자'는 위안을 찾아 그의 다리를 스치고 지나갔다. 벽 스크린에는 풍경이 보이지 않았고, 쓸 만한 음식도 도구도 없었다. 꼭대기 층은 이만하면 충분히 보았다. 갑자기 벽 끝까지 죽은 사람들로 북적이는 느낌이 들었다.

93

'그림자'는 먹을 것 외에도 말썽의 냄새를 잘 맡았다. 말썽을 일으키기도 했다. 지미가 어느 날 아침에 깨어나보니 복도 저편에서 째지는 소리, 처량하고 구슬픈 식식 소리가 흘러들었다. 지미가 잠이 덜 깬 채로 사다리를 올라가보니 '그림자'가 사다리 맨 위쪽에 껴 있었다. 그는 고양이가 어쩌다가 거기까지 갔는지를 몰랐고, 고양이는 어떻게 내려가야 하는지를 몰랐다. 지미는 뚜껑을 풀어서 밀어 열었다. 그리고 '그림자'가 가로대에 등을 댄 채 사다리 뒤의 금속망에 발톱을 걸고 올라가서 허둥지둥 위로 빠져나가는 모습을 지켜보았다.

이틀 후의 아침에도 같은 일이 일어났고, 그때부터 지미는 뚜껑을 내내 열어두기로 했다. 오가면서 여닫는 것도 지겨웠고, '그림자'는 내킬 때마다 서버실 탐험하기를 좋아했다. 싸움은 오랫동안 없었고 거대한 강철 문은 여전히 붉은빛을 깜박였다.

'그림자'는 서버들을 좋아했다. 대개 지미가 찾아보면 40번 서버에 올라가 있었다. 그 서버는 금속이 너무 달아올라서 지미는 만질 수도 없었는데, '그림자'는 개의치 않았다. 그 위에서 자거나 한참 아래 바닥을 내려다보면서 공격할 만한 벌레가 있나 지켜보았다.

또 어떤 때에는 지미가 오래전에 쏘아 죽인 남자가 썩어 없어진 구석 자리에 '그림자'가 서 있기도 했다. '그림자'는 녹 자국을 킁킁거리고 쇠살대에 혀 대보는 것을 좋아했다. 뚜껑을 내내 열어둔 건 이런 자유를 위해서였다. 그리고 전력이 완전히 나갔을 때 나쁜 남자들이 들어온 것도 그 때문이었다. 어느 날 아침 지미가 깨어났을 때, 낯선 남자가 그의 침대를 내려다보고 서 있었다.

지미는 정전 때문에 한밤중에 깨어났다. 그는 유령들을 물리치려고 불을 켜놓고 잤다. 어떤 속삭임도 듣지 못하게, 무전기의 잡음이 방 안 가득 울리는 것도 좋아했다. 커다란 쿵 소리와 함께 정적과 암흑이 같이 찾아들었을 때, 지미는 화들짝 깨어나서 손전등을 찾으려다가 '그림자'의 꼬리를 밟았다. 불이 다시 켜지기를 기다렸지만, 조명은 꺼진 채였다. 어떻게 해야 할지 생각하기엔 너무 지쳐 있었던 그는 손전등을 두 손으로 쥐고 다시 잠들었고, '그림자'는 조심스럽게 그의 목 근처에 몸을 말았다.

나중에는 누군가가 사다리를 내려오는 소리가 그를 깨웠다. 지미는 방 안에 뭔가가 있음을 희미하게 느꼈다. 그런 감각 자체는 자주 느꼈지만, 이번에는 그 존재가 침묵이 튀어 다니는 방식을, 심지어 그의 숨소리가 메아리치는 방식까지도 바꿔놓는 것 같았다. 눈을 떠보니 손전등이 그를 비추고 있었고, 침대 발치에 어떤 남자가 서 있었다.

지미는 비명을 질렀고, 그 남자는 입을 막으려는 듯이 달려들었다. 턱수염 사이로 으르렁거리는 누런 이가 불빛에 잡혔고, 강철 막대기가 떨어지는 모습도 보였다.

지미의 어깨에 통증이 번득였다. 그 남자는 지미를 때리려고 긴 파이프를 다시 들어 올렸다. 지미는 머리를 보호하려고 두 팔을 들었다. 파이프는 그의 손목을 부러뜨렸다. 머리 옆에서 째지는 비명과 식식대는 소리가 들리더니, 그림자 속에서 검은 '그림자'가 쏜살같이 움직였다.

파이프를 든 남자는 비명을 지르며 손전등을 떨어뜨렸고, 손전등은 이불 사이에 떨어져 빛을 잃었다. 지미는 집에 사람이 있다는 사실을 소화하지 못한 채 허둥지둥 움직였다. 그의 집에 사람이 있다니. 몇 년이고 두려워한 일이 순식간에 현실이 되었다. 그는 경계를 늦추고 있었다. 위험을 무릅쓰고 나다녔다. 네발로 기면서 허술했다고, 허술했다고 되뇌었다.

'그림자'가 째질 듯한 소리를 질렀다. 꼬리를 밟힐 때나 내는 소리였다. 고통스러운 울부짖음이 뒤따랐다. 지미는 분노가 솟아올라 공포와 섞이는 것을 느꼈다. 그는 구석 쪽으로 기어가서 책상에 부딪히고는, 그곳에 기대어 세워두었을 물건에 손을 뻗었고······.

두 손이 총을 잡았다. 총을 쏘아본 지도 오래되었다. 장전되어 있는지 기억할 수가 없었다. 그래도 필요하다면 곤봉처럼 휘두를 순 있을 것이다. 그는 소총을 어깨에 대고 깜깜한 어둠 속에 총신을 휘저었다. '그림자'가 다시 비명을 질렀다. 작은 몸이 단단한 뭔가에 부딪히는 소리가 났다. 지미는 숨을 쉴 수도, 침을 삼킬 수도 없었다. 침대 이불 사이로 솟아오르는 희미한 빛 말고는 아무것도 볼 수가 없었다.

그는 움직이는 것 같은 어둠 덩어리에 총신을 겨누고 방아쇠를 당겼다. 총신 끝에서 눈이 멀 듯한 섬광이 번쩍이고, 굉음이 그 작은 공간을 꽉 채웠다. 그 짧은 빛 속에서 그를 향해 몸을 돌리는 남자의 타는 듯한 모습이 눈을 채웠다. 다시 한번 난사. 그러자 지미의 공간에 들어선 낯선 남자가, 긴 턱수염에 눈을 희번덕거리는 여윈 남자가 보였다. 그리고 이제 지미는 그자가 어디에 있는지 알았기에, 세 번째 총탄은 벽을 때리지 않았다. 총탄이 맞는 소리는 비명에 묻혔다. 비명이 어둠을 채웠고, 뒤이은 마지막 총성이 그것까지 끝내버렸다.

'그림자'의 눈이 책상 아래에서 빛났다. 녀석은 지미의 새 손전등을 조심스럽게 내다보았다.

"너 괜찮아?" 지미는 물었다.

고양이는 눈을 깜박였다.

"여기 있어." 지미는 속삭였다.

그는 손전등을 뺨과 어깨 사이에 끼우고서 탄창을 확인했다. 방을 나서기 전에는 그의 이불에 피를 흘리고 있는 남자를 찔러보았다. 지미는 누군가가 그곳에 있는 모습을 보면서 기묘한 마비감을 느꼈다. 죽은 사람이라 해도 그랬다. 그는 침입자가 더 있나 귀기울이면서 조심조심 사다리로 향했다.

그는 정전과 이번 공격은 우연이 아니라고 생각했다. 누군가가 문을 열었다. 키패드 숫자를 알아냈거나 차단기를 내렸다. 지미는 이 남자 혼자 한 일이기를 빌었다. 얼굴은 알아보지 못했지만, 많은 시간이 흘렀다. 턱수염이 길어진 데다 희끗희끗해졌다. 은색 작업복은 이 남자가 침입 방법을 알 수도 있었음을 알려줬다. 어깨와 손목의 통증이 이 사람이 친구가 아니었음을 알려줬다.

사다리에는 아무도 없었다. 지미는 소총을 어깨에 걸고, 아무도 그의 접근을 알 수 없게 손전등을 껐다. 금속 가로대를 잡는 손바닥에서 아주 작은 소리가 울렸다. 반쯤 올라갔을 때 '그림자'가 스르르 다가와서 사다리와 벽 사이를 타고 올라가는 것이 느껴졌다.

지미는 고양이에게 잇새로 가만히 있으라고 했지만, 녀석은 앞서서 올라가버렸다. 사다리 끝까지 올라간 지미는 소총을 내려서 한 손에 들었다. 반대쪽 손으로는 손전등을 배에 대고 눌러서 켰다. 그는 렌즈를 조금씩 조금씩 작업복에서 떼어내고, 서버 사이로 길을 찾을 만큼의 빛만 비췄다.

앞쪽에서 소리가 들렸는데, '그림자'인지 다른 사람인지는 알수가 없었다. 지미는 멈칫했다가 계속 걸어갔다. 이런 식으로 검은 기계들이 놓인 넓은 방을 가로지르는 데 영원 같은 시간이 걸렸다. 기계들이 여전히 딸깍거리고 웅웅거리는 소리를 들을 수 있었고 열을 발산하는 것도 느낄 수 있었다. 그러나 문에 가까이 가보니 키패드는 감시의 불빛을 깜박이지 않았다. 그리고 반짝이는 문 너머에 허공이 있었다. 문이 반쯤 열린 채였다.

밖에서 또 소리가 났다. 천이 스치는 소리, 사람이 움직이는 소리였다. 지미는 손전등을 끄고 소총을 제대로 잡았다. 입안에 공포의 맛을 느낄 수 있었다. 이 사람들에게 날 내버려두라고 외치고 싶었다. 안으로 들어온 사람들을 다 어떻게 했는지 말해주고 싶었다. 총을 떨구고 울면서 다시는 그런 짓을 하지 않게 해달라고 빌고 싶었다.

그는 복도로 고개를 내밀고 어둠 속을 보려고 안간힘을 쓰면서, 상대방은 그를 볼 수 없기를 빌었다. 복도에는 두 사람의 숨소리밖에 없었다. 서서히 이 어두운 공간에 다른 누군가가 함께 있다는 자각이 찾아왔다.

"행크?" 누군가가 속삭였다.

지미는 몸을 돌리고 방아쇠를 당겼다. 빛이 번득였다. 소총의 반동이 그의 어깨를 때렸다. 그는 서버실 안으로 후퇴해서 비명과 부츠 소리를 기다렸다. 영원 같은 시간을 견뎠다. 뭔가가 그의 부츠를 건드렸고, 지미는 비명을 질렀다. '그림자'가 갸르릉거리면서 몸을 비볐다.

위험을 무릅쓰고 손전등을 켠 그는 모퉁이 쪽을 보고 빛을 뿌렸다. 그쪽에 누군가 있었다. 한 사람이 누워 있었다. 깊고 어두운 복도를 확인해보았지만 아무것도 보이지 않았다. "나 혼자 내버려둬!" 그는 모든 유령과 유령보다 실체 있는 것들에게 외쳤다.

메아리조차 대꾸하지 않았다.

지미가 두 번째 남자를 확인해보니, 남자가 아니었다. 여자였다. 고맙게도 눈을 감은 채였다. 한 남자와 한 여자가 지미의 식량을 훔치려고 왔다. 그 생각을 하니 화가 났다. 그러다가 그 여자의 팽팽하게 부푼 배를 보자 두 배로 화가 났다. 그는 그들이 굶주림에 고통받은 것 같지 않다고 생각했다.

94

지미는 나쁜 사람들이 건드린 차단기를 찾아서 전원을 다시 켰지만, 문은 고칠 수가 없었다. 키패드에서 늘어진 전선을 이틀 동안 만지작거렸지만 아무 성과가 없었다. 덕분에 밤에 푹 자기는 불가능해졌다. 뚜껑을 제대로 닫아도 그랬다. 밤이면 '그림자'가 사다리 끝까지 올라가서 울어대는 것도 좋지 않았다. 그래서 지미는 휴가를 가야겠다고 결정했다. 그들이 제일 좋아하는 일을 할 변명거리도 됐다. 지미와 '그림자'는 낚시를 하러 갔다.

둘은 물이 올라오지 않은 제일 낮은 층계참에 앉아 있었고, 지미는 아래를 쏜살같이 누비는 은빛 섬광을 지켜보고, 물에 잠긴 계단 사이를 누비는 물고기를 지켜보았다. 물고기들은 저 깊은 곳에서 겨누는 손전등 불빛 같았다. 위쪽 층계참 가장자리에서 아래를 보고 있는 지미와 '그림자'를 비추는 빛기둥.

'그림자'의 검은 꼬리가 허공에 흔들거렸다. 앞발은 녹슨 강철 쇠살대 가장자리를 붙들고, 수염을 움찔거리고 있었다. 그러나 아무리 실망스럽다 해도 지미의 찌는 움직이지 않았다.

"오늘은 배고프지 않은 거야." 지미가 말했다. 그는 물고기를 향해 휘파람을 불었다. 물고기잡이 노래였고, '그림자'는 무슨 생각을 하는지 알 수 없는 얼굴로 비판하듯 그를 올려다보았다. 지미의 배에서 꾸르륵 소리가 났다. "우리 얘기가 아니야." 그는 '그림자'에게 말했다. "우리야 많이 배고프지. 물고기 말이야."

지미는 아침 내내 벌레를 파내느라 배가 고팠다. 농장 덤불 속에서는 벌레를 찾기가 힘들었다. 재배등이 켜져 있으면 덥기도 했지만, 그래도 쏘아버린 사람들에 대한 생각은 떨칠 수 있었다. 그 생각과 낚시하는 날이라는 약속에 얼마나 몰두해 있었던지, 삽을 들고 흙을 파는 동안 채소들이 그 자리에 있었는데도 먹지 않았다. 이 물고기 잡기는 엄청난 일거리였다. 우선 벌레부터 잡아야 했으니! 지미는 물고기가 벌레들을 그렇게나 좋아한다면, 왜 그와 '그림자'는 고생할 것 없이 그냥 벌레를 먹지 않는 걸까 생각했다. 하지만 벌레를 한 마리 내밀어보자 고양이는 미쳤냐고 말하는 듯한 눈으로 그를 보았다.

"나 안 미쳤어." 그는 '그림자'에게 장담했다.

갈수록 자주 그 말을 하게 됐다.

지미가 그날 배가 고프지 않은 건 물고기 쪽이라고 설명하는 동안, '그림자'는 다시 아래에서 빠르게 헤엄치는 물고기 관찰로 돌아갔다. 지미도 똑같이 그들을 관찰했다. 물고기들을 보고 있으면 오래전에 깨뜨린 온도계에서 쏟아졌던 수은이 생각났다. 그들은 방향을 바꿔가며 빨리도 움직였다.

그는 낚싯대를 붙잡고, 찌를 물 밖으로 건져 올려 낚싯바늘을 확인했다. 벌레는 아직 달려 있었다. 잘된 일이었다. 이제 몇 마리 남지 않았고, 제일 가까운 흙밭도 열두 층은 올라가야 했다. 그는 낚싯줄을 다시 물속에 내리고, 찌로 쓰는 탁구공을 수면에 띄웠다. 낚시하는 방법은 〈유산〉에서 배웠다. 어떻게 매듭을 묶고 찌와 봉돌을 다는지, 어떤 미끼를 사용하는지 같은 지시 사항들이 아주 편리하게 전해졌다. 마치 이 책을 쓴 사람들이 언젠가는 이런 지식이 중요해질 줄 알고 있었던 것 같았다.

그는 물고기가 헤엄치는 모습을 보면서 어쩌다가 그 물에 물고기가 들어갔을까 생각했다. 물고기 탱크는 농장보다 몇 층 더 위에 있었는데, 이제는 텅 비어 있었다. 지미가 확인해봤다. 그곳에서 찾아낸 거라곤 모양은 별로지만 통 속의 물맛을 좋게 만드는 해조류뿐이었다. 컵과 물 주전자에다가, 누군가가 오래전에 버려둔 프로젝트인지 그 물을 다른 층으로 끌어가려는 호스도 연결되다 만 상태였다. 지미는 그 사람이 난간 너머로 물고기를 버려서 여기에 살게 된 걸까 생각했다. 어떻게 된 일인지는 몰라도, 물고기들이 있어서 좋았다.

이제는 물고기도 10여 마리밖에 남지 않았다. 지미가 잡는 속도만큼 빨리 번식하질 못했다. 그리고 남아 있는 녀석들은 제일 잡기 힘든 물고기였다. 무슨 일이 벌어지는지 지켜봤기 때문이다. 이미 봐버린 것이다. 초창기에 나선 계단을 따라 죽음으로 올라가던 사람들을 지켜보던 지미와도 비슷했다. 지미의 어머니가 그 방향으로 가면 안 된다는 사실을 알았던 것처럼, 이 물고기들도 알았다. 그래서 벌레가 없어질 때까지 야금거리만 했는데, 그래도 가끔은 어쩔 수가 없었다. 맛을 보고는 야금거리는 대신 덥석 물고 말 때가 있었고, 그러면 지미는 그 물고기를 허공에 들어 올렸다가, 물을 떨어뜨리며 춤을 추고 퍼덕대는 몸뚱이를 녹슨 쇠살대 위에 내려놓고는 미끄러운 살을 잡고 낚싯바늘을 빼냈다.

하지만 우선은 기다려야 했다. 지미의 찌는 무지갯빛 물 위에서 꼼짝도 하지 않았다. '그림자'가 짜증을 내며 울었다.

"네가 하는 말 좀 들어봐." 지미는 말했다. "2년 전만 해도 물고기가 무슨 맛인지도 몰랐으면서."

'그림자'는 배를 깔고 엎드려서 층계참과 물 사이 허공을 긁었다. 마치 "예전엔 늘 잡았거든"이라고 말하는 듯했다.

"분명히 그랬겠지." 지미는 눈을 굴리며 말했다. 그는 처음 내려왔을 때보다 상당히 수위가 올라온 물을 보았다. 그때 지미가 '그림자'를 구해낸 층은 이제 완전히 잠겼다. 그가 '그림자'를 찾아낸 방에서도 물고기가 살고 있을 것이다. 고양이 친구를 내려다보는데, 새로운 생각이 떠올랐다.

"그 옛날 거기서 물고기를 잡고 있었던 거야?" 그는 물었다.

'그림자'는 순진무구한 얼굴로 그를 올려다보았다.

"이 악마."

고양이는 앞발을 핥고 한 바퀴를 돌더니, 찌가 움직이는지 다시 보았다.

찌가 움직였다.

지미가 낚싯대를 당겨보니 저항이 느껴졌다. 바늘에 걸린 물고기의 무게였다. 그는 빽 소리를 지르고 낚싯대를 들어 올리며 낚싯줄을 잡기 위해 난간 너머로 손을 뻗었다. '그림자'가 야옹거리고 춤을 추면서 허공을 때리고 꼬리를 흔들어 도우려 했다.

"자, 자." 지미는 물고기에게 말했다. 그는 낚싯줄을 끌어 올리고 낚싯대를 난간에 기댄 후, 손을 뻗어서 낚싯줄을 더 잡았다. 물고기가 펄떡거리는 바람에 줄이 손가락을 파고들었다. "진정해라." 그는 입술을 오므렸다. 물고기를 난간 너머까지 끌어 올려서 층계참 쇠살대 위에 두기 전까지는 정말로 잡았다는 기분을 느낄수가 없었다. 가끔은 물고기가 바늘을 뱉어내고 벌레만 삼킨 채그를 비웃으며 첨벙하고 집으로 돌아가기도 했다.

"다 됐다." 그는 '그림자'에게 말하며 물고기를 쇠살대에 내리고 부츠로 꼬리를 밟았다. 이 부분은 싫었다. 물고기가 너무 혼란스러워 보였다. 이쯤에서 그는 마음을 바꾸고 물고기를 다시 물에던져 넣고 싶어졌지만, '그림자'가 이미 그의 다리 주위를 돌면서꼬리를 흔들고 있었다. 지미는 부츠로 물고기를 고정시키고 입안에 손을 넣어 직접 만든 낚싯바늘을 찾았다. 평범한 바늘을 구부린 후에 두드려 만든 작은 미늘은 풀기가 힘들었지만, 지미는 그게 낚시의 포인트임을 배웠다.

"포인트란 거지." 그는 혼자만의 농담에 웃었다.

그림자가 그를 재촉했다.

지미는 걸리적거리지 않게 바늘과 줄을 난간 위로 던졌다. 물고기는 쇠살대에 몇 번인가 몸을 부딪쳤다. 크게 뜬 눈으로 지미를 올려다보고, 입을 미친 듯이 뻐끔거렸다. 지미는 주머니칼에 손을 뻗었다.

"미안해. 정말, 정말 미안해."

그는 물고기의 머리에 칼을 찔러 넣어 고통을 끝냈다. 고개는 돌린 채였다. 죽음이 너무 많았다. 죽음으로 이루어진 생애였다. 그러나 '그림자'는 이미 행복해하고 있었다. 물고기에게서 아래쪽 물속으로 생명이 뚝뚝 떨어졌다. 남아 있던 물고기들은 핏방울이 물을 때리는 자리에 게걸스럽게 달려들었고, 지미는 물고기들은 왜 저럴까 생각했다. 낚시에서 그가 즐기는 부분은 하나도 없었다. 벌레를 찾아 흙을 파는 일도, 오래 계단을 내려오는 일도, 바늘을 거는 일도, 죽이는 일도, 그 후의 손질도……. 그래도 그는 낚시를 했다.

그는 〈유산〉이 가르쳐준 대로 아가미 뒤쪽을 자른 다음, 뼈를 따라 꼬리까지 쭉 그어서 물고기를 손질했다. 이렇게 두 번만 칼질하면 고기가 두 조각 남았다. 비늘은 '그림자'가 건드리지도 않았기에 내버려두었다. 생선 두 조각은 계단 근처에 놓아둔 이 빠진 접시에 담겼다.

'그림자'는 배에서 악기 소리를 내면서 몇 바퀴 원을 그리더니, 이빨로 살점을 찢기 시작했다.

지미는 난간 반대쪽 끝으로 물러났다. 그곳에 두었던 수건으로 지저분하고 역겨워진 두 손을 닦고, 131층의 닫힌 문에 등을 대고 앉아서 고양이가 먹는 모습을 지켜보았다. 아래에서 빠르게 움직이는 은빛 물고기들도 보았다. 계단의 희미한 초록색 비상등 불빛 속에서는 층계참도 다른 모든 것도 차분해 보였다.

오래지 않아서 물고기는 남김없이 사라질 것이다. 이 속도로 1년 정도면 지미가 물고기를 다 잡을 것이다.

"하지만 마지막 물고기는 아니야." 그는 '그림자'가 먹는 모습을 보며 혼잣말을 했다. 지미는 아직 물고기 맛을 본 적이 없었고 앞으로도 먹지 않을 것 같았다. 물고기 잡기는 너무 힘들고, 재미는 별로 없었으며, 많은 부분이 역겨웠다. 그렇지만 그는 언젠가 낚싯대와 흙 단지와 벌레를 가지고 내려왔다가 물고기가 딱 한 마리만 남아 있는 것을 알게 되면, 그 물고기는 잡지 않고 놓아두리라 생각했다. 딱 한 마리만. 그 한 마리는 혼자서 저 아래에 있는 것만으로도 무서울 것이다. 굳이 더 무서운 공기 중으로 끌어낼 필요가 없었다. 그 불쌍한 녀석을 그냥 내버려두자.

95

1번 사일로, 2345년

도널드는 새벽 3시로 알람을 맞춰놨지만, 잠들 가능성은 없었다. 이때를 몇 주나 기다렸다. 생명을 빼앗지 않고 줄 기회. 만회할 기회이자 진실을 찾을 기회, 점점 커지는 의혹을 만족시킬 기회였다.

그는 천장을 보며 이제부터 하려는 일을 생각했다. 어스킨과 빅터는 도널드 같은 사람이 책임을 맡았을 때 이런 일을 하길 바라지 않았겠지만, 어차피 그 사람들은 오해를 많이 했고 적어도 도널드에 대해서는 완전히 잘못 알았다. 이건 세상 끝의 종결이 아니었다. 이건 다른 무언가의 시작이었다. 저 바깥에 무엇이 있는지 모르는 상황의 종결이었다.

그는 화장실에서 흘러나오는 희미한 빛에 손을 살피며 바깥을 생각했다. 2시 반, 그는 이만하면 충분히 기다렸다고 판단했다.

일어나서 샤워와 면도를 한 후, 깨끗한 작업복을 입고 부츠를 신었다. 배지를 찾아서 옷깃에 달고, 고개를 들고 가슴을 펴고 아파트를 떠났다. 성큼성큼 걸어서 아직 불빛이 몇 개 켜져 있고 멀리서 키보드 소리가 들리는 복도를 걸었다. 누군가가 늦게까지 일하고 있었다. 에렌의 사무실 문은 닫혀 있었다. 도널드는 엘리베이터를 호출하고 기다렸다.

완전히 아래까지 내려가기 전에, 혹시 헛수고가 되지 않을까 확인하기 위해 배지를 스캔해서 반짝이는 54층 버튼을 눌렀다. 빛이 들어오고 엘리베이터가 덜컹하며 움직였다. 지금까지는 좋았다. 엘리베이터는 멈추지 않고 무기고에 도착했다. 문이 열리고 높은 그림자들, 그러니까 선반과 통들로 이루어진 검은 절벽들이 점점이 보이는 친숙한 어둠이 드러났다. 도널드는 닫히지 않게 문을 잡은 채 그 방으로 걸음을 내디뎠다. 어쩐지 그 방의 광활한 크기를 느낄 수 있었고, 맹렬히 뛰는 맥박 소리의 메아리를 멀리서 집어삼키는 것 같았다. 그는 그 방 끝에서 불이 켜지고, 애나가 머리를 빗거나 스카치위스키 병을 손에 쥔 채 걸어 나오기를 기다렸다. 그러나 움직이는 것이라곤 없었다. 모든 게 고요하고 잠잠하기만 했다. 조종사들과 일시적인 활동은 사라졌다.

그는 엘리베이터로 돌아가서 다른 버튼을 눌렀다. 엘리베이터가 아래로 내려갔다. 창고 층을 몇 개 더 지나치고, 원자로 층을 지나쳤다. 그리고 의료동에서 문이 열렸다. 도널드는 사방에 놓인 수만 구의 몸뚱이를, 하나같이 천장을 보고 눈을 감은 몸들을 느낄 수 있었다. 그는 그중에 몇은 정말로 죽었다는 생각을 했다. 그리고 하나는 곧 깨어날 것이다.

그는 곧장 의사의 사무실로 가서 문설주를 두드렸다. 당직 의료보조원이 모니터 뒤에서 고개를 들었다. 의료보조원은 안경 속으로 눈을 비비고, 콧잔등에 안경을 밀어 올리더니 도널드를 보고 눈을 껌벅였다.

"잘 돌아가나요?" 도널드가 물었다.

"으음? 좋습니다. 좋아요." 청년은 손목을 흔들고 손목시계를 확인했다. 아주 오래된 물건이었다. "심냉동에 넣어야 할 사람이 있나요? 연락 못 받았는데요. 윌슨이 깨어 있어요?"

"아니, 아니에요. 그냥 잠이 안 와서요." 도널드는 천장을 가리켰다. "구내식당에 누가 깨어 있나 보러 갔다가, 어차피 잠도 안 오는데 여기로 내려와서 혹시 당직을 대신 서줄까 물어보려고 왔어요. 앉아서 영화 보는 거라면 나도 할 수 있으니까요."

의료보조원은 모니터를 보더니 죄책감을 담아 웃었다. "그렇네요." 그는 다시 손목시계를 확인했는데, 조금 전에 본 시간을 이미 잊은 모양이었다. "두 시간 남았는데요. 좀 자고 싶긴 하네요. 무슨 일 생기면 깨워주시겠어요?" 의료보조원은 일어나서 기지개를 켜며 손으로 입을 가리고 하품했다.

"물론이죠."

의료보조원은 비틀거리며 책상 밖으로 나왔다. 도널드는 책상 주위를 돌아서 의자를 당기고는, 그 자리에 앉아서 몇 시간은 아무 데도 가지 않을 것처럼 책상에 발을 올렸다.

"제가 신세를 졌네요." 청년은 문 뒤에 걸어둔 외투를 챙기면서 말했다.

"아, 서로 주고받은 거죠." 도널드는 그 남자가 사라지자마자 작은 소리로 말했다.

그는 엘리베이터에서 땡 소리가 울리기를 기다렸다가 행동에 돌입했다. 싱크대 옆 건조대에 플라스틱 음료수 병이 하나 있었다. 그는 그 병에 물을 채웠다. 물을 채울 때 나는 음악적인 소리가 점점 더해가는 불안을 표현하는 것 같았다.

가루가 든 통의 뚜껑을 열었다. 두 숟가락. 그는 긴 플라스틱 압설자로 물을 휘저은 다음 뚜껑을 돌려 닫고, 통을 다시 냉장고에 넣었다. 휠체어는 처음엔 움직이질 않았다. 그러다가 브레이크가 걸려 있는 것이 보였다. 작은 금속 팔이 부드러운 고무바퀴를 누르고 있었다. 브레이크를 풀고, 키 높은 찬장에서 담요와 종이 가운을 꺼내어 휠체어 좌석에 올렸다. 전과 마찬가지였다. 그러나 이번에는 제대로 할 것이다. 그는 구급상자를 챙기고, 새 장갑이 있는지 확인했다.

휠체어가 덜거덕거리면서 문을 나서서 복도를 굴렀고, 손잡이를 쥔 도널드의 손바닥은 땀으로 끈적해졌다. 그는 앞바퀴가 시끄러운 소리를 내지 않게 커다란 고무 타이어가 있는 뒤쪽으로 의자를 기울였다. 서둘러 걷자 작은 바퀴가 허공에서 헛돌았다.

그는 키패드에 암호를 입력하고 빨간불이 들어오기를, 장애가 생기기를 기다렸다. 불빛은 녹색으로 깜박였다. 도널드는 문을 당겨 열고 수면 장치 사이를 이리저리 누비며 동생이 누워 있는 곳으로 향했다.

기대감과 죄책감이 뒤섞였다. 이건 보호복을 입고 언덕을 뛰어올라갈 때만큼 대담한 행보였다. 가족을 끌어들인다는 것, 누군가를 이 엄혹한 세상에 깨운다는 점에서는 위험이 더 컸다. 샬럿에게 애나가 그에게 떠맡긴 것과 똑같은, 그리고 서먼이 애나에게 발휘한, 그런 식으로 끝없이 이어지는 비참한 교대근무의 잔인함을 발휘하다니.

그는 휠체어를 놓고 제어반 옆에 무릎을 꿇었다. 그러다가 멈칫하고 일어서서 확인하려고 유리 창문을 들여다보았다.

도널드처럼 악몽에 시달리지도 않는지, 샬럿은 정말 평화로워 보였다. 도널드의 의심이 더 커졌다. 그러다가 샬럿이 혼자 깨어난다는 상상을 해보았다. 샬럿이 의식을 찾고는 유리를 두드리며 내보내달라고 하는 모습을 상상했다. 그는 동생의 거침없는 기백을 보고, 거짓말은 듣고 싶지 않다는 말을 들었으며, 만약 샬럿이 여기에 함께 서 있다면 깨워달라고 할 것을 알았다. 샬럿이라면 아무것도 모른 채 잠들어 있기보다는 알고 고통받는 쪽을 더 원할 것이다.

그는 키패드 옆에 몸을 웅크리고 암호를 입력했다. 빨간 버튼을 누르자 키패드가 쾌활한 삐 소리를 냈다. 수면 장치 안에서 밸브가 열리는 듯한 철컥 소리가 났다. 그는 다이얼을 돌리고 온도 표시를 지켜보며, 온도가 올라가는 순간을 기다렸다.

도널드는 일어나서 수면 장치 옆에 섰고, 시간은 기어가듯 느리게 흘렀다. 해동 과정이 끝나기 전에 누군가가 그를 발견할 것 같았다. 하지만 뚜껑에서 다시 철컥 소리가 나고 쉭 소리도 났다. 그는 거즈와 테이프를 꺼냈다. 고무장갑을 떼어내어 끼는데, 고무 밴드를 탁 소리 나게 놓자 허공에 분필 가루가 퍼졌다.

그는 뚜껑을 마저 열었다.

동생은 두 팔을 옆에 내려놓고 반듯하게 누워 있었다. 아직 움직이지는 않았다. 그는 공황 상태로 다시 한번 절차를 검토했다. 뭔가 빼먹은 게 있었나? 맙소사, 설마 샬럿을 죽인 건가?

샬럿이 기침을 했다. 눈꺼풀에서 서리가 녹아내리며 뺨 위로 물이 흘렀다. 다음 순간에는 두 눈이 움찔거리며 약하게 열리더니, 빛을 피해 가늘게 뜬 눈을 돌렸다.

"가만히 있어." 도널드는 말했다. 거즈 조각을 팔에 대고 바늘을 뽑았다. 팔에서 바늘을 빼내자 거즈와 손가락 아래로 금속이 미끄러지는 느낌이 났다. 거즈를 그대로 댄 채, 휠체어에 걸어둔 테이프를 떼어서 붙였다. 마지막은 카테터 제거였다. 그는 수건으로 샬럿을 감싸고, 압력을 가해서 천천히 튜브를 빼냈다. 그러고 나자 샬럿은 두 팔로 몸을 감싸고 덜덜 떨며 기계에서 풀려났다. 그는 동생에게 종이 가운을 입히고, 등 쪽은 열어두었다.

"널 들어서 꺼낼 거야." 그는 말했다.

대답 대신 이가 부딪치는 소리만 들렸다.

도널드는 샬럿의 발을 엉덩이 쪽으로 들어 올려 무릎을 구부렸다. 한 팔은 겨드랑이 아래로 넣고(손에 닿는 살이 차가웠다) 또 한 팔은 다리 아래에 넣고, 쉽게 들어 올렸다. 무게가 거의 나가지 않는 느낌이었다. 샬럿의 살에서 나는 악취를 맡을 수 있었다.

휠체어에 내려놓자 샬럿이 뭐라고 중얼거렸다. 차가운 의자에 앉지 않게 의자 위에 담요를 깔아놓은 상태였다. 그는 샬럿이 앉자마자 그 담요를 몸에 둘러줬다. 샬럿은 발걸이에 발을 내려놓지 않고, 두 팔로 종아리를 감싸 공처럼 몸을 말았다.

"여기가 어디야?" 샬럿은 부서지는 얼음 같은 목소리로 물었다.

"진정해." 도널드는 수면 장치 뚜껑을 닫고, 또 다른 게 있었던가 기억을 더듬으며 빠뜨린 게 없는지 찾았다. "넌 나와 같이 있어." 그는 휠체어를 밀고 출구로 나가면서 말했다. 둘 모두에게 해당하는 말이었다. 그들은 서로와 같이 있었다. 집은 없었고, 지구상 어디에도 그들을 환영해줄 곳은 없었다. 그저 또 한 사람을 서글픈 동반자로 끌어들일 지옥 같은 악몽뿐이었다.

96

식사를 기다리게 하는 부분이 제일 어려웠다. 도널드도 그 허기가
어떤 느낌인지 알고 있었다. 그는 동생에게 자신이 몇 번이고 견
뎌낸 순서를 그대로 따르게 했다. 쓴 음료수를 마시게 하고, 화장
실에서 볼일을 보게 하고, 욕조 가장자리에 앉혀서 따뜻한 샤워를
시킨 다음에 새 옷을 입히고 새 담요를 둘러주었다.

그는 샬럿이 음료를 마저 마시는 모습을 지켜보았다. 푸르스름
하던 입술이 서서히 분홍색으로 돌아왔다. 피부가 너무 하얬다.
도널드는 오리엔테이션 이전에도 샬럿이 그렇게 창백했는지 기억
할 수가 없었다. 어쩌면 해외 파병 기간에, 모니터 불빛 말고는 없
는 어두운 트레일러에만 앉아 있어서 그렇게 됐는지도 모르겠다.

"난 가서 모습을 보여야 해." 그는 동생에게 말했다. "다른 사
람들이 다 일어날 거야. 다시 내려오는 길에 네가 먹을 아침 식사

를 가져올게."

샬럿은 오래된 전략 테이블 주위에 놓인 가죽 의자에 조용히 앉아 있었다. 발을 의자에 올려 깔고 앉았고, 피부가 가려운 듯 작업복 옷깃을 잡아당겼다. "엄마와 아빠는 없어." 샬럿은 도널드가 했던 말을 되풀이했다. 도널드는 동생이 무엇을 기억하고 무엇을 기억하지 못하는지 알 수가 없었다. 동생은 도널드처럼 스트레스약을 오래 먹지 않았고, 최근에는 아예 먹지도 않았다. 하지만 상관없었다. 그가 진실을 말해줄 수 있었다. 말해주고 그런 자신을 혐오할 수 있었다.

"금방 돌아올게. 여기 있으면서 좀 쉬어. 이 방을 떠나지 말고, 알았지?"

허둥지둥 창고를 가로질러 엘리베이터로 향하려니 그 말이 공허하게 울려 퍼졌다. 그는 다른 사람들이 그를 깨우자마자 쉬어야한다고 말했던 것을 기억했다. 샬럿은 3세기 동안 잠들어 있었다. 도널드는 배지를 스캔하고 엘리베이터를 기다리면서 얼마나 많은 시간이 흘렀고, 그동안 변한 것은 얼마나 적은지 생각했다. 세상은 아직도 그들이 만들어놓은 폐허 그대로였다. 혹시 그렇지 않다면 그들이 곧 알아낼 것이다.

그는 작전부가 있는 층으로 올라가서 에렌을 확인했다. 작전부 책임자는 이미 책상 앞에 앉아서 파일에 둘러싸인 채, 팔꿈치를 서류 더미에 올리고 한 손으로 머리를 헝클어뜨리고 있었다. 커피 잔에서는 김이 오르지 않았다. 책상 앞에 앉은 지 꽤 지난 모양이었다.

"서면." 에렌이 시선을 들고 말했다.

도널드는 움찔해서 복도를 보며 다른 사람이 있나 찾았다.

"18번에 무슨 진전이라도 있습니까?"

"난, 어……." 도널드는 기억하려고 애썼다. "마지막으로 들었을 때는 심층부의 바리케이드를 뚫었다고 하더군요. 그쪽 책임자는 하루 이틀 안에 싸움이 끝날 거라고 생각해요."

"잘됐네요. 그 그림자가 잘 풀려서 다행입니다. 그림자도 없이 지내기엔 무서운 시절이잖아요. 제가 세 번째로 근무했을 때인가, 그림자를 고르다 말고 책임자를 잃은 적이 한 번 있었어요. 지원자를 찾아내느라 지옥 같은 시간을 보냈죠." 에렌은 의자에 등을 기댔다. "시장은 선택지가 아니었어요. 보안부 책임자는 석탄 덩어리처럼 멍청했고. 그래서 우린……."

"말을 끊어서 미안한데……." 도널드는 복도를 가리키며 말했다. "난 돌아가봐야겠……."

"아, 물론이죠." 에렌은 민망한 듯 손을 내저었다. "맞아요. 저도 일해야 합니다."

"오늘 아침에는 할 일이 많아서요. 아침 식사를 받은 후에 내 방에 있을 겁니다." 그는 고갯짓으로 복도 맞은편에 있는 빈 사무실을 가리켰다. "게이블에게는 내가 알아서 처리했다고 해줘요. 방해받고 싶지 않습니다."

"그럼요, 그럼요." 에렌이 가라는 듯 손을 내저었다.

도널드는 몸을 빙글 돌려서 엘리베이터로 돌아갔다. 그리고 구내식당으로 올라갔다. 좋은 생각이라는 듯 배가 꼬르륵거렸다. 먹

지도 않고 밤새 깨어 있었으니까. 너무 오랫동안 아무것도 먹지
않고 깨어 있었다.

97

도널드는 시간제한을 어기고 샬럿이 한 시간 일찍 먹게 했다. 안 된다고 말하기가 힘들었다. 그는 조금씩 베어 물고, 천천히 먹으라고 권했다. 그리고 샬럿이 씹는 동안 현재까지의 상황을 알렸다. 샬럿도 오리엔테이션으로 사일로들에 대해서는 알고 있었다. 그는 동생에게 벽 스크린에 대해, 청소부들에 대해, 청소부 한 명이 사라지는 바람에 그가 깨어났다는 사실에 대해 이야기했다. 샬럿은 이해하기 힘들어했다. 도널드가 듣기에도 이상해질 때까지 몇 번이고 되풀이해서 말해야 했다.

"그 사람들이 바깥을 볼 수 있게 해뒀다고? 다른 사일로에 사는 사람들?" 샬럿은 작게 자른 비스킷을 씹으면서 물었다.

"그래. 한번은 서면에게 벽 스크린은 왜 설치한 거냐고 물었어. 그랬더니 뭐라는 줄 알아?"

샬럿은 어깨를 으쓱이고 물을 한 모금 마셨다.

"나가고 싶지 않게 하려고 둔 거래. 사람들을 안에 가둬두려면 죽음을 보여줘야 한다고. 그렇지 않으면 언제나 저 너머에 뭐가 있는지 보고 싶어 할 거라고. 서먼은 그게 인간 본성이라고 했어."

"그래도 가는 사람은 있잖아." 샬럿은 냅킨으로 입을 닦고, 떨리는 손으로 포크를 집더니 도널드가 반쯤 먹고 남긴 아침 식사를 끌어당겼다.

"그래, 그래도 가는 사람이 있지." 도널드는 말했다. "그리고 넌 진정 좀 해야 해." 그는 샬럿이 달걀을 먹는 모습을 보면서 드론 승강기로 올라갔던 경험을 생각했다. 도널드가 바로 그 '그래도 가는 사람'이었다. 샬럿이 알 필요는 없는 일이었다.

"우리에게도 그런 스크린이 있어." 샬럿이 말했다. "구름이 부글부글 끓는 모습을 본 기억이 나." 샬럿은 도널드를 올려다보았다. "우리에겐 스크린이 왜 있는 거야?"

도널드는 재빨리 손수건을 잡아서 입에 대고 기침을 했다. "우리가 인간이기 때문이지." 그는 손수건을 치우며 대답했다. "그리고 우리가 바깥에 아무 의미도 없다고, 나가면 죽을 거라고 생각한다면 이 안에 남아서 시키는 대로 할 테니까. 하지만 난 밖에 뭐가 있는지 볼 방법을 알아."

"그래?" 샬럿은 마지막 달걀을 포크로 긁어서 입으로 가져가며 다음 말을 기다렸다.

"그러려면 네 도움이 필요해."

그들은 드론 한 대에서 방수포를 벗겨냈다. 샬럿은 떨리는 손으로 드론의 날개를 쓰다듬고 불안정한 걸음으로 그 주위를 돌았다. 한쪽 날개 뒷면의 덮개를 잡고 위아래로 움직여보았다. 꼬리에서도 똑같이 했다. 그 드론에는 검은색 돔과 코가 있어서 얼굴이 있는 것처럼 보였다. 드론은 샬럿이 검사하는 동안 움직이지 않고 조용히 앉아 있었다.

도널드는 다른 드론 세 대가 없어졌음을 알아차렸다. 방수포가 늘어져 있던 바닥이 반질반질했다. 그리고 군수품 선반 꼭대기에 깔끔하게 피라미드 모양으로 쌓여 있던 폭탄도 몇 개 없어졌다. 지난 몇 주 동안 무기고가 이용된 흔적이었다. 도널드는 격납고로 가서 문을 열어보았다.

"하드웨어는 없어?" 샬럿이 물으면서 무기를 붙일 수 있는 날개 밑을 들여다보았다.

"없어." 도널드는 대답했다. "이번에는 없어." 그는 뛰어 돌아가서 샬럿을 도왔다. 둘은 열린 승강기 문으로 드론을 함께 밀었다. 날개가 아슬아슬하게 통과했다.

"끈이나 연결 장치가 있을 텐데." 샬럿은 조심스럽게 몸을 낮추고 드론 뒤로 기어서 날개 밑을 통과했다.

"바닥에 뭔가가 있어." 도널드는 트랙을 따라 움직이던 차를 떠올리고 말했다. "내가 손전등을 가져올게."

그는 통에서 손전등을 하나 꺼내고, 충전되어 있는지 확인한 다음에 들고 돌아갔다. 샬럿은 드론을 발사 장치에 걸고 꿈틀꿈틀 빠져나왔다. 일어서는 동작이 느려 보여서 도널드가 도왔다.

"그리고 이 승강기가 작동하는 건 확실해?" 샬럿은 샤워를 한 탓에 아직도 젖어 있는 머리카락을 얼굴에서 떼어냈다.

"확실해." 도널드는 말하고, 샬럿을 데리고 복도를 걸으며 막사와 화장실들을 지나쳤다. 도널드가 앞장서서 조종실로 들어가 비닐을 벗겨내자 샬럿은 굳었다. 그는 승강기 제어반의 스위치를 켰다. 샬럿은 조이스틱과 데이터 판독기와 화면이 달린 조종석을 멍하니 보았다.

"조종할 수 있지?" 도널드는 물었다.

샬럿은 넋을 놓은 상태에서 벗어나서 잠시 그를 보더니, 고개를 끄덕였다. "전원이 들어온다면."

"들어올 거야." 그는 샬럿이 조종석 한 곳에 앉는 동안 승강기 제어반 위에서 번쩍이는 불빛을 지켜보았다. 비닐이 씌워진 다른 모든 조종석을 보니 방 안이 너무 조용하고 비어 보였다. 도널드는 그 비닐에 앉아 있던 먼지가 없어졌음을 알았다. 이 방에는 최근에 사람이 있었다. 그는 서명했던 비행 요청들을 생각했다. 비행 한 번마다 상당한 비용이 들어갔다. 그는 어딘가의 벽 스크린에 드론이 보일 위험이 있고, 그래서 회오리치는 구름 속을 깊이 날아야 한다는 사실을 생각했다. 에렌은 드론이 일회용이라는 점을 강조했었다. 바깥 공기가 드론에게 나쁘다고 했다. 비행 거리도 제한되어 있었다. 도널드는 서먼의 파일들을 파면서 그 이유가 뭘까 계속 생각했다.

샬럿이 스위치를 몇 개 켜자 깔끔한 딸깍 소리가 정적을 깨고 조종석이 윙 소리를 내며 살아났다.

"승강기는 시간이 좀 걸려." 그는 어떻게 그걸 알고 있는지 말하지 않았지만, 속으로 오래전에 언덕을 올라갔던 일을 돌이켰다. 죽기를 바라면서 언덕을 오를 때, 그의 날숨이 헬멧을 흐릿하게 만들었던 기억이 났다. 이제 그는 다른 희망을 품고 있었다. 어스킨이 지구를 정화한다고 했던 말을 생각했다. 빅터가 서면에게 남긴 유서도 생각했다. 저들의 프로젝트는 생명을 되돌리는 것이었다. 그리고 광기인지, 이성인지는 몰라도 도널드는 그 노력이 누구도 상상할 수 없을 정도로 정확하게 이루어졌다고 믿기에 이르렀다.

샬럿이 화면을 조정했다. 스위치를 하나 누르자, 모니터에 빛이 들어왔다. 승강기의 강철 문이 보였는데, 드론의 전조등 불빛을 받아 카메라에 찍히고 있었다.

"너무 오랜만이야." 샬럿이 말했다. 도널드가 내려다보니 샬럿의 두 손이 떨리고 있었다. 샬럿은 두 손을 마주 비비다가 조종간에 다시 내려놓았다. 앉은 자리에서 꿈틀거리며 발로 페달을 찾은 다음, 너무 눈부시지 않게 모니터 밝기를 조절했다.

"내가 할 수 있는 일이 있을까?" 도널드는 물었다.

샬럿은 웃음을 터뜨리고 고개를 저었다. "아니. 비행 계획도 제출하지 않았더니 기분이 이상하네. 보통 나에겐 과녁이 주어지거든, 알지?" 샬럿은 도널드를 돌아보고 싱긋 웃었다.

그는 동생의 어깨를 꽉 쥐었다. 샬럿이 있으니 좋았다. 그에게 남은 것은 샬럿뿐이었다. "네 비행 계획은 최대한 멀리, 최대한 빨리 나는 거야." 그는 폭탄이 없으면 드론이 더 멀리 갈 수 있으리라 희망했다. 제한 거리가 이미 프로그래밍되어 있지 않기만을 바랐다. 승강기 제어반에서 불빛이 깜박였다. 도널드는 얼른 그쪽을 확인하러 갔다.

"문이 올라가고 있어." 샬럿이 말했다. "대낮 같은데."

도널드는 서둘러 돌아갔다. 무슨 소리를 들은 것 같아서 문밖과 복도를 내다보기도 했다.

"엔진 확인." 샬럿이 말했다. "점화됐어."

샬럿이 자리에서 꼼지락거렸다. 도널드가 훔쳐 온 작업복이 너무 커서, 팔 부분에 거추장스럽게 뭉쳐 있었다. 도널드는 그 뒤에 서서, 경사로 위에 소용돌이치는 하늘을 비추는 모니터를 보았다. 그 풍경은 기억에 있었다. 그 풍경을 보자 숨 쉬기가 힘들어졌다. 드론이 승강기를 떠나서 경사로에 올라섰다. 샬럿이 다른 스위치를 눌렀다.

"브레이크 걸고." 샬럿이 다리를 펴면서 말했다. "추진."

샬럿의 손이 앞으로 미끄러졌다. 드론이 브레이크를 밟고 긴장하자 카메라의 시선이 아래로 내려갔다.

"발사 장치도 없이 이런 짓을 해본 지는 너무 오래됐는데." 샬럿이 불안하게 중얼거렸다.

도널드가 그게 문제가 되냐고 물으려는 순간, 샬럿이 발을 움직이고 화면 풍경이 올라갔다. 금속 통로가 진동하면서 옆으로 달려 지나갔다. 다른 것은 하나도 존재하지 않는다는 듯이 소용돌이치는 구름이 화면을 가득 채웠다. 샬럿이 "이륙"이라고 말하더니 오른손으로 손잡이를 잡아당겼다. 도널드는 드론이 기울고 바닥이 잠깐 보였다가 짙은 구름에 삼켜지는 동안 저도 모르게 몸을 같이 옆으로 기울이고 있었다.

"어느 쪽으로?" 샬럿이 물었다. 샬럿이 스위치를 하나 누르자 레이더에 아래 지형이 나타났다. 구름을 꿰뚫을 수 있는 장치였다.

"방향은 상관없을 거야. 그냥 똑바로 가." 그는 낯설지만 익숙한 지형이 지나가는 모습을 보려고 몸을 더 가까이 기울였다. 도널드가 협력해 만들어낸 거대한 분지들이 있었다. 어느 분지 한가운데에 또 다른 탑이 보였다. 전당대회의 잔해, 그러니까 천막과 장터와 무대들은 오래전에 사라졌다. 허공을 맴도는 작은 기계들이 다 먹어치웠다. "그냥 직선으로 가." 그는 손가락질하면서 말했다. 하나의 가설, 그것도 미친 생각일 뿐이었지만 무슨 말이라도 하려면 직접 보아야 했다.

반복되던 분지들이 멀리서 끝났다. 가끔은 구름이 엷어지면서 땅이 제대로 보이기도 했다. 도널드가 분지들 너머를 보려고 애를 쓰는데 샬럿이 조절판을 놓더니 다이얼과 계기장비들에 손을 뻗었다. "어…… 문제가 생긴 것 같아." 샬럿은 스위치를 껐다 켰다. "유압이 떨어지고 있어."

"안 돼." 도널드는 구름이 회오리치면서 땅이 위로 솟아오르는 듯 보이는 화면을 지켜보았다. 너무 일렀다. 도널드가 어떤 단계를, 어떤 예방책을 빠뜨렸다면 또 모르지만. "계속 가." 그는 조종사만이 아니라 기계에도 말했다.

"이상하게 움직이고 있어." 샬럿이 말했다. "모든 게 헛도는 느낌이야."

도널드는 격납고 안에 있는 모든 드론을 생각했다. 다른 드론을 띄울 수도 있었다. 그러나 결과는 똑같을 것 같았다. 도널드 자신은 저 바깥에 있는 것들에 저항력이 있을지 몰라도, 기계는 그렇지 않았다. 그는 청소용 보호복을, 특정 시간에 특정 장소에서 망가지게 되어 있는 물건들을 생각했다. 보이지 않는 파괴자들은 청소부가 언덕까지 가서 특정 고도에 도달하면, 감히 언덕을 오르기 시작하면 바로 보복에 나설 수 있을 정도로 정확했다. 그는 손수건을 찾아서 기침을 하고는, 직원들이 그를 다시 안에 끌어다 넣고 나서 에어록을 박박 닦던 흐릿한 기억을 떠올렸다.

"가장자리까지 간 거야." 그는 드론의 카메라 아래로 분지가 사라지는 동안 레이더에 뜬 마지막 사일로를 가리키며 말했다. "조금만 더 가봐."

하지만 사실 그는 드론이 얼마나 더 갈 수 있을지 전혀 몰랐다. 어쩌면 세상을 똑바로 나아가서 출발점까지 돌아올 수 있다 해도 여전히 충분치 않을지도 몰랐다.

"양력을 잃고 있어." 샬럿이 말했다. 두 손이 빠르게 움직이며 조종간에서 스위치로 오갔다.

"2번 엔진 꺼짐. 이젠 활강이야. 고도는 60미터."

화면에는 훨씬 덜해 보였다. 그들은 이제 마지막 언덕을 넘어갔다. 구름이 옅어졌다. 땅에 흉터가 있었다. 강일 수도 있는 홈이 파여 있었고, 새까맣게 탄 뼈 같은 검은 막대기들이 연필심처럼 끝을 뾰족하게 세우고 있었다. 아마 옛날에 서 있던 나무들의 잔

해이리라. 아니면 세월에 파먹힌 거대한 울타리의 강철 기둥들이거나.

"가라, 가." 그는 속삭였다. 1초라도 더 떠 있으면 새로운 풍경, 새로운 세계가 보였다. 이것이 자유의 호흡이었다. 지옥으로부터의 탈출이었다.

"카메라 작동. 고도 45미터."

전자장치가 죽어가는 충격인지 화면에 눈부신 섬광이 보였다. 감지기들이 타버리면서 자줏빛이 뒤따르더니, 갈색과 회색만 보이던 곳에 파란색이 밀려들었다.

"고도 15미터. 세게 충돌하겠는데."

도널드는 드론이 곤두박질치면서 땅이 달려 올라오자 눈물 어린 눈을 깜박였다. 눈을 깜박여 눈물을 밀어내고 모니터를 보았다. 카메라엔 아무 문제도 없었다.

"파란색이야……." 그는 말했다.

선명한 녹색 풍경이 죽어가는 드론을 삼키기 직전에 분명히 확인했다. 모니터에 보이던 색채가 스러져 암흑이 찾아왔다. 샬럿은 조종간을 놓고 욕을 하며 손바닥으로 제어반을 내리쳤다. 그러나 샬럿이 몸을 돌려 도널드에게 사과할 때, 도널드는 이미 동생을 꼭 끌어안고 뺨에 입을 맞추고 있었다.

"봤어?" 그는 숨 가쁜 목소리로 속삭였다. "너도 봤어?"

"뭘 봐?" 샬럿은 실망 그 자체 같은 얼굴을 하고서 몸을 떼어냈다. "끝에 가서는 모든 게이지가 다 타버렸어. 드론은 폭발했고. 아마 너무 오래……."

"아니, 아니야." 도널드는 이제 생명을 잃고 깜깜해진 화면을 가리켰다. "네가 해냈어. 내가 봤어. 저 바깥에 파란 하늘과 초록색 풀이 있어, 샬럿! 내가 봤다고!"

98

원한 바는 아니지만, 솔로는 온갖 물건이 어떻게 망가지는지에 관해 전문가가 되었다. 그는 매일매일 강철과 무쇠가 녹슬어 부서지는 모습을 보고, 페인트가 벗겨지고 오렌지색 반점이 나타나는 모습을 지켜보았으며, 금속이 침식되어 가루를 떨구면서 검은 먼지가 생기는 모습을 보았다. 그는 고무호스가 굳어서 마르다가 갈라질 때의 감촉을 익혔다. 어떻게 접착제가 떨어지고 벽과 천장에 붙어 있던 물건들이 바닥에 떨어지게 되는지, 중력과 퇴락이라는 쌍둥이의 힘에 물건들이 어떻게 갑작스럽고 격렬하게 움직이는지도 배웠다. 무엇보다도 그는 인간의 몸이 어떻게 썩는지 배웠다. 떠밀어대는 군중에 밀려서 사라지던 어머니나, 어두워진 복도 그림자 속에 미끄러져 들어가던 아버지처럼 순식간에 사라지지는 않았다. 그보다는 보이지 않는 조각들에 씹히고 떨어져 나갈 때가 많았다. 시간과 구더기는 비슷하게 날개를 키웠다. 날고 또 날면서 모든 것을 가져갔다.

솔로는 'Ri-Ro' 항목이 실린 책의 지루한 부분을 한 장 뜯어내어 천막 모양으로 접었다. 그는 사일로는 많은 면에서 벌레들의 것이라고 생각했다. 시체들이 모여 있는 곳이라면 어디나 벌레들이 검은 구름이 되어 몰려들었다. 그는 책에서 그 벌레들에 대해 읽었다. 원리는 모르겠지만 구더기는 파리로 변했다. 하얗고 꿈틀거리던 벌레가 까맣고 윙윙대는 벌레가 되었다. 모든 것이 망가지고 변했다.

그는 무게를 버티기 위해 접은 종이 안에 끈을 꿰어 넣었다. 보통은 이쯤에서 '그림자'가 끼어들어서 솔로의 팔에 대고 등을 구부리고는, 뭘 하든 간에 밟아서 그에게 짜증과 웃음을 동시에 안겨주곤 했다. 그러나 더 이상 '그림자'는 끼어들지 않았다.

솔로는 끈이 풀리지 않도록 작은 매듭을 지었다. 종이는 찢어지지 않게 뚫어놓은 구멍 위로 접혔다. 그는 모든 것이 어떻게 망가지는지 잘 알았다. 그는 배우지 않았으면 좋겠다 싶은 것들의 전문가였다. 솔로는 누군가의 주검을 척 보기만 해도 죽은 지 얼마나 지난 건지 알 수 있었다.

오래전에 그가 죽인 사람들은 막 옮길 때는 뻣뻣했지만, 그 상태는 오래가지 않았다. 사람들은 부풀어 오르고 악취를 풍겼다. 시체에서 가스가 나오고 파리 떼가 들끓었다. 파리 떼가 들끓고 구더기들이 잔치를 벌였다.

그 악취 때문에 눈물이 나고 목이 아프곤 했다. 그런 다음 시체들은 곧 부드러워졌다. 솔로는 언젠가 계단에 있는 시체들을 옮겨야 했는데, 누운 자리에 엉켜서 타고 넘어가기가 힘들었고, 살이 뚝뚝 떨어졌다. 아직 염소젖이 있고 염소가 있던 시절에 먹어본 코티지 치즈처럼 변했다. 살은 안에서 붙들어줄 사람이 없어지면 바로 떨어져 내렸다. 솔로는 몸을 가만히 두는 데 집중했다. 끈 반대쪽 끝을 공급부에서 가져온 작은 금속 와셔에 묶었다. 그는 혀를 씹으면서 아주 섬세한 매듭을 지었다.

끈과 천도 오래가지는 않았지만, 그래도 옷은 사람보다 오래 남았다. 1년이 지나면 그 자리에 옷과 뼈만 남았다. 그리고 털도. 털이 더 오래가는 것 같았다. 털은 뼈에 붙어 있었고 가끔은 빈 눈구멍 위에도 늘어졌다. 털 때문에 더 악화됐다. 털이 뼈에 정체성을 부여했다. 대부분의 해골에는 턱수염이 있었지만, 어리거나 여자면 없었다.

5년이 지나면 옷도 망가졌다. 10년이 지나면 거의 뼈만 남았다. 사일로가 어둡고 조용해진 지 이렇게 오래 지난 요즘에는, 솔로가 서버들 아래의 비밀 방을 알게 된 지 20년이 지난 지금에는 어디에나 뼈밖에 없었다. 맨 위층 구내식당만 예외였다. 다른 모든 곳에서는 시체가 썩는데, 왜 그 문 뒤의 시체들은 그대로인지 더욱 이상했다.

솔로는 작은 와셔에 작은 끈으로 종이 천막을 묶어서 만든 낙하산을 들어 올렸다. 펼쳐놓은 책 위에 수십 개의 끈 조각이 엉켜 있었다. 와셔도 한 줌이 남았다. 그는 낙하산에 달린 끈을 하나 당기면서 구내식당에 있는 시체들을 생각했다. 그 문 뒤에는 다른 사람들과 달리 망가지지 않은 죽은 사람들이 있었다. '그림자'와 함께 그 시체들을 처음 발견했을 때는 죽은 지 얼마 안 된 줄 알았다. 수십 명이 같이 죽어서 안에 던져진 것처럼, 아니면 서로의 몸 위를 기어오른 것처럼 포개져 있었다. 솔로도 그 사람들 바로 너머에 금지된 바깥으로 가는 문이 있다는 사실은 알았다. 하지만 거기까지 가본 적은 없었다. 그는 생명 없는 눈동자들에, 그리고 자신의 것이 아닌 얼굴을 그렇게 마주 본다는 이상한 느낌에 겁먹어서 문을 닫고 서둘러 그 자리를 떠났다. 시체들을 그곳에 놓아둔 채 오랫동안 돌아가지 않았다. 전부 다 뼈가 되기를 기다렸다. 그런데 그들은 뼈가 되질 않았다.

그는 난간으로 가서 허공을 보며, 천막 모양으로 접은 종이가 공기를 받을 준비가 됐는지 확인했다. 물이 차 있는 심층부로부터 서늘한 상승 기류가 올라왔다. 솔로는 한 손에는 질 좋은 종이를 꼭 쥐고, 반대쪽 손에는 와셔를 놓은 채 3층 난간 너머로 몸을 내밀었다. 그는 왜 어떤 사람들은 썩고 다른 사람들은 그대로인지 궁금했다. 무엇이 사람들을 망가뜨린 걸까?

"망가져." 그는 큰 소리로 말했다. 가끔은 스스로의 목소리를 듣는 게 좋았다. 그는 모든 게 어떻게 망가지는지에 대한 전문가였다. '그림자'도 여기 남아서 그의 발목에 몸을 비벼야 하건만, 없었다.

"난 전문가야." 솔로는 혼자 말했다. "망가져, 망가져." 그는 두 팔을 뻗어 낙하산을 놓고, 잠시 낙하산이 떨어지다가 끈이 팽팽해지는 모습을 지켜보았다. 낙하산은 허공을 까닥거리고 빙빙 돌면서 점점 줄어가는 심연을 향해 가라앉았다. "내려가, 내려가, 내려가." 그는 낙하산에 대고 외쳤다. 바닥까지 쭉 내려가라. 보이지 않는 곳에서 첨벙 소리를 내거나, 아니면 내려가는 길에 어딘가에 붙들릴 때까지.

솔로는 시체가 어떻게 썩는지 잘 알았다. 그는 턱수염을 쓸며 가늘게 뜬 눈으로 사라져가는 낙하산을 보다가, 다시 주저앉아서 다리를 접었다. 낡은 작업복에서 무릎이 튀어나왔다. 그는 해야 하는 일을, 오늘 해야 할 '프로젝트'를 미루고 혼자 중얼거리다가 줄어가는 책에서 한 장을 또 뜯어내며, 곧 시간과 함께 줄어 없어질 또 한 구의 시체는 생각하지 않으려고 했다.

99

솔로가 몇 날, 몇 주를 찾아 헤매던 물건들이 있었다. 필요하다고 생각해서 몇 년 동안이나 찾아다니던 물건들. 그는 그에게 더는 필요하지 않게 된 후에야 쓸모 있는 물건을 찾아낼 때가 많았다. 면도날 한 묶음을 찾아냈을 때만 해도 그랬다. 어느 의사의 방에 큰 통으로 면도날이 있었다. 중요한 물건들, 그러니까 붕대와 약과 테이프 같은 것들은 오래전에 벌어진 싸움들로 다 사라졌다. 그러나 아직 날카로운 새 면도날이 가득 든 통은 남아서 그를 놀렸다. 그때는 이미 턱수염을 포기한 지 오래였지만, 그 전의 어느 날이었다면 면도날 하나를 위해 사람을 죽일 수도 있었을 것이다.

또 어떤 물건은 필요해질 거라는 사실을 알기도 전에 발견하기도 했다. 마체테의 경우가 그랬다. 그 커다란 칼은 죽은 지 오래되지 않은 어느 남자의 시신 밑에서 발견했다. 솔로가 그 칼을 챙긴

건 다른 누군가가 그 무서운 물건을 가지지 못하게 하려는 의도였다. 그는 아직 따듯한 시체를 또 하나 보았다는 두려움에 그 후 사흘 동안 서버실 밑에 틀어박혔다. 오래전 일이었다. 농장이 무성해져서 마체테가 필요해지기까지는 또 오랜 시간이 걸렸다. 그때쯤 그는 더 쓸 필요가 없어진 총을 두고 다녔고, 마체테는 늘 가지고 다녔다. 필요해질 거라는 사실을 알기도 전에 찾아낸 물건이었다.

솔로는 마지막 낙하산을 띄우고, 떨어지던 낙하산이 간발의 차이로 9층 층계참을 비껴가는 모습을 지켜보았다. 접힌 종이가 시야에서 사라졌다. 그는 지난 몇 년 동안 '그림자'가 도와줘서 찾을 수 있었던 물건들을 생각했다. 주로 먹을 것이었다. 그러나 '그림자'가 자기 의지로 뛰어간 적이 딱 한 번 있었다. 공급부로 내려갔을 때인데, '그림자'가 앞서 달리더니 층계참을 가로질러 사라져버렸다. 솔로는 손전등을 들고 따라갔다.

고양이는 어느 문 옆에서 울고 또 울었다. 솔로는 또 시체 더미가 있을까 봐 경계했지만, 그 아파트는 텅 비어 있었다. 고양이는 주방 조리대 위로 뛰어올라서 빙글빙글 돌고는 작은 통조림이 가득한 찬장을 긁어댔다. 오래됐고 녹이 잔뜩 슬었으나 고양이 사진이 붙은 깡통들이었다. '그림자'는 미쳐 날뛰었고, 그곳에는 벽에 짧은 전선으로 연결된 낡은 기계 하나가 있었다. 자동 깡통 따개였다.

솔로는 그동안 찾아낸 것들과 잃어버린 것들을 생각하며 미소 짓고 난간 너머를 보았다. 처음 그 기계 위에 달린 버튼을 눌렀을 때가, '그림자'가 얼마나 미쳐 날뛰었는지가, 얼마나 깔끔하게 깡통 윗부분이 떨어졌는지가 기억났다. 솔로는 그 깡통들에 담긴 먹을 것에 별로 감명받지 않았지만, '그림자'에겐 나름의 생각이 있었다.

솔로는 몸을 돌리고 슬픈 기분으로 책장을 찢어낸 책을 살펴보았다. 와셔가 다 떨어졌기에 그는 책을 남겨두고 마지못해 농장으로 다시 내려갔다. 해야만 하는 일을 하러 갔다.

솔로는 마체테로 식물을 잘라내면서, 돌볼 사람이 없는데도 농장들이 오래전에 썩어 없어지지 않았다는 사실에 감탄했다. 그러나 조명등은 켜졌다가 꺼지도록 설치되어 있었고, 절반 이상이 아직도 작동했다. 물도 파이프에서 계속 떨어졌다. 펌프는 성난 위잉 소리와 커다란 털털털 소리를 내면서 켜졌다가 꺼졌다. 아래쪽 솔로의 영역에서 계단 벽을 타고 구불구불 올라오는 전선을 통해서 전기를 훔쳐냈다. 완벽하게 작동하는 건 하나도 없었지만, 솔로는 인간이 작물과 맺는 관계는 대부분 먹어치우기라는 점을 이해했다. 이제 먹는 사람은 솔로 하나뿐이었다. 솔로와 쥐와 벌레들만 먹었다.

그는 짐을 들고 가장 무성한 땅을 통과해서, 재배등이 더는 타지 않아 흙이 서늘하고 축축하며 아무것도 더는 자라지 않는 농장 제일 구석진 땅으로 가야 했다. 특별한 곳이었다. 매주 식량을 채집하러 가는 땅과는 떨어져 있는 곳. 그냥 가는 길목에 있어서 지나치는 게 아니라, 목적이 있을 때만 오게 될 곳.

그는 재배등의 열기에서 벗어나서 어두운 곳으로 들어갔다. 그는 여기가 좋았다. 여기 있으면 서버실 아래에 있는 방이, 숨어서 방해받지 않을 수 있는 개인적이고 안전한 장소가 떠올랐다. 그리고 버려지고 잊힌 채 흩어진 도구들 사이에 삽이 하나 있었다. 바로 지금 필요한 물건이었다. 이런 식으로 물건을 찾게 될 때도 있었다. 사일로가 너그러운 기분일 때였다. 흔치 않은 순간이기도 했다.

솔로는 무릎을 꿇고, 3단 울타리 가장자리에 짐을 내려놓았다. 가방에 담긴 시체는 딱딱하게 굳은 상태였다. 곧 다시 부드러워질 것이다. 그리고 그 후에는……

솔로는 그 후를 생각하고 싶지 않았다. 그는 알고 싶지 않은 것들을 너무 잘 알았다.

그는 삽을 들고 울타리 난간을 넘었다. 문을 찾기에는 너무 어두웠다. 삽은 으르렁대고 으적거리면서 흙을 파고들었다. 그는 한 삽, 한 삽을 허공으로 떠냈다. 조용한 한숨과 작은 흙더미가 흘렀다. 어떤 것들은 정확히 필요한 순간에 찾아오기도 했고, 솔로는 친구와 지내는 동안 순식간에 지나간 세월을 생각했다. 벌써부터 솔로가 일하고 있으면 '그림자'가 정강이에 몸을 비비던 순간이, 언제나 끼어들어 방해하면서도 밟히지는 않던 영리함이, 솔로가 휘파람을 불면 순식간에 나타나던 모습이, 딱 필요한 순간에 거기 있던 모습이 그리웠다. 필요한 줄도 몰랐을 때 발견했던 그 고양이가.

100

1번 사일로, 2345년

도널드의 부츠 소리가 하층부 교대근무자 저장고에 울려 퍼졌다. 수천 개의 수면 장치가 반짝이는 돌멩이처럼 모여 있었다. 그는 걸음을 멈추고 또 하나의 명판을 확인했다. 통로를 따라 얼마나 갔는지 잊어버려서, 처음부터 다시 세어야 하나 걱정스러웠다. 그는 천 조각을 입에 갖다 대고 기침을 했다. 입술을 닦고 계속 걸었다. 한쪽 주머니에 든 무겁고 차가운 물건이 허벅지를 내리눌렀다. 가슴속에도 무겁고 차가운 무엇인가가 얹혀 있었다.

그는 마침내 '트로이'라는 이름이 붙은 수면 장치를 찾아냈다. 도널드는 유리를 문지르고 안을 들여다보았다. 안에 한 남자가 있었다. 겉보기보다 나이 든 남자. 도널드의 기억보다 늙은 남자. 창백한 살갗은 푸른빛에 휩싸였고, 하얀 머리와 하얀 눈썹은 하늘색을 띠었다.

도널드는 그 남자를 찬찬히 보며 머뭇거리고, 다시 생각했다. 그는 휠체어도, 구급상자도 없이 찾아갔다. 차갑고 무거운 마음뿐이었다. 진실 한 조각과, 더 알고 싶은 욕망뿐이었다. 때로는 뭔가를 닫기 위해서 우선 열어야 했다.

그는 제어반 옆에 무릎을 꿇고 동생을 풀어줬을 때와 같은 절차를 되풀이했다. 암호를 입력하면서 그는 저 위 막사 안에 있을 샬럿을 생각했다. 샬럿은 그가 이 아래에서 무슨 짓을 하는지 몰라야 했다. 짐작도 못 할 것이다. 서먼은 둘 모두에게 두 번째 아버지 같은 사람이었다.

다이얼이 오른쪽으로 돌아갔다. 숫자가 깜박거리며, 온도가 1도 올라갔다. 도널드는 일어서서 서성였다. 그는 여기 사람들이 도널드로 만들어냈던 남자의 이름이 붙은 수면 장치 주위를, 지금은 그 트로이란 남자를 만들었던 창조자가 누워 있는 석관 주위를 빙 돌았다. 서먼의 몸이 따듯해지는 동안 도널드의 심장에 박힌 한기는 온몸으로 퍼져나갔다. 도널드는 분홍색으로 얼룩진 천 조각에 대고 기침을 한 후, 손수건을 주머니에 밀어 넣고 가져온 긴 끈을 빼냈다.

그 자리에 서서, 역할이 바뀐 채 '해동인(소면)'을 해동시키고 있자니 빅터의 파일에 있던 보고서 하나가 떠올랐다. 빅터는 간수와 죄수의 자리를 바꾸자 학대당하던 사람이 곧 학대하는 사람이 되었던 오래된 실험에 관해 썼다. 도널드는 사람이 그렇게 빨리 바뀔 수 있다는 생각이 혐오스러웠다. 실험 결과도 믿을 수 없었다. 그러나 그는 고결한 의도를 품고 의회에 온 훌륭한 사람들을 보았고, 그 사람들이 변하는 것도 보았다. 이번 근무 기간에 권력을 쥐어보니 그 힘의 매력을 느낄 수 있었다. 그는 나쁜 사람들은 나쁜 시스템에서 태어나고, 어떤 사람이라도 비틀릴 수 있다는 사실을 알았다. 그래서 어떤 시스템은 끝을 내야만 했다.

온도가 올라가고 수면 장치 뚜껑이 풀렸다. 한숨 소리를 내며 뚜껑이 열렸다. 도널드는 손을 뻗어 뚜껑을 마저 들어 올렸다. 손이 튀어나와서 그의 손목을 잡지 않을까 기대하기도 했지만, 안에 든 남자는 고요히 김을 피워 올리며 누워 있었다. 그냥 평범한, 팔에 관을 하나 꽂고, 또 하나를 다리 사이에 꽂은 처량하고 벌거벗은 남자였다. 근육은 축 늘어졌다. 창백한 살에는 주름이 졌다. 머리털은 듬성듬성 붙어 있었다. 도널드는 서먼의 두 손을 잡아 포개고, 손목에 끈을 감은 다음 두 손 사이로 꿰고, 매듭을 지어 단단히 묶었다. 도널드는 그런 후에야 물러나서 주름진 서먼의 눈꺼풀에 생명이 돌아오는지 지켜보았다.

서먼의 입술이 움직였다. 입술이 벌어지더니 실험적인 첫 숨을 들이마시는 것 같았다. 죽은 자가 되살아나는 모습을 지켜보는 것 같았고, 도널드는 처음으로 이 기계들이 일으키는 기적을 제대로 인식했다. 그는 서먼이 꿈틀거리자 주먹에 대고 기침을 했다. 노인의 눈이 파르르 떨리다가 열리고, 녹은 서리가 눈꼬리를 타고 떨어지며 조금 더 가짜 인간 같은 모습을 더했다. 주름진 두 손이 눈을 비비려고 올라갔고 도널드는 그게 어떤 느낌인지 알고 있었다. 눈꺼풀이 제대로 떨어지지 않고, 마치 서로 붙어버린 듯한 느낌일 것이다. 서먼이 손목을 묶은 끈 때문에 바르작거리며 끙 소리를 냈다. 좀 더 정신이 든 서먼은 모든 게 잘못되었음을 알았다.

"가만히 있어요." 도널드는 말했다. 노인의 이마에 손을 얹어보니 아직 살이 차가웠다. "진정해요."

"애나……." 서먼이 속삭였다. 서먼이 입술을 핥자, 도널드는 자신이 심지어 물도 가져오지 않았고 쓰디쓴 음료수도 챙기지 않았음을 깨달았다. 그가 뭘 하러 갔는지 의심할 여지가 없었다.

"내 말 들립니까?" 그는 물었다.

서먼의 눈꺼풀이 다시 떨리다가 열렸다. 동공이 커졌다. 도널드의 얼굴에 초점을 맞추는 듯, 알아보기 힘들어하며 눈동자가 이리저리 움직였다.

"자네……?" 쉰 목소리였다.

"가만히 누워 있어요." 도널드는 옆으로 몸을 돌린 서먼이 묶인 손에 대고 기침을 하는데도 그렇게 말했다. 서먼은 혼란스러운 표정으로 손목에 묶인 끈을 보았다. 도널드는 몸을 돌려 멀리 있는 문을 확인했다. "내 말을 잘 들어야 해요."

"이게 무슨 일이지?" 서먼은 수면 장치 가장자리를 잡고 몸을 일으키려 했다. 도널드는 주머니에 든 권총을 꺼냈다. 서먼은 총신이 자신을 겨누자 그 검은 강철을 멍하니 보았다. 그는 순식간에 정신을 차렸다. 꼼짝도 하지 않은 채, 눈만 움직여서 도널드와 시선을 마주쳤다. "올해가 몇 년도지?" 서먼이 물었다.

"당신이 우리 모두를 죽일 때까지 아직 200년이 남은 해." 도널드는 대답했다. 증오 때문에 총신이 떨렸다. 그는 반대쪽 손으로 마저 총을 감싸 쥐고 반걸음 물러섰다. 서면은 약하고 묶여 있었지만 도널드는 위험을 감수할 마음이 없었다. 그 노인은 추운 아침에 똬리 튼 뱀과 같았다. 도널드는 날이 따듯해지면 그 뱀이 뭘할 수 있을지 생각할 수밖에 없었다.

서면은 입술을 핥고 도널드를 살폈다. 노인의 어깨에서 구불구불 김이 피어올랐다. "애나가 자네에게 말했군." 마침내 서면이 말했다.

도널드는 그자에게 애나가 죽었다고 말하고 싶은 가학적인 충동을 느꼈다. 자존심이 고개를 들고 내가 직접 알아냈다고 말하고 싶어 하는 것도 느꼈다. 그러나 그는 고개만 끄덕였다.

"자네도 이게 유일한 길이라는 걸 알아야 해." 서면이 속삭였다.

"길은 천 가지나 있습니다." 도널드는 총을 반대쪽 손으로 옮기고 땀에 젖은 손바닥을 작업복에 문질렀다.

서면은 총을 보더니, 도움을 찾아서 도널드 너머로 방 안을 탐색했다. 그는 잠시 후에 수면 장치에 다시 몸을 기댔다. 수면 장치에서는 김이 오르고 있었지만, 도널드는 서면이 추위에 덜덜 떠는 것을 알 수 있었다.

"예전엔 당신이 영원히 살려고 하는 줄 알았죠." 도널드가 말했다.

서면은 웃음을 터뜨렸다. 그는 손목을 묶은 끈을 한 번 더 살피더니, 팔에 꽂힌 바늘과 그 바늘에 달린 관을 보았다. "필요한 만큼만 살면 돼."

"뭘 하는 데 필요한 만큼이요? 인류를 다 없애려고요? 사일로 하나만 풀어주고 여기 앉아서 나머지를 다 죽이려고요?"

서먼은 고개를 끄덕였다. 그는 발을 가까이 당겨서 종아리를 끌어안았다. 작업복도 입지 않고, 자랑스럽게 가슴을 펴지도 않으니 너무나 왜소하고 연약해 보였다.

"이 모든 사람을 구한 게 그저 대부분을 죽이기 위해서였어요. 우리까지도."

서먼은 들리지 않는 대답을 속삭였다.

"더 크게 말해요." 도널드는 말했다.

노인은 물 마시는 시늉을 했다. 도널드는 총을 보여줬다. 그에게는 총밖에 없었다. 서먼은 가슴을 두드리고 다시 말하려고 했고, 도널드는 조심스럽게 한 걸음 다가섰다. "이유를 말해요. 지금 책임자는 납니다. 나라고요. 말하지 않으면 맹세코 내가 모든 사람을 지금 당장 사일로에서 내보낼 거예요."

서먼은 눈을 가늘게 떴다. "멍청하긴." 그는 잇새로 말했다. "그자들은 서로 죽일 거야."

목소리가 들릴락 말락 했다. 도널드는 주위에 늘어선 모든 냉동 수면 장치의 웅웅거림을 들을 수 있었다. 시간이 갈수록 이게 옳은 일이라는 확신이 더해갔고, 그는 더 가까이 다가섰다.

"사람들이 서로에게 무슨 짓을 하리라 생각하는지 압니다." 도널드는 말했다. "그 대단한 정화 작업도, 개편에 대해서도 알아요." 그는 권총으로 서먼의 가슴팍을 찔렀다. "이 사일로들이 사람들을 싣고 더 나은 세상으로 날아가는 우주선이라고 보는 것도 압니다. 당신이 접속한 모든 쪽지와 메모와 파일을 다 읽었어요. 하지만 당신이 죽기 전에 내가 꼭 듣고 싶은 건……."

도널드는 다리에 힘이 풀리는 것을 느꼈다. 기침 발작이 그의 몸을 사로잡았다. 그는 손수건을 찾았지만, 입을 가리기도 전에 분홍색 침방울이 은색 수면 장치에 뿌려졌다. 서먼은 그 모습을 보았다. 도널드는 몸을 진정시키고, 어디까지 말했는지 기억하려 했다.

"그 모든 사람들의 고통은 무엇 때문인지 알고 싶습니다." 도널드는 목구멍에 불이 난 것 같았고, 긁힌 듯한 목소리가 나왔다. "깨어났다가 잠드는 그 모든 비참한 목숨들, 당신이 한 번도 깨우지 않고 죽일 계획인 여기 아래 사람들. 당신의 딸까지……." 그는 무슨 반응이라도 있는지 서먼의 얼굴을 살폈다. "왜 천 년 동안 우리를 얼려뒀다가 다 끝나고 깨우면 안 됩니까? 이제는 내가 당신을 도와서 뭘 만들었는지 알아요. 그런데 왜 우리가 내내 잠들 순 없었는지 알고 싶습니다. 우리에게 더 나은 세상을 원했다면, 왜 우리를 데려가진 않는 겁니까? 왜 고통만 받게 하는 거죠?"

서먼은 여전히 꼼짝도 하지 않았다.

"이유를 말해요." 도널드는 말했다. 목소리가 갈라졌지만 그는 괜찮은 척했다. 아래로 처져 있었던 총구도 올렸다.

"아무도 알아선 안 되니까." 서먼이 마침내 말했다. "그건 우리와 같이 죽어야만 해."

"뭐가 죽어야 한다고요?"

서먼은 입술을 핥았다. "지식. 우리가 〈유산〉에서 빼놓은 지식들. 스위치 하나면 모든 걸 끝내버릴 수 있는 능력."

도널드는 웃음을 터뜨렸다. "우리가 그걸 다시 발견하지 못할까 봐요? 우리 스스로를 파괴할 방법을?"

서먼은 벗은 어깨를 으쓱였다. 이제는 그 몸에서 김이 피어오르지 않았다. "결국엔 알아내겠지. 지금보다는 오래 걸릴 거야."

도널드는 총을 휘저어 사방에 놓인 수면 장치를 가리켰다. "그래서 이 모든 것도 사라져야 한다고요. 딱 한 부족만, 착륙할 우주선 딱 한 대만 골라내고 나서 전부 다 폐쇄한다는 거군요. 그게 당신이 맺은 협정입니까?"

서먼은 고개를 끄덕였다.

"글쎄요, 누군가가 당신 협정을 깼습니다." 도널드는 말했다. "누군가가 날 당신 자리에 대신 집어넣었어요. 지금은 내가 양치기예요."

서먼의 눈이 커졌다. 그의 시선이 총구에서 도널드의 옷깃에 달린 배지로 움직였다. 이를 악물었다가 풀면서 이를 딱딱 부딪치던 소리도 잦아들었다. "설마." 그는 말했다.

"난 이런 일을 맡겨달라고 한 적 없어." 도널드는 말했다. 서먼에게보다는 스스로에게 하는 말이었다. 그는 총구를 안정시켰다. "이런 일은 어느 것 하나 원하지 않았어."

"나도 마찬가지야." 서먼이 대꾸했고, 도널드는 다시 한번 죄수와 간수들을 떠올렸다. 저 수면 장치 안에 있는 것이 도널드일 수도 있었다. 총을 쥐고 선 사람은 누구든 가능했다. 문제는 시스템이었다.

달리 묻고 싶고, 말하고 싶은 것이 100가지는 있었다. 이 남자가 그에게 얼마나 아버지 같았는지 말하고 싶었지만, 아버지들이 사랑을 주는 만큼 학대 가해자일 수도 있을 때 그게 무슨 의미가 있을까? 서먼이 세상에 입힌 손상을 두고 소리를 지르고 싶기도 했지만, 도널드도 마음 한구석으로는 그 손상은 오래전에 이미 일어났으며 되돌릴 수 없음을 알고 있었다. 마지막으로는 서먼에게 도움을 구하고, 이 사람을 수면 장치에서 풀어주고 싶은 마음도 있었다. 그 자리를 대신해서 수면 장치 안에 몸을 말고 다시 잠들고 싶은 마음. 죄수가 되는 쪽이 간수로 남는 것보다 훨씬 쉽다는 사실을 알아버린 마음. 그러나 동생이 저 위에서 회복하는 중이었다. 둘에게는 답을 찾아야 할 의문이 더 있었다. 그리고 멀지 않은 어느 사일로에서는 폭동 끝에 변화가 일어나는 중이었고 도널드는 그 변화가 어떻게 일어나는지 보고 싶었다.

이 모든 생각과 그 이상이 도널드의 머릿속을 질주했다. 오래지 않아 윌슨 박사가 책상 앞으로 돌아갈 테고, 딱 맞는 카메라가 돌고 있을 때 화면을 볼 수도 있었다. 그리고 서먼의 입이 벌어지면서 무슨 말을 하려고 하는 순간, 도널드는 노인을 깨워서 변명을 듣겠다는 생각 자체가 실수였음을 깨달았다. 여기에선 배울 게 거의 없었다.

서먼이 몸을 앞으로 기울였다. "도니." 그는 묶인 두 손을 도널드의 손에 들린 권총으로 뻗었다. 팔은 느리고 힘없이 움직였고, 도널드가 보기에 총을 빼앗겠다는 희망은 없이 오히려 총구를 끌어당기고 싶어 하는 것 같았다. 노인의 눈에 깃든 슬픔을 보면 오히려 총구를 가슴에 갖다 대거나, 아니면 빅터가 했던 것처럼 입에다 집어넣고 싶어 하는 것 같았다.

서면의 손이 수면 장치 가장자리를 넘어서 총을 잡으려 했고, 도널드는 그 남자가 총을 쥐면 뭘 할지 보고 싶어서라도 하마터면 넘겨줄 뻔했다.

그러나 대신 그는 방아쇠를 당겼다. 후회할 시간이 생기기 전에 방아쇠를 당겼다.

탕 소리가 터무니없이 컸다. 눈부신 섬광이 번쩍이고, 무시무시한 소리가 잠들어 있는 천 명의 영혼 위로 메아리치더니, 한 남자가 관 속으로 쓰러졌다.

도널드의 손이 떨렸다. 그는 하원의원으로 처음 보냈던 나날들을, 이 남자가 그를 위해 해준 모든 일을, 당선 초반에 만났던 때를 떠올렸다. 그때 그는 거의 자격이 없는 일을 맡았다. 첫눈에 파악할 수 없는 일을 맡았다. 하원의원이 되어 눈을 뜬 첫날 아침, 자신을 포함한 몇 안 되는 사람들이 강력한 한 나라를 책임진다는 자각 때문에 성취감 못지않게 두려움이 가득했었다. 그리고 그 후 내내 그는 자신이 들어갈 수용소의 벽을 세워야 하는 수감자로 살았다.

이번에는 다를 것이다. 이번에는 스스로의 책임을 받아들이고, 두려움 없이 이끌어갈 것이다. 그와 그의 동생이 비밀리에 일할 것이다. 세상이 어디가 잘못됐는지 알아내고 고칠 것이다. 질서를 잃은 모든 곳에 질서를 다시 세울 것이다. 다른 사일로에서 간수를 바꾸는 실험이 시작되었고, 도널드는 그 실험 결과를 볼 작정이었다.

    그는 손을 뻗어 수면 장치 뚜껑을 닫았다. 반짝이는 표면에 분홍색 침방울이 묻어 있었다. 도널드는 기침을 한 번 하고 입을 닦았다. 권총을 주머니에 넣고, 조금 전에 한 짓 때문에 미친 듯이 뛰는 심장으로 그 수면 장치 옆을 벗어났다. 그리고 죽은 사람이 누운 냉동 수면 장치는 조용히 진동했다.

101

17번 사일로, 2345년
34년째

솔로는 빈 플라스틱 물병들의 손잡이에 밧줄을 감았다. 물병들이 서로 부딪치며 제법 듣기 좋은 음악을 연주했다. 그는 천 가방을 챙기고서 잠시 그 자리에 서서 수염을 긁었다. 뭔가를 잊어버렸다. 뭘 잊어버렸지? 그는 가슴팍을 더듬어서 열쇠가 있는지 확인했다. 떨쳐낼 수 없는 오랜 습관이었다. 물론 열쇠는 이제 그 자리에 없었다. 무엇이든 더는 잠가둘 필요가 없어지고, 두려워할 사람이 하나도 남지 않았을 때 그 열쇠도 서랍 안에 넣어버렸다.

그는 빈 수프와 채소 깡통 두 자루를 챙겼다. 그 정도 챙겨봐야 엄청나게 쌓인 쓰레기 더미는 줄어든 티도 나지 않았다. 그는 두 손이 꽉 차서 걸음걸음 쟁그렁거리는 소리를 내며 어두운 복도를 지나, 빛이 떨어지는 맨 끝의 수직 통로로 향했다.

모든 것을 나르려니 사다리를 두 번 올라야 했다. 그는 검은 기계들 사이를 지나갔다. 지난 세월 동안 상당수가 조용해졌는데, 아마 열기에 고장 났지 싶었다. 문을 열려면 앞을 막은 서류 정리함을 옮겨야 했다. 사일로엔 자물쇠도 없고 사람들도 없었다. 하지만 허수아비도 없었다. 그는 무거운 문을 당겨 열면서 언제나처럼 아버지의 존재를 느낄 수 있었고, 아무것도 없이 오직 유령들과 너무 나빠서 기억할 수도 없는 것들만 가득한 넓은 세상에 발을 내디뎠다.

복도는 환했고 텅 비어 있었다. 솔로는 지나가면서 카메라가 있는 자리에서 손을 흔들었다. 언젠가는 모니터에 비친 자기 모습을 보겠다는 생각을 자주 했지만, 이제는 카메라들이 작동을 멈춘 지 오래였다. 게다가 실제로 그런 일이 가능하려면 사람이 둘이어야 했다. 하나는 그 자리에 서서 손을 흔들고, 또 하나는 모니터 앞에 있어야 했다. 그는 얼마나 멍청한 생각이었나 웃었다. 그는 솔로였고, 혼자였다.

층계참으로 나가자 신선한 공기와 함께 심란한 높이가 느껴졌다. 솔로는 불어나는 물에 대해 생각했다. 그 물이 여기까지 올라오려면 얼마나 걸릴까? 아주 오래 걸릴 것이다. 그때쯤이면 그가 죽은 후일 것이다. 그래도 서버실 아래 그의 작은 집에 언젠가 물이 들어찬다고 생각하면 슬펐다. 선반 옆에 쌓인 거대한 빈 깡통 무더기도 물에 떠오를 테지. 컴퓨터와 무전기는 부글부글 물거품을 일으킬 것이다. 컴퓨터와 무전기가 부글거리고 깡통들이 수면 위를 떠다니는 모습을 상상하자 웃음이 터졌고, 이제는 그런 일이 일어나든 말든 상관없어졌다. 그는 빈 깡통이 든 가방 두 개를 난간 너머로 던지고, 42층 층계참에 떨어져 부딪치는 소리에 귀를 기울였다. 가방은 둘 다 충실하게 42층에 떨어졌다. 그는 계단으로 몸을 돌렸다.

위로 갈까, 아래로 갈까? 위로 가면 토마토와 오이와 호박이 있었다. 아래로 가면 나무 열매와 옥수수와 감자가 있었다. 아래쪽이 더 많은 조리 과정이 필요했다. 솔로는 위로 올라갔다.

그는 걸으면서 계단 수를 헤아렸다. "여덟, 아홉, 열." 그는 속삭였다. 모든 계단이 달랐다. 계단이 잔뜩 있었다. 계단에게는 친구처럼 양쪽으로 온갖 종류의 계단이, 온갖 종류의 동반자가 있었다. 자기들과 비슷한 친구가 많았다. "안녕, 계단." 그는 숫자를 까먹고 말했다. 계단은 아무 말도 하지 않았다. 그는 계단과 같은 말을 할 수 없었다. 그는 외로운 부츠가 위아래를 밟으면서 울려 퍼지는 노랫소리를 내지 않았다.

소리. 솔로는 어떤 소리를 들었다. 발을 멈추고 귀를 기울였지만, 보통 그 소리들은 솔로가 귀 기울일 때를 알고 수줍어했다. 이것도 그런 소리였다. 그는 언제나 존재하지 않는 소리들을 들었다. 사방에 전선으로 연결된 펌프와 전등들이 변덕스럽게 켜졌다가 꺼졌다. 펌프 하나가 몇 년 전에 새기도 했는데, 솔로가 직접 고쳤다. 그에겐 새로운 '프로젝트'가 필요했다. 그동안 턱수염이 가슴까지 자라면 자른다거나 하는 똑같은 프로젝트만 수없이 되풀이했고, 이런 프로젝트는 하나같이 지루했다.

한 번의 휴식으로 물을 마시고 오줌을 눈 후에 농장에 도착했다. 그의 두 다리는 튼튼했다. 어렸을 때보다도 더 튼튼했다. 힘든 일도 계속하면 쉬워지기 마련이다. 그렇다고 힘든 일이 더 재미있어지지는 않았다. 솔로는 그저 그 일들이 처음에도 이렇게 쉬웠다면 좋았을 거라 생각했다.

솔로가 12층 층계참 직전의 굽이를 돌면서 막 '추수의 노래'를 휘파람으로 불려던 순간, 문이 열려 있는 것을 보았다. 어쩌다가 문을 열어놓았는지 알 수 없었다. 솔로는 절대로 문을 열어두지 않았다. 어떤 문도.

구석 난간에 뭔가가 기대어 있었다. 솔로의 '프로젝트'에서 남은 재료 같았다. 부러진 플라스틱 파이프 조각이었다. 그는 파이프를 집어 들었다. 안에 물이 고여 있었다. 솔로는 냄새를 맡아보았다. 이상한 냄새가 났고, 그 물을 난간 너머로 버리려다가 손가락에서 파이프가 미끄러졌다. 그는 동작을 멈추고 멀리서 철컹 소리가 나기를 기다렸다. 돌아오는 소리는 없었다.

어설펐다. 그는 잘 잊어버리고 어설퍼졌다고 스스로를 욕했다. 문을 열어놓다니. 안으로 들어간 그는 무엇이 열린 문을 버티고 있는지 보았다. 검은색 손잡이였다. 손을 뻗어보니 쇠살대에 박힌 칼이었다.

안에서, 농장 깊숙한 곳에서 소리가 났다. 솔로는 잠시 동안 아주 가만히 서 있었다. 이건 그의 칼이 아니었다. 솔로는 이렇게까지 잘 잊어버리지 않았다. 그는 수많은 생각이 스쳐 지나가는 가운데 칼을 뽑아서 문을 닫았다. 쥐는 이런 짓을 하지 못한다. 오직 사람만이 할 수 있다. 아니면 강력한 유령이거나.

뭔가 해야 했다. 문손잡이를 잡아 묶거나, 문 아래에 뭔가를 버텨놓아야 했다. 그러나 너무 무서웠다. 그래서 그는 몸을 돌려 달아났다. 물병을 달그락거리고 등에 진 빈 배낭을 펄럭이며, 다른 사람의 칼을 손에 쥔 채 계단을 뛰어 내려갔다. 물병을 묶은 밧줄이 난간에 걸렸을 때는 두 번 당겨보다가 포기하고 놓아버렸다. 그의 굴, 그의 굴로 가야 했다. 그는 씩씩대며 서둘러 내려갔다. 다른 누군가의 발소리와 진동이 그의 고독을 방해했다. 멈춰 서서 귀 기울일 필요도 없었다. 이건 시끄러운 유령이었다. 시끄럽고, 실체가 있었다. 솔로는 몇 년 전에 두 동강 난 마체테를 생각했다. 그래도 이젠 이 칼이 있었다. 이 칼이 있다. 그는 두려움에 사로잡힌 채 계단을 빙글빙글 돌아 내려갔다. 층계참으로 내려갔다. 아니, 엉뚱한 층계참이었다! 33층이었다. 한 층 더 가야 했다. 숫자 세기를 멈췄다. 숫자 세기를 멈췄다. 너무 빨리 달리다 보니 넘어질 뻔했다. 땀이 났다. 집으로 가야 했다.

그는 등 뒤로 문을 쾅 닫고, 무릎에 손을 얹은 채 심호흡을 했다. 바닥에 나뒹구는 빗자루를 집어서 문손잡이에 끼웠다. 조용한 유령들은 그렇게 하면 막을 수 있었다. 그는 이 방법이 시끄러운 유령에게도 통하기를 빌었다.

솔로는 망가진 보안문을 통과해서 서둘러 복도를 걸었다. 머리 위 전등 하나가 꺼져 있었다. '프로젝트'감이다. 하지만 시간이 없었다. 그는 철문에 도착해서 문을 밀었다. 안으로 뛰어들었다. 멈춰 섰다가 다시 달려갔다. 문에 몸을 기대고 밀어서 닫았다. 몸을 숙여 서류 보관함에 어깨를 대고 문 앞으로 밀었다. 듣기 싫은 소리가 났다. 바깥에 발소리가 들린 것 같았다. 누군가 빠른 사람이었다. 솔로의 콧잔등에 땀이 흘러내렸다. 그는 칼을 꼭 쥐고 서버 사이를 달렸다. 등 뒤에서 금속과 금속이 마찰하는 소리가 들렸다. 솔로는 혼자가 아니었다. 놈들이 찾아왔다. 놈들이 오고 있었다. 그는 입안에 금속이 든 것 같은 공포의 맛을 느낄 수 있었다. 열어두었기를 빌면서 쇠살대로 달려갔다. 그나마 잠금장치는 망가져 있었다. 녹이 슬어서. 아니다, 그건 좋은 일이 아니었다. 그에겐 잠금장치가 필요했다. 솔로는 사다리를 내려가서 쇠살대를 움켜쥐고 머리 위로 당기기 시작했다. 그는 숨을 것이다. 숨을 것이다. 예전처럼. 그런데 누군가가 그의 손에 잡힌 쇠살대를 당겼다. 그는 칼을 휘둘렀다. 놀란 비명이 들려왔다. 여자 목소리였다. 헉헉거리면서 그를 내려다보고, 진정하라고 말하고 있었다.

솔로는 몸을 떨었다. 사다리를 밟은 부츠가 살짝 미끄러졌다. 그러나 그는 떨어지지 않았다. 그는 여자가 말을 거는 동안 꼼짝 않고 그 자리에 매달려 있었다. 그 여자의 눈은 크고 살아 있었다. 입술이 움직였다. 여자는 다쳤지만, 그를 다치게 하고 싶어 하지는 않았다. 그저 그의 이름을 알고 싶어 했다. 그를 만난 걸 기뻐했다. 그 여자의 눈에 어린 물기는 그를 보고 기뻐하느라 맺힌 것이었다. 그리고 솔로는 생각했다. 어쩌면 그 자신도 삽이나 깡통따개나 다른 녹슨 물건들과 비슷한지도 모른다고. 그 역시 누군가가 찾아낼 수 있는 존재였다고. 그는 발견될 수 있었고, 누군가가 실제로 그를 찾아냈다.

에필로그

2345년, 1번 사일로

도널드는 텅 빈 통신실에 혼자 앉아 있었다. 다른 사람들은 점심 식사에 보내거나, 배가 고프지 않으면 쉬라고 명령해놓고 모든 통신석을 혼자 차지했다. 그리고 그들은 그의 명령을 들었다. 책임자라는 사실 외에는 아무것도 모르면서, 그를 '양치기'라고 불렀다. 그들은 교대근무를 시작하고 끝냈고, 그가 지시하는 대로 했다.

옆 통신석에서 깜박이는 불빛이 6번 사일로가 호출하려 한다는 신호를 전했다. 그들은 기다려야 했다. 도널드는 앉아서 직접 호출하고 헤드셋 안에 울리는 소리에 귀를 기울였다.

신호가 울리고 또 울렸다. 그는 헤드셋 선을 잭까지 따라가서 제대로 꽂혀 있는지 확인했다. 두 개의 통신석 사이에는 끝내지 못한 카드 게임이 놓여 있었다. 도널드가 모두 나가라고 해서 사람들이 두고 간 카드덱이었다. 버려진 카드 맨 위에는 스페이드 퀸이 있었다. 마침내 헤드셋에 찰칵 소리가 울렸다.

"여보세요?"

그는 기다렸다. 반대쪽에서 누군가가 숨 쉬는 소리를 들을 수 있었다.

"루카스?"

"아니." 좀 더 부드러운 목소리였다. 그러면서 더 단단한 목소리이기도 했다.

"누굽니까?" 그는 물었다. 루카스에게 말하는 데 익숙했다.

"이쪽이 누구인지는 중요하지 않아." 여자가 말했다. 그리고 도널드는 완벽하게 이해했다. 그는 뒤를 돌아보고 아직 혼자라는 사실을 확인한 후, 의자에서 몸을 앞으로 기울였다.

"우린 시장에게 소식을 듣는 일에 익숙지 않은데요."

"나도 시장이 되는 일에 익숙하지 않아."

도널드는 말 그대로 그 여자가 비웃는 소리를 들을 수 있었다. "나도 이 일을 맡고 싶지 않았어요." 그는 고백했다.

"그런데 둘 다 이렇게 됐군."

"그렇죠."

잠시 정적.

"그거 알아요?" 도널드가 말했다. "내가 맡은 일을 잘하는 사람이라면 지금 버튼을 눌러서 당신네 사일로를 폐쇄시켰을 겁니다."

"왜 안 그러는데?"

시장의 목소리엔 감정이 없었다. 호기심이 담겨 있었다. 어디 해보지 그러냐는 뜻이 아니라 진짜 질문 같았다.

"내가 말해도 믿지 않을 텐데요."

"시도해봐." 여자가 말했다. 그리고 도널드는 이 여자에 대한 서류철이 아직 있었으면 좋았겠다고 생각했다. 근무를 시작하고 처음 몇 주는 그 서류철을 어디에나 들고 다녔는데, 정작 필요한 지금은…….

"오래전에 내가 당신 사일로를 구했습니다. 지금 와서 끝장 낸다면 안타까운 일이겠죠." 그는 말했다.

"맞네. 난 그 말 안 믿어."

복도에 소리가 들렸다. 도널드는 헤드셋 한쪽을 들어 올리고 뒤쪽을 보았다. 통신 기술자가 한 손에 보온병을, 반대쪽 손에는 빵 조각을 들고 바깥에 서 있었다. 도널드는 손가락을 들어 올리고 기다려달라고 말했다.

"당신이 어디 있었는지 압니다." 도널드는 시장에게, 청소를 하러 나갔던 여자에게 말했다. "뭘 봤는지 알아요. 그리고 난……."

"넌 내가 뭘 봤는지 하나도 몰라." 그 여자는 면도날처럼 날카롭게, 뱉어내듯이 말했다.

도널드는 체온이 오르는 것을 느꼈다. 이 여자와 하고 싶었던 대화는 이런 게 아니었다. 그는 준비되어 있지 않았다. 그는 마이크를 손으로 감싸면서 시간도 다 되어가고, 그 여자도 잃고 있음을 감지할 수 있었다.

"조심해요." 그는 말했다. "내가 할 말은 그게 전부……."

"내 말 잘 들어." 여자가 말했다. "난 여기 진실이 가득한 방에 앉아 있어. 난 그 책들을 봤어. 너희가 무슨 짓을 했는지 핵심까지 파헤칠 거야."

도널드는 그 여자의 숨소리를 들을 수 있었다.

"난 당신이 찾는 진실을 압니다." 그는 조용히 말했다. "찾아낸 답이 마음에 들지 않을 수도 있어요."

"당신 마음에 안 들 거란 소리겠지."

"그냥…… 조심해요." 도널드는 목소리를 낮췄다. "어딜 파헤칠지를 조심해요."

정적. 도널드가 돌아보니 통신 기술자는 보온병에 담긴 커피를 마시고 있었다.

"아, 우리야 어딜 파헤치든 조심할 거야." 줄리엣이 마침내 대답했다. "우리가 나아가는 소리를 너희가 듣게 하고 싶진 않으니까."

옮긴이 **이수현**

서울대학교 인류학과를 졸업하고 동 대학원에서 석사 학위를 받았다. 작가이자 번역가로 활동하며 《빼앗긴 자들》《킨》《체체파리의 비법》《유리와 철의 계절》《새들이 모조리 사라진다면》《아메리카에 어서 오세요》《아득한 내일》《어슐러 K. 르 귄의 말》, '얼음과 불의 노래' 시리즈, '노인의 전쟁' 시리 즈, '다이버전트' 시리즈, '샌드맨' 시리즈, '퍼시 잭슨' 시리즈, '수확자' 시리즈 등 많은 SF와 판타지, 그래픽 노블을 우리말로 옮겼다. 직접 쓴 소설로는 러브크래프트 다시 쓰기 소설 《외계 신장》과 도시 판타지 《서울에 수호신이 있었을 때》가 있다.

시프트 2

초판 1쇄 인쇄일 2023년 4월 10일
초판 1쇄 발행일 2023년 4월 17일

지은이 휴 하위
옮긴이 이수현

발행인 윤호권
사업총괄 정유한

편집 이원석, 박고운 **디자인** 최초아 **마케팅** 정재영, 윤아림
발행처 ㈜시공사 **주소** 서울시 성동구 상원1길 22, 6-8층 (우편번호 04779)
대표전화 02-3486-6877 **팩스(주문)** 02-585-1755
홈페이지 www.sigongsa.com / www.sigongjunior.com

이 책의 출판권은 (주)시공사에 있습니다. 저작권법에 의해
한국 내에서 보호받는 저작물이므로 무단 전재와 무단 복제를 금합니다.

ISBN 979-11-6925-621-6 04840
ISBN 979-11-6925-616-2 (세트)

*시공사는 시공간을 넘는 무한한 콘텐츠 세상을 만듭니다.
*시공사는 더 나은 내일을 함께 만들 여러분의 소중한 의견을 기다립니다.
*잘못 만들어진 책은 구입하신 곳에서 바꾸어드립니다.